J'AI REGARDÉ LE DIABLE EN FACE

Paru dans Le Livre de Poche :

LES CERCLES DE L'ENFER

LE CINQUIÈME JOUR

DOUZE HEURES POUR MOURIR

MAUVAIS FRÈRE

LA MÉMOIRE DU BOURREAU

LE TANGO DES ASSASSINS

MAUD TABACHNIK

J'ai regardé le diable en face

ROMAN

ALBIN MICHEL

ISBN : 978-2-253-11915-9 – 1re publication LGF

J'ai écrit ce livre sur un coup de colère et grâce à (ou à cause de ?) mon éditrice que je remercie.

Si, dans la plupart de mes ouvrages, réalité et fiction sont étroitement mêlées, dans celui-ci la réalité s'est imposée face à la fiction.

Aussi serait-il malhonnête de déclarer : Toute ressemblance avec des événements ou des personnes, etc., car bien des personnages et des événements que vous allez rencontrer sont vrais.

Au Mexique, comme partout dans le monde, les femmes meurent parce que nées femmes.

J'ai voulu pousser un cri d'alarme.

Exposition

Elle est assise sur une table, jambes écartées et pendantes. Nue, si l'on excepte la chemise ouverte sur des épaules parfaites, autant que le sont ses seins, son buste, son sexe. Comme si elle avait été choisie pour montrer, démontrer, elle, si belle, si vivante, ce que l'on peut faire du corps des femmes.

En cercle devant elle, assis, debout, muets, crispés, gênés de ressentir, à la regarder, ce vague désir que l'on sait déboucher sur la honte.

Affaire 10/1993. 11 juin. INCONNUE. *Âge incertain, à moitié nue, jupe en jean, tee-shirt blanc, tennis noires. Violée et attachée à un pieu, poignardée à plusieurs endroits de l'abdomen ; fracture crânienne. Elle a été découverte dans les terrains du lycée Altavista sur le chemin de terre bordant le río Bravo.*

Affaire 23/1998. ERÉNDIRA IVONNE PONCE. *Découvert son cadavre outragé sur le flanc d'une colline située au nord de la route de Casa Grande, à la hauteur du kilomètre 29. La jeune fille, âgée de dix-sept ans, cheveux noirs ondulés, était nue, allongée sur le dos, les mains attachées dans le dos, et présentait une lésion sur le côté gauche de la tête. On a retrouvé sur place une robe à imprimé fleuri, bleu, vert. Sa culotte décolorée était baissée au niveau des genoux. Employée d'une usine de recyclage de papier et de carton à Fovisste Chamizal, elle a été violée et sa mort causée probablement par des coups assénés au niveau du crâne à l'aide d'une pierre.*

Affaire 15/1995. 2 septembre. Inconnue (dossier 97-84-2) identifiée ultérieurement comme SILVIA ELENA RIVERA MORALES, *disparue le 11 juin 1995 alors qu'elle se rendait au lycée. Dix-sept ans, cheveux noirs, longs, lisses ; chemise bleue, pantalon en jean. Sous-vêtements blancs. Violée et étranglée, le sein droit tranché, de même que le téton gauche arraché par morsure. Elle a été signalée à Lote Bravo.*

Affaire 11/1995. 20 août. GLORIA ESCOBEDO PIÑA *(dossier 16192/95-1103). Au 1158 rue de la Pena, une femme de vingt ans, taille 1,65 mètre, cheveux longs, soutien-gorge noir, tee-shirt. Bas du corps dénudé, saignement génital. Violée par les trois orifices et étranglée. Assassinée par son beau-père, Miguel de Jesús Montelongo León.*

Affaire 18/1995. 10 septembre. INCONNUE *(dossier 17711-95-1103). Treize ans. Svelte. Jean Lee, gilet rouge, tennis, chaussettes et sous-vêtements blancs. Le sein droit amputé et le téton gauche arraché par morsure. Nuque rompue, poignardée, traces de viol. Lotissement Bravo.*

SAGRARIO GONZÁLES FLORES *(dossier 1024 – 989 B), dix-sept ans, 1,60 mètre, cheveux bruns, mutilée et violée, sein droit coupé, téton gauche arraché par morsure. Découverte sur la route 29 à la sortie sud de Juárez le 25 novembre 1994.*

NEYA MAJORGA *(dossier 778 – 624), dix-neuf ans, retrouvée assassinée par strangulation après avoir été éviscérée dans un ravin dont le seul accès est le champ de tir du plus grand centre policier de Chihuahua, en novembre 1994.*

SILVIA ARCE *(dossier 354 – 1094), disparue en 1998, en même temps que la seule jeune femme rescapée qui, depuis, vit cachée et accuse de son enlèvement et de celui de son amie Silvia l'adjoint du commandant de la police judiciaire.*

Affaire 17/1993. 15 décembre. YOLANDA TAPIA *(dossier 25884-93), cinquante ans. A été retrouvée chez elle, au 540 rue 57. Blessure par instrument contondant et tranchant au niveau du crâne. Bâton dans le vagin. Elle a été assassinée par son fils, Jesús Roberto Gil Tapia.*

La litanie des noms s'égrène, année après année, mort après mort, voix désincarnée qui inflige l'horreur à notre chair révulsée.

Et elle, armée du crayon violet qu'emploient les médecins légistes, griffe son ventre, ses cuisses, ses seins, sa gorge, des traits qui cernent la souffrance sans nom de ces femmes que le monde a abandonnées.

Son entrejambe, où sur ses cuisses se chevauchent et s'enlacent les marques hurlant les viols.

Son ventre tendre, barbouillé de crayon pour tous ceux déchirés, ouverts.

Son buste, où courent des lignes hachées, stigmates des poignards enragés qui les ont frappés.

Sa gorge, cernée de colliers barbelés pour les étranglées et les décapitées.

Ses seins, crayonnés pour ceux qu'on a coupés.

Ses tétons, soulignés pour ceux mordus au point d'être arrachés.

Et son regard qui ne vous lâche pas pendant que sa main trace l'infamie sur son corps. Ses yeux plongés dans les nôtres, pour nous empêcher, peut-être, de nous dérober.

Et cette voix, ruban sans fin, moebius de l'horreur,

qui lâche les noms, les crimes, les âges, les tortures. *L'incompréhension.*

Centaines de cadavres, centaines de disparues dans l'indifférence générale de ce qui est peut-être le plus grand féminicide de notre fin de siècle.

La guimbarde de Vicente se secouait comme attaquée par un vol de frelons. Les pluies avaient transformé la route en un énorme nid-de-poule. L'image du nid-de-poule rempli de bestioles caquetantes lui arracha un rire silencieux qui découvrit deux rangées inégales de dents noircies par la chique. La camionnette traversa un trou plus profond et il dut s'accrocher des deux mains à son volant pour ne pas s'assommer contre le toit.

– *Madre mía, mis cojones* vont se décrocher, jura-t-il.

Cette route qui traversait le mont Huevos réduisait de plus de trente kilomètres la distance séparant Solana de Huerta, et quand on n'était qu'un pauvre paysan qui livrait ses légumes et quelques volailles au marché hebdomadaire de Huerta, chaque litre d'essence comptait. Parce que le Mexique avait beau en produire des océans, ce n'est pas ce qui faisait baisser le prix du carburant pour les peones paumés dans son genre.

Vicente, à l'appui de ses pensées revendicatrices, cracha un vigoureux jet noirâtre par la portière.

Il calcula le prix qu'il allait tirer des cinq coqs entassés dans une cage. Trop vieux pour combattre, ils passeraient à la casserole comme la dizaine de poules qui leur tenaient compagnie dans une cage voisine. Si l'on y ajoutait les deux douzaines de tomates et de poivrons, il rapporterait à la maison tout juste de quoi payer la robe de communiante de son aînée.

La gamine l'avait vue dans une vitrine de Huerta et, depuis, cassait les pieds à ses parents pour l'obtenir. Il avait d'abord dit non. Un non qu'il pensait sans appel. Mais Maria, sa femme, avait usé de tous ses pouvoirs pour le faire changer d'avis. Et il avait changé d'avis. Ce qui reculait d'autant le remplacement de ses deux pneus avant.

Il aborda le dernier virage avant la grande descente qui s'enfonçait raide au milieu de Huerta dont il apercevait les toits en contrebas. L'air était si limpide qu'il distinguait l'agitation sur la place du marché.

Aujourd'hui c'était la foire mensuelle et elle attirait toute la région avoisinante parce qu'on y trouvait aussi bien des bêtes que des carrioles, des outils que des vêtements, des bijoux que des meubles, et même de quoi se fourrer le nez ou se remplir les veines.

Un soleil orange pointa au-dessus des collines de lave cendreuse garnies de cactus, de chaparral et de mesquite carbonisés. La route serpentait entre les arroyos dont les parois étaient noircies par les feux d'herbes. Un bouquet de pithécolobiums et de saules desséchés se penchaient au-dessus du guet. Il rétrograda et soupira de soulagement. En se rapprochant de la ville le macadam réapparaissait par endroits. Soudain il fronça les sourcils et écrasa la pédale de frein. En brinquebalant et en couinant, la camionnette s'arrêta.

Là, en travers de la route, un tronc d'arbre.

– Merde, jura Vicente, intrigué par la forme qu'on aurait dit recroquevillée.

Il regarda s'il pouvait le contourner mais, placé comme il était, le morceau de bois calciné empêchait de passer, coincé à droite par un ravin et de l'autre par la montagne.

Il descendit en maugréant. Qui avait foutu ce putain de tronc d'arbre au milieu de la route ? Inquiet, il jeta un coup d'œil autour. Ne disait-on pas que des bandidos usaient de ce genre de ruse afin d'obliger les voitures à s'arrêter et en profiter pour les dévaliser ? Mais il ne vit que la terre craquelée de sécheresse et des buissons blancs de poussière.

Il rejeta son chapeau en arrière et se rapprocha de l'obstacle. Arrivé à moins de trois mètres, il s'arrêta. Une escadrille de grosses mouches grasses et noires formait un nuage épais autour du tronc, si nombreuses que leur bruit était comparable à celui d'un moteur de tondeuse. Qu'est-ce que foutaient donc là ces saloperies ?

Indécis et dégoûté, il avança prudemment de quelques pas, et s'arrêta, cette fois définitivement, le ventre tordu par une nausée qui l'inonda de sueur de la tête aux pieds.

Ce n'était pas un tronc d'arbre, c'était ce qui restait d'un corps humain. Noirci par la pluie et le soleil, amputé de ses jambes bouffées sans doute par les coyotes, les orbites vidées par les oiseaux et grouillant des larves de tous les insectes de la création.

Titubant, il s'appuya d'une main sur son capot, et vomit en tremblant de dégoût et de peur.

Dans le creux de la vallée, la foire de Huerta battait son plein.

Le Pacifique ressemble à un drap bleu tendu sur un lit militaire. Pas un pli, pas une ride. Mes copines otaries sont mollement allongées sur leur rocher à prendre des bains de soleil. Quand elles ont trop chaud, comme nous, elles piquent une tête et nagent en s'ébrouant, puis elles remontent se sécher en barrissant. Enfin, je ne sais pas si une otarie barrit, en tout cas elles font du bruit.

J'aperçois Nina qui descend notre escalier de bois sur ses socques de même matière. Ça fait un clac-clac semblable aux pétards du 4 Juillet. Elle est chargée d'une paire de palmes, d'un masque et d'un tuba, et je me demande bien ce qu'elle compte en faire, ne l'ayant jamais vue nager plus de dix brasses d'affilée, en prenant soin de conserver la tête au-dessus du niveau de la mer.

Je lui ai déjà fait remarquer qu'elle ressemblait ainsi aux vieilles stars des années trente qui craignaient de se décoiffer.

– Je ne peux pas respirer dans l'eau !

– Personne te dit de respirer dans l'eau, t'es pas un poisson. Tu respires dehors et tu expires dans l'eau.

– Je fais ce que je veux !

Elle s'arrête sur le bord de l'océan et examine l'horizon d'un air inquiet. Comme aucun ouragan ne se manifeste, elle se décide à enfiler ses palmes. Debout. Si vous avez déjà essayé d'enfiler des palmes debout, vous savez de quoi je cause. Enfin, elle s'assoit. Se relève en s'époussetant vigoureusement les fesses, regarde si personne l'observe, et pénètre dans l'eau comme une faux.

Le Pacifique, le plus mal nommé des océans, a la particularité de rester froid quand tout autour de lui suffoque. J'exagère, mais il ne remonte jamais ou presque au-dessus des vingt-deux, vingt-trois degrés, et cette température, pour une Argentine, est proche de la polaire.

Je m'installe confortablement sur mon transat pour mieux l'observer. Auparavant, je me ressers un plein verre de jus de pamplemousse enrichi d'une lichette de gin dans lequel je lâche quelques glaçons.

Je vois Nina nager, coiffée de son masque et la tête hors de l'eau. À quelques encablures, les otaries, blasées, se lèchent à grands coups de langue réciproques en hennissant de joie. Enfin, je ne sais pas si elles barrissent ou hennissent mais elles sont bruyantes et contentes.

La plage à gauche, séparée de la nôtre par une barrière de rochers, est fréquentée par une colonie de gays aussi braillards que les otaries. Mais pas davantage qu'elles, ils ne s'occupent de nous. Je n'ai jamais compris pourquoi les quelque deux cents mètres de sable qui bordent notre maison restent en général vierges de toute présence étrangère. Heureusement que notre vendeur l'ignorait, car il aurait doublé le prix d'achat de notre home.

À l'ouest, la silhouette du Golden Gate tremble dans les ondes de chaleur comme s'il voulait se débarrasser des milliers de morpions qui lui cavalent dessus en permanence, pendant que sous son ventre passent des dizaines d'embarcations à voile et à vapeur, à l'image de la population de Frisco.

Je viens juste de rentrer d'un reportage au Pakistan qui m'a tenue un long mois éloignée de chez moi. Et je peux vous jurer qu'après une virée dans ce pays, le coin le plus glauque vous semble un paradis.

Entre les manifestations « spontanées » des fous de Dieu jetés dans la rue à grand renfort de hurlements par les imams, les rafales d'armes automatiques qui vous font plonger toutes les trois minutes à plat ventre, les vociférations anti-occidentales qui paraissent vous être personnellement adressées, l'atmosphère tient davantage d'un film de Brian de Palma que de Minnelli.

Et que dire des femmes assises en tas sur les trottoirs, ensevelies de la tête aux pieds sous des chiffons noirs, ignorées des passants (les hommes), et qui attendent des heures, quoi ? l'autorisation peut-être de se relever, ou de respirer, tandis que d'autres, chargées comme des ânes, aveuglées par la burqa qui ne leur laisse pour voir qu'une fente pas plus haute qu'une pièce de dix cents, cavalent pour quitter ces rues où elles ont à peine le droit de se trouver ; plus les militaires qui font du gymkhana avec leurs tanks ; la police qui cogne indifféremment sur les uns et sur les autres ; les insultes et les gestes obscènes qu'on vous balance quand la nature vous a faite femme, bref, tout ça pour dire qu'on a plutôt envie de se tirer de là au plus vite et de visiter ce pays sur photos. Mais pour qu'il y ait des photos il faut des photographes, et pour commenter ces photos il faut des reporters. Bon, j'ai fait le tour.

Nina ressort de l'eau en secouant son masque d'un air triomphant comme si elle venait de repérer l'épave du *Titanic*. Elle m'adresse de la main un geste auquel répondent les otaries d'une voix enthousiaste, et me crie quelque chose que je n'entends pas, sûrement que la baignade est divine et que je devrais délaisser mon transat, parce qu'à cet instant mon cellulaire se manifeste.

Je regarde le numéro affiché. C'est Woody. J'hésite. Qu'est-ce que me veut cet emmerdeur ? Mon reportage est prêt au marbre. Il sort demain en édition spéciale. Quelle embrouille de dernière minute veut-il m'annoncer ?

Le mobile s'obstine. J'appuie sur la touche.

– Oui ?

– Sandra, ma chérie, je craignais de ne pas te trouver !

Son enthousiasme fait pendant à ma mauvaise humeur. Je ne réponds pas.

– Comment vas-tu ? Quel temps magnifique, hein ? Ça te dirait de venir dîner ce soir avec Nina ? Milly a préparé des farcis de légumes, tu sais, comme en France, dans le Midi ? C'est un délice et elle n'en cuisine pas souvent ! C'est elle qui m'a dit de vous appeler !

Je me renfrogne. Pourquoi ce délire pour des courgettes farcies ?

– T'es gentil, me décidé-je, et tu remercieras bien Milly, mais j'ai plutôt envie de rester tranquille ce soir...

– Et Nina ?

– Nina sort de l'eau et sera certainement épuisée par ses exploits nautiques.

– Passe-la-moi !

– Je ne peux pas, je te dis, elle est sur la plage.

– Venez vers six heures, et vous partirez de bonne heure !

Quand Woody, qui est le rédacteur en chef du journal en même temps que son directeur général, insiste de la sorte, c'est qu'il a une idée précise derrière la tête. Et ce qu'il a derrière la tête, il a tendance à le transférer très rapidement devant.

– À part les poivrons, on doit venir pour quoi ?

Ça fait un certain nombre d'années que l'on se fréquente, Woody et moi, neuf pour être exacte, mais il n'arrive pas à s'habituer à mon côté direct. Lui, il se gratte l'oreille gauche avec la main droite et croit que c'est comme ça le mieux. Woody est un surnom que je lui ai donné parce qu'à l'inverse de l'autre il a autant d'humour qu'un douanier.

– Eh bien..., commence-t-il, je voudrais qu'on parle d'un truc.

– De boulot ?

– Si on veut...

– Je ne veux pas. Je te rappelle que je suis là depuis moins de soixante-douze heures et désire ne plus bouger d'ici jusqu'à la prochaine lune.

– C'est tout près. Tu peux presque rentrer le soir chez toi.

– C'est où ?

– Ciudad Juárez, au Mexique.

Patricio Martínez regarde, pensif, l'agitation sur la plaza de la Revolución. La circulation oblige les piétons à jouer les toreros et le flic planté au milieu du carrefour agite ses bras sans conviction. De toute façon, tout le monde s'en fout.

Il revient vers son bureau quand sonne le téléphone.

– Monsieur le gouverneur ? Monsieur le gouverneur, nous en avons découvert un autre.

Martínez n'a pas besoin de demander, et il ne le fait pas, qui parle au bout de la ligne et de quoi il s'agit. Il a reconnu la voix chuintante d'Armandariz, le chef de la police judiciaire de Juárez, et compris que ce qu'on a découvert, c'est un nouveau corps de femme.

Armandariz n'est pas homme à perdre son temps. À rien perdre, d'ailleurs. Si ce n'est une partie de ses cordes vocales qu'il a laissées au bistouri du toubib qui l'a opéré d'un cancer de la gorge.

– Où ? demande Martínez.

– Sur la route de Solana à Huerta.

– Par qui ?

– Un paysan qui venait livrer à la foire.

– Identifiable ?

– Non.

Martínez soupire imperceptiblement. Il en a marre. Plus que marre. Cette affaire prend des proportions dantesques. En dix ans on a retrouvé dans son district trois cent soixante-dix cadavres de femmes, violées, mutilées, torturées, jeunes, plutôt jolies, cent trente-sept ont été portées disparues, autant dire, balayées, et, il le sait, ce ne sont là que les chiffres officiels. Parce que si on sortait les vrais...

Sous la pression des avocats des familles des victimes, la police s'est enfin décidée à ouvrir une enquête, et a jeté au trou une dizaine de types, dont un Égyptien déjà condamné pour viol aux États-Unis où il a tiré sept ans, deux chauffeurs de bus qui se sont accusés réciproquement à cause des coups qu'ils recevaient, une demi-douzaine d'ados gelés à l'acide, des clodos déjetés, sans que pour autant les meurtres cessent.

Ce qui a fait dire aux avocats qu'on les menait en bateau et que, si la police n'arrivait à rien, c'est parce qu'elle était dans le coup.

Coup de colère de ladite police soutenue par le Conseil de la justice de l'État de Chihuahua, mouillé dans la foulée. Mais il faut bien le reconnaître, et Martínez n'a pas le choix, les flics ne font pas de gros efforts.

Cerise sur le gâteau, il y a maintenant quatre ans, la seule rescapée d'un enlèvement, qui vit aujourd'hui cachée, a déclaré dans sa déposition avoir été enlevée et séquestrée par Jorge García, le bras droit d'Armandariz, commandant de la police judiciaire fédérale. Sa compagne de malheur n'a pas pu corroborer car on ne l'a jamais retrouvée.

Armandariz, placé sur la sellette, en a profité pour faire son cancer et abandonner les havanes. Et Jorge García a été muté dans une province où il s'est fait oublier.

Martínez occupe le poste de gouverneur depuis

bientôt six ans. Selon la Constitution il ne peut pas se représenter pour un second mandat, et doit par conséquent organiser son avenir.

Frais émoulu de la faculté de droit de Mexico, il avait pensé à l'époque, pétri des idées généreuses qui habitent la plupart des jeunes cerveaux avant qu'ils ne s'affrontent à la vraie vie, s'attaquer à la corruption qui gangrenait son pays. Le hasard voulut que son premier poste d'avocat lui fût offert par une relation familiale proche du pouvoir. Pragmatique, le jeune Patricio comprit vite de quel côté était le manche, et abandonna ses velléités de justice pour devenir le bras droit de l'adjoint du procureur général de la province de Mexico.

Dans les années qui suivirent, il fit connaissance de Francisco Barrio Terrazas, alors gouverneur de l'État de Chihuahua, et lui resta fidèle quand ledit Terrazas fut fortement soupçonné d'avoir profité des largesses du chef du cartel de Juárez, Amado Carillo Fuentes.

Aussi, lorsque Terrazas fut nommé par Vicente Fox pour lutter contre la corruption (!), pensa-t-il naturellement à son ami pour le poste de gouverneur de l'État de Chihuahua devenu vacant.

La ville de Juárez, pas seulement par la faute de Martínez, est un cloaque. Des bidonvilles géants l'emprisonnent de tous côtés, alimentés par les immigrants lâchés par les *poyeros,* les passeurs clandestins, qui deviennent au bout d'un moment des *picaderos*, des pourvoyeurs de drogue ou des gardiens de bordel, quand ils en ont assez de faire le voyage dans les camions pourris qui leur servent à ramener des travailleurs, en majorité des femmes, souvent seules, démunies, effrayées par ce qu'elles voient et entendent, écrasées de fatigue, exploitées, virées si elles se rebellent.

Sous la pression des ONG et de la Commission mexicaine des droits de l'homme, l'État a créé un Bureau du procureur pour investiguer sur l'homicide et la disparition de ces femmes. Mais les sept fonctionnaires nommés par Mexico qui se sont succédé n'ont pas fait avancer d'un pouce le problème. Ce qui à l'époque n'a fâché personne.

Puis les Nations unies, alarmées, ont envoyé six experts criminels américains pour aider le parquet général du Mexique. Ils se sont pas mal agités mais les disparitions ont continué, à cette différence près que l'on ne retrouve plus les cadavres. D'après ce qui se dit, ils sont à présent soumis à la *lechada*, procédé qui consiste à arroser les corps de chaux vive et d'acides qui dissolvent chairs et os sans laisser de traces.

Martínez demande :

– Le paysan, celui qui a découvert le corps, qu'est-ce qu'on lui a dit ?

– Que c'était une puta et qu'elle avait été tuée par son maquereau, répond Armandariz de sa voix soufflée qui évoque les battements d'ailes d'un oiseau effrayé.

Martínez se gratte le crâne. Il pressent que les emmerdements vont recommencer.

– Elle a été transportée à la morgue ?

– Oui, monsieur le gouverneur.

– Personne ne l'a encore réclamée ?

– Non. On n'a aucune possibilité d'identification.

– Elle a été violée ?

Il sent une hésitation à l'autre bout du fil.

– Sûrement. Mais vu l'état du corps, difficile à dire.

– Qu'on l'enterre rapidement.

Martínez raccroche et retourne à la fenêtre où c'est toujours le même bordel, les conducteurs mexicains semblant penser que la meilleure façon d'avancer est de klaxonner et de s'insulter.

Il regarde sans voir. Son esprit est ailleurs. Tout le monde, enfin les gens comme lui, a eu peur quand le nouveau président, Vicente Fox, a été élu. On disait qu'il voulait tout changer, éradiquer la corruption, redonner du travail à tous et surtout punir le crime organisé.

Par chance, ce n'était qu'un vœu pieux. Rien n'a changé dans le pays et chacun est retourné à ses affaires.

Ça fait plus d'une heure que je poireaute au poste-frontière d'El Paso. Avant, un vol m'a déposée à Tucson, déprimante ville agricole plantée au milieu du désert de Gila, auprès duquel celui de Gobi doit ressembler à une oasis de fraîcheur.

Il y a comme ça des coins sur terre qui vous font vous interroger sur la santé mentale de celui qui les a créés. Depuis que je baroude j'en ai visité des tas. Des caniculaires, des glacés, des tristes, des dangereux, des surpeuplés et des désertiques. Eh bien, le plus fort, c'est que la plupart de ceux qui les habitent ne voudraient pour rien au monde les quitter.

En attendant, devant, derrière, à côté de moi : des voitures, des camions, des caravanes, des motos. Dessus, dedans, assis, couchés : des motards allumés, des moustachus basanés, des blonds au teint rose, des mémés permanentées, des Carmen de carnaval, des gosses braillards, des chiens énervés, des douaniers désabusés, des flics excités, les yeux rétrécis derrière leurs Ray Ban, la main crispée sur la crosse de leur arme.

Merci, Woody.

Me précédant, une caravane est fouillée jusqu'aux essieux. Me demande bien pourquoi. La drogue c'est dans l'autre sens qu'elle passe.

Un douanier mexicain, le regard caché derrière des verres miroirs, se penche à ma portière avec un sourire aurifié sous sa moustache balai.

– Buenas tardes, señora. Passeport...

Je le lui tends. Je croyais qu'avec l'Alena on n'en avait plus besoin. Au moins nous, les Américains.

– Vous allez au Mexique pour travail ou plaisir ?

– Les deux.

Il me regarde. Pas facile de saisir son expression.

– Seule ?

– Avec ma voiture.

Il ne comprend pas tout de suite.

– Vous allez où ?

Il commence à me gonfler.

– Ciudad Juárez.

Du coup, son sourire s'efface. M'étonne pas. Personne de sensé n'irait là-bas pour son plaisir. Juárez, c'est juste avant l'enfer. Les rues sont aux mains des gangs et la ville n'est qu'un immense entrepôt industriel. La drogue s'y achète aussi facilement que le sucre en poudre chez Castro, et les femmes y sont assassinées plus que partout ailleurs. Bref, que va faire dans ce cloaque une créature de rêve comme moi, doit-il penser.

Derrière moi, une Chevy, immatriculée dans l'Arkansas, s'impatiente et balance un coup de klaxon. Mon douanier se redresse et la toise au travers de ses verres aveugles.

– On m'attend de l'autre côté, lance son conducteur, cadenassé dans une chemise bariolée trop petite pour lui de trois tailles.

À ses côtés, sa version féminine.

Mon douanier ne rigole plus. Mon passeport en main, il se dirige vers la Chevy.

– Mettez-vous là, dit-il en ordonnant au conducteur de sortir de la file.

– Je suis pressé ! vocifère l'obèse.

– Mettez-vous là.

Ils se toisent comme deux clébards sur le même os. Et mon passeport ?

– Je peux récupérer mon passeport ? lancé-je aimablement à la cantonade.

Les miroirs se tournent vers moi et leur propriétaire revient.

– Bon voyage, me dit-il en me rendant le précieux document comme à regret.

Puis, avec la démarche d'Aldo Maccione dans *Le chacal aboie toujours trois fois*, il retourne vers l'Américain de l'Arkansas.

Je dégage et file vers le pont international bourré jusqu'à la gueule. Au moment de l'aborder, je lis une grande pancarte plantée sur la rambarde : NO MÁS UNA. *Pas une de plus*.

Devant moi, Juárez s'étend comme un chancre gris jusqu'aux limites visibles du haut plateau mexicain.

Ferrari descendit le dernier. Les portes du car se refermèrent derrière lui dans un chuintement caoutchouteux.

Il se figea en recevant sur les épaules l'enclume des quarante-deux degrés moites que le panneau lumineux d'une pharmacie indiquait en même temps que la date et l'heure, et qui lui fit plier les jarrets après les trois heures passées dans le car climatisé à dix-huit degrés.

Sa longue silhouette habillée d'un costume en alpaga foncé, d'une chemise beige et d'une cravate club dans les mêmes tons, une valise de cuir dans la main droite, une serviette noire dans l'autre, chaussée de mocassins paraissant taillés dans du velours, tranchait au milieu de la foule débraillée qui s'agitait férocement autour de lui, sans que nul, mendiant ou pickpocket, puta ou flic, vendeurs de rien et de n'importe quoi, dealers ou voyous, tous ces petits métiers qui accueillent joyeusement les gringos, feigne de s'intéresser à lui.

L'Américain ne s'en étonnait plus. Des siècles avant, dans sa première vie, Ana Maria avait un jour expliqué à leurs enfants, Peter et Margarita, que leur père, hormis en ce qui les concernait tous les trois, possédait un regard et une expression capables de geler la banquise. Elle leur avait même confié que c'était ce qui l'avait attirée quand l'un de ses cousins lui avait présenté ce jeune homme dur et froid dont les yeux avaient chaviré en se posant sur elle. Une semaine plus tard il demandait sa main et, avait-elle précisé à ses enfants hilares, depuis elle savait qu'il était le seul homme au monde à posséder des yeux de rechange.

Impatienté, Ferrari se dirigea vers la file de taxis stationnés un peu plus loin, et qui paraissaient tous rescapés d'El Alamo. Il ouvrit la portière du premier, posa ses bagages sur la moquette déchirée et se laissa choir au milieu de la banquette défoncée.

– Cinq dollars pour les bagages, grogna le chauffeur sans se retourner. Même s'ils sont à l'intérieur.

– Hôtel Diaz, répondit Ferrari.

Le chauffeur lui lança un coup d'œil dans le rétroviseur. Il avait bien vu : le client était un rupin.

Il déboîta sans se soucier des cris et des coups de frein que sa manœuvre déclenchait, et s'infiltra au milieu du maelström.

– Votre compteur, dit Ferrari.

Le chauffeur râla et le brancha.

– Vacances ? demanda-t-il.

– Prenez par l'Avenida Benito Juárez, répondit Ferrari.

– D'accord, soupira le chauffeur.

Ces salauds de Yankees cousus d'or ne leur laissaient aucune chance de gagner leur vie. Qu'est-ce que ça pouvait leur foutre un ou deux dollars de plus pour une course ? Ils dormaient tous sur des matelas de pognon, comme lui avait dit son cousin parti travailler chez eux. Toutes les maisons avaient plusieurs salles de bains, et les mômes avaient leur propre voiture. Quant aux télés, il y en avait au moins une par personne. Il fut content de voir que l'avenue était encombrée, d'ailleurs toute la ville n'était qu'un immense nœud d'embouteillage permanent. Ils mirent plus d'une demi-heure pour arriver au Diaz qui faisait partie de la chaîne Hilton mais que, par souci de courtoisie commerciale, les Américains avaient baptisé d'un nom mexicain.

Ferrari descendit avec ses valises et, sans même regarder le compteur, donna un billet de vingt dollars au chauffeur qui chercha la monnaie.

– Gardez tout, dit-il.

Éberlué, le chauffeur le regarda disparaître par la lourde porte tournante en cuivre. L'Américain lui avait laissé un pourboire du double de la course.

Le Diaz avait tenté de préserver un peu de couleur locale en remplaçant les internationales plantes vertes par des cactus et des plantes du désert. Une profusion de fleurs aux couleurs vives et des canapés et sièges recouverts de tissus artisanaux aux motifs abstraits ou figuratifs en renforçaient la gaieté.

Ferrari abandonna sa valise au groom qui se précipita, mais il garda sa serviette. Il alla au comptoir. Derrière la réception, une reproduction de la fresque de Diego Rivera racontant la geste de Benito Juárez et de Pancho Villa recouvrait le mur en totalité.

– Monsieur ?

– Michael Ferrari, j'ai retenu une chambre.

L'employé consulta, et son sourire s'élargit.

– Parfaitement, monsieur. Avec terrasse et sur jardin...

– Oui.

– La 737, vous y serez très bien, monsieur.

– Merci, dit Ferrari.

Le groom prit la clé et fonça derrière l'Américain qui s'éloignait à grandes enjambées vers la batterie d'ascenseurs.

L'ascenseur les hissa au septième et le groom le précéda dans la 737. Il déposa la valise et s'empressa d'ouvrir les baies qui donnaient sur une grande terrasse suspendue sur des jardins luxuriants.

– Si vous avez besoin de quoi que ce soit..., dit-il en tendant la main sans vergogne.

Ferrari y déposa un billet de cinq dollars.

– De rien d'autre, merci.

Le groom s'inclina plusieurs fois avant de ressortir.

Ferrari s'empressa d'aller vers la terrasse, non pour y admirer le paysage mais pour repérer les possibilités de fuite. C'était une manie : s'il demandait toujours une chambre avec balcon ou terrasse, c'était pour s'en échapper en cas de...

Il constata avec satisfaction que la terrasse était placée de telle sorte qu'il pouvait enjamber indifféremment les balustrades de droite ou de gauche. En revanche, n'importe qui pouvait débarquer par le même chemin. Il alla décrocher le téléphone et appela la réception.

– Sí ?

– Les chambres mitoyennes à la 737 sont-elles occupées ?

– Une minute, répondit l'employé d'un ton légèrement surpris. Non, finit-il par dire.

– Réservez-les-moi. Des amis vont sans doute arriver. Mettez-les sur ma note.

Satisfait, Ferrari entreprit de se déshabiller et passa dans la salle de bains pour se doucher. Il se sécha, se rasa et sortit ses affaires de la valise.

Dans des housses, deux costumes d'alpaga, un noir et un couleur ciment, étaient soigneusement accrochés. Une demi-douzaine de chemises et de cravates assorties étaient pliées dans des tiroirs en carton rigide. Les sous-vêtements étaient rangés dans une pochette en toile, et deux paires de chaussures, une de marche et une en grosse toile, étaient enfilées dans des poches. Un jean et deux tee-shirts noirs complétaient sa garde-robe.

Il rangea le tout dans les armoires et enfila le costume clair avec une chemise blanche à manches courtes et à col ouvert. Puis il sortit son portable de la serviette et composa le numéro du consulat américain en branchant dessus son cellulaire.

– Allô... je voudrais parler à Philip Gardner, s'il vous plaît. De la part de Michael Ferrari. Merci, j'attends.

Au bout d'une minute, quelqu'un vint en ligne.

– Bonjour, vous êtes bien arrivé, monsieur ?

– Hôtel Diaz, chambre 737, répondit seulement Ferrari.

– Et c'est clair ?

– Tout à fait.

– On se voit dans une heure au bar du Nacional. C'est dans le centre.

– J'y serai, répondit l'Italo-Américain en raccrochant.

Ensuite il tapa un texte en direction du bureau de Los Angeles, le coda et l'envoya.

Il repassa sur la terrasse en examinant plus attentivement l'environnement. Les chambres situées de l'autre côté du jardin n'étaient pas à moins de cent mètres, mais elles retinrent son attention. Une bagatelle pour un tireur d'élite, bien que la plupart aient semblé vides. Des volets métalliques descendaient devant les baies mais les fermer sans raison pouvait être un tuyau pour les mal-intentionnés.

Il prit son passeport, accrocha à sa hanche un étui de cuir fauve et y inséra son Sig Hauser avec son chargeur de quatorze balles. Il ferma sa serviette avec le code et sortit de la chambre.

À la réception il demanda qu'on la lui garde dans le coffre de l'hôtel.

– Nous avons réservé les chambres 735 et 739 comme vous nous l'avez demandé, dit le réceptionniste avec un grand sourire commercial.

– Je vous remercie. Voulez-vous m'appeler un taxi ?

– Tout de suite, monsieur.

Il fit un signe au portier qui se précipita. Un taxi municipal s'arrêta devant l'hôtel. Ferrari y grimpa et ne donna l'adresse de son rendez-vous qu'une fois à l'intérieur.

Maria Frida Rivarez, vingt-cinq ans et toutes ses dents qu'elle a fort jolies, se penche vers le morceau de miroir qui lui renvoie l'image d'une mignonne fille en robe rouge qui s'apprête, sa semaine de labeur achevée, à écouter les joueurs de mariachis en dégustant une liqueur de figue chez Escobar où elle doit retrouver Marina, sa compagne de travail.

Maria Frida travaille dans une maquiladora où elle assemble, pour des firmes délocalisées, à longueur de journée et depuis un an, de minuscules pièces électroniques dont elle ignore l'utilité, à part qu'on lui a dit qu'on s'en servait dans les avions. Elles seraient destinées à remplir des jardinières qu'elle s'en ficherait tout autant.

Pour ce travail de fourmi elle gagne exactement trois dollars six par jour, ce qui la place au niveau du seuil de pauvreté reconnu par le FMI, mais lui permet néanmoins d'envoyer chaque mois douze dollars à sa famille d'origine tzotzile, puisque Maria Frida est une Chamula, une Indienne à la peau sombre. Nuance qui, en plus de sa pauvreté, la situe au dernier rang sur l'échelle sociale, car les Mexicains, en majorité métis, sont aussi cons que les autres.

Encore un coup d'œil, et Maria quitte la soupente étroite où un lit de camp dissimulé par une couverture militaire, un évier de béton marronnasse crasseux où coule d'un robinet capricieux une eau saumâtre, une chaise et une sorte de commode qui lui sert à la fois de table, de coin cuisine et de rangement, constituent son *home sweet home*.

Elle dégringole ses trois étages, crados comme le reste, et débouche sur l'avenida Juárez aussi tarte que son nom est prétentieux, car cette rue bordée de taudis fait partie des cent quarante quartiers, sur les huit cents que compte la ville, qui n'ont ni l'eau ni l'électricité.

Qu'importe, se dit Maria qui possède l'insouciance de sa jeunesse et se réjouit de rejoindre ses amies. En fille sérieuse et bonne catholique elle se garde de répondre aux plaisanteries grasses des *cholos* élevés au lait macho, qui en débardeurs, casquette à l'envers et pantalons dégringolant sur les chevilles, se sentent obligés d'interpeller toutes les filles qui passent.

L'avenue est éclairée, si l'on peut appeler éclairage les ampoules asthmatiques qui pendent de lampadaires déglingués autour des carrefours. Et comme l'électricité n'est pas distribuée ailleurs, les trottoirs sont plongés dans une noirceur inquiétante.

Maria y est habituée, elle prend seulement soin de marcher au milieu des trottoirs, loin des nombreuses ruelles qui les coupent, et à distance de la chaussée où roulent, surtout le samedi soir, des voitures surchargées, klaxons hurlants, qui partent à la chasse aux putas. Ou assimilées.

Car la vie est tellement dure pour beaucoup de ces filles que certaines d'entre elles se vendent, soit aux GI de la base de Fort Bliss, soit aux Texans qui ne peuvent pas boire d'alcool chez eux avant vingt et un ans, soit aux innombrables bonshommes en quête d'étreintes, ce qui entraîne dans la tête de ces mêmes bonshommes la croyance que tout ce qui porte des seins est une pute.

Maria n'en est pas. Même si une ancienne de l'usine lui a fait miroiter qu'elle gagnerait en un jour ce qu'elle gagne en un mois.

Maria ne mange pas de ce pain-là. Elle pense, quand sa situation sera meilleure, faire venir son petit frère. À eux deux ils pourront envoyer à la famille vingt dollars par mois, ce qui leur permettra de mieux vivre.

Maria a de l'ambition. Elle a décidé de suivre l'an prochain des cours d'alphabétisation accélérée. Elle lit un peu, mais ne sait pas écrire.

Avec la nuit l'air est presque frais, en tout cas moins poisseux, et elle se sent détendue, heureuse de ce dimanche de repos qui s'annonce. La cantina d'Escobar n'est plus très loin.

Après le carrefour San Cristobal l'atmosphère change, devient plus animée, moins dangereuse que ces trottoirs plongés dans le noir où tout peut arriver, surtout à une jolie fille comme Maria.

Elle n'est ni sourde ni idiote, elle sait ce qu'on raconte sur cette ville d'où les filles disparaissent. À l'usine, l'an dernier, deux ouvrières ne sont pas revenues travailler un matin.

Ni jamais. La police ne s'est même pas dérangée et, pour ne pas être embêté, le patron a déclaré que les filles avaient dit leur intention de rentrer chez elles. Mais personne n'a été dupe. Qui laisserait une semaine de salaire derrière soi et les quelques affaires retrouvées dans la chambre qu'elles partageaient et qui constituaient toute leur richesse ?

Les filles en ont parlé quelques semaines, puis un délégué syndical les a réunies, et leur a conseillé de ne pas répandre des rumeurs qui risquaient de porter tort aux ouvrières désireuses de venir travailler à Ciudad Juárez. Il était accompagné de deux types très antipathiques qui n'ont pas ouvert une seule fois la bouche mais dont les yeux, cachés derrière les inévitables Ray Ban, étaient rien moins qu'amicaux. Et la vie a repris.

– Eh, *chica* !

Maria ne tourne pas la tête. La grosse Range Rover aux vitres sombres, elle l'a vue arriver de loin. La bagnole ralentit et roule à moins d'un mètre d'elle. Les trottoirs sont noirs de monde mais personne ne s'intéresse à personne.

– *Chica* ! recommence la voix masculine d'un ton plus sec.

Maria accélère. El Nuevo, la cantina d'Escobar, est à moins de cent mètres. Devant ses portes gardées par deux malabars se presse la foule des samedis soir, canette achetée aux marchands à la sauvette, rires bruyants et violence garantie.

Maria n'aime pas El Nuevo. Elle l'a dit à Marina, mais sa copine en pince pour le DJ, un Yankee allumé en permanence au point d'en baver sur sa table de mixage. L'amour est aveugle.

– Eh, *hija de puta* ! lance la même voix grossière et avinée, tandis que le gros 4 × 4 ralentit encore, et que Maria sent son dos se crisper comme dans l'attente d'un coup.

Elle s'éloigne du bord du trottoir, veut se mêler à la foule qui déambule, mais les rangs se creusent, l'isolent et la désignent à ceux qui la poursuivent.

Un crissement de pneus, une cavalcade, Maria crie et se retourne quand deux bras brutaux l'empoignent par-derrière. Affolés, ses yeux cherchent désespérément de l'aide autour d'elle, mais les regards se dérobent, les silhouettes se fondent dans la nuit.

– Laissez-moi ! hurle-t-elle. Je vous en prie !

Sur la chaussée, des Mexmobile, des Datsun des années soixante-dix, des Chevrolet asthmatiques, immatriculées dans les États américains voisins et d'où s'échappent un gangsta rap tonitruant ou de la house californienne dernière mouture, se poursuivent en jouant du klaxon, portant le niveau de décibels à des sommets insupportables pour toute oreille bien née et couvrent les cris de la malheureuse. C'est ce que pourront prétendre les témoins de l'enlèvement si jamais on les interroge.

Sans cesser de se débattre et de crier, Maria Frida est balancée à l'arrière de la voiture qui redémarre brutalement.

Sur le trottoir les rangs se sont refermés. Au carrefour, deux flics appuyés au capot d'une voiture plaisantent avec des filles. Devant El Nuevo les deux malabars filtrent les entrées.

– Miguel Perea ?

Il relève la tête et je reçois le double laser de ses yeux sombres.

– Oui ?

– Sandra Khan, dis-je, souriante, en lui tendant la main.

Il se lève et me la serre.

– Enchanté.

On est obligé de se parler en criant presque, tellement il y a du bruit. J'ai rejoint Perea, avec qui Woody a pris rendez-vous, dans la salle de rédaction d'*El Norte,* le plus important quotidien local.

– Vous avez bien voyagé ?

– On peut dire comme ça.

– Vous êtes venue en voiture ?

– Depuis Tucson.

Il hoche la tête.

– Ça fait une tirée. Et ici vous allez vous embêter. À Juárez on ne peut pas circuler si on n'y est pas né.

– J'ai déjà compris, je l'ai rendue à Hertz. Vous parlez bien l'anglais...

– J'ai vécu douze ans à Houston. On descend prendre un verre ?

– Volontiers.

Il crie quelque chose en espagnol à une fille qui

tape comme une forcenée sur sa bécane. Elle agite la main sans relever la tête.

On sort de la salle de rédaction et on prend un ascenseur.

Il me guide par le bras et m'entraîne au pas de course, au milieu de la circulation, jusqu'au trottoir d'en face. Les voitures freinent à peine en arrivant sur nous et les insultes pleuvent par les portières. Une fois arrivés de l'autre côté, ahurie, je lui demande pourquoi on a pris de tels risques.

– Quels risques ?

– Traverser de cette manière ! J'ai cru ma dernière heure venue !

– Vous vous y ferez. Si vous attendez les feux, vous pouvez y passer la journée. Ici, le rouge n'a jamais arrêté les voitures.

Il semble sérieux et me pousse vers une cantina colorée, taguée jusque sur les vitres.

Me précédant, il se dirige vers une table dans le coin le plus reculé, bien que la salle soit à moitié vide.

– Asseyez-vous, je vous en prie, m'invite-t-il en prenant la banquette.

Et sans me demander il commande deux tequilas.

Malgré sa rondeur et son visage avenant, tout dans ses gestes indique une grande nervosité. On nous apporte les tequilas, et il dit :

– Ça bouge enfin de l'autre côté ?

– Pardon ?

– Il a fallu attendre dix ans et des centaines de mortes pour que le monde s'intéresse au problème. Hum... la meilleure tequila de Juárez, dit-il en vidant son verre.

Je n'ai pas encore touché au mien.

– Dans les villes de Californie on tue aussi beaucoup. Dans le monde entier on tue les femmes. Les maris, les pères, les violeurs, les psychopathes, les brutes, les jaloux. C'est le gibier préféré. Et en temps de guerre, c'est pire, les soudards confondent leurs sexes avec leurs fusils.

Il a un geste de la main.

– Je sais, mais pas comme ici. Il soupire et fait signe à la serveuse : Deux autres.

– Pas pour moi.

– Je la boirai.

Je le regarde. Il est à bout. Sa peau est luisante de transpiration alors qu'ici on est au frais.

Il attend qu'on nous ait resservis.

– J'ai reçu des menaces de mort, lâche-t-il sans me regarder.

– De qui ?

– Si je le savais ! Deux journalistes ont été tués il y a moins de six mois. Un Argentin et un de Mexico. Accident de voiture pour l'un, bavure policière pour l'autre.

Il relève la tête, jette un regard brouillé.

– Pourquoi votre patron a-t-il envoyé une femme ?

Je hausse les épaules.

– Les deux journalistes qui ont été tués étaient des femmes ?

Il secoue la tête.

– Non. Mais les femmes ont droit à un traitement spécial. Si ça se trouve, ils vous ont déjà repérée.

– Qui ?

Il ricane.

– Vous voulez la liste ? Les politiques, les flics, les narco-trafiquants, la mafia mexicaine, les procureurs, les juges, les responsables fédéraux, les machos, les chefs d'entreprise, et j'en oublie.

J'avale la moitié de mon verre.

– Sur qui on peut compter ?

– Sur la chance.

Il commence à m'énerver. Je sais que ce n'est pas juste car ce type est à bout. Ça ne m'étonnerait pas qu'il explose, là, tout à coup.

– Je vous ai demandé au téléphone de me faire rencontrer les familles des victimes, vous y avez réfléchi ?

Il ne me répond pas et fixe la table. Ses doigts pianotent comme autant de pattes d'araignée. Il relève brusquement la tête.

– Vous voulez du sensationnel ? du gore ? Vous allez en avoir !

– Écoutez, Perea, je comprends votre angoisse. Mais quoi que vous prétendiez, on s'intéresse à vous. Partout se sont formés des groupes, de femmes principalement, qui demandent que justice soit faite. Amnesty est sur le coup ; l'ONU est alertée. Ce qui serait bien, c'est qu'ici ça bouge.

Il continue de me fixer mais je ne suis pas certaine qu'il me voie ou même m'entende.

Il lève la main en direction de la serveuse en écartant deux doigts.

– Je n'en veux pas, dis-je.

Il ne répond pas. La serveuse rapporte deux tequilas. Il vide son verre d'un trait et ses lèvres se mettent à trembler comme s'il allait pleurer.

J'en ai assez vu. Je me lève.

– Alors, ces rencontres ?

Il continue de me fixer avec le regard mouillé, vaseux, de l'ivrogne, où je peux lire sa trouille. Et s'il y a une chose que je sais, pour l'avoir plusieurs fois vécue, c'est que la trouille est contagieuse. C'est pire que la grippe. Ça vous terrasse d'un coup. Ça vous vide les intestins et vous couvre de sueur. Ça vous fait trembler comme pour une fièvre quarte. Vous n'avez qu'une envie : vous cacher n'importe où. Pour en guérir il n'existe qu'un remède : se rapatrier. Se tirer, se faire la malle, à pied, à cheval ou en voiture. Mettre le plus de distance possible entre elle et vous.

– Venez demain au journal. Neuf heures et demie, ça va ? lâche-t-il en se levant à son tour sans toucher mon verre sur lequel il louche.

– D'accord.

Je sors des dollars mais il m'arrête du geste et se dirige en titubant vers le comptoir.

– J'ai un compte ici, bafouille-t-il.

Je n'insiste pas parce que, c'est vrai, c'est lui qui a consommé.

Il continue vers la porte et je le suis, prête à le récupérer s'il se casse la figure. Au moment de sortir deux types s'apprêtent à entrer, et il se fige d'un coup.

Les deux gars saluent et se glissent entre nous. Je les regarde attentivement, mais quoi dire sur eux à part qu'ils sont bruns, petits et moustachus comme la presque totalité de la population masculine du lieu. Ils ne semblent ni armés ni particulièrement menaçants. Perea les suit des yeux sans beaucoup de discrétion et c'est à mon tour de l'empoigner pour le faire avancer.

– Vous avez vu les deux types ? murmure-t-il.

– Oui, c'était qui ?

– La mafia est partout. Excusez, je rentre chez moi, répond-il à voix basse.

Son élocution est pâteuse et son regard vacillant.

– Je vous mets dans un taxi ?

Il secoue la tête et se dégage.

– Non, je rentre à pied. La moitié des taxis travaillent pour eux.

Je n'insiste pas. Il y a deux genres de mecs que je ne contrarie jamais : les ivrognes et ceux qui braquent une arme contre moi.

– Bon, alors à demain.

Il répond vaguement d'un signe de tête et marche droit devant lui avec cette rigidité précaire des alcooliques.

Je fais signe à un taxi, grimpe dedans et donne l'adresse de mon hôtel. Où m'attendent deux messages. Un de Woody, l'autre de Nina. Je rappelle Nina.

– Ah, quand même, où étais-tu ?

Voilà, ça c'est Nina. Une douzaine d'années qu'on vit ensemble. Les trois quarts du temps pour le meilleur. Nina aime son indépendance, le clame et le proclame, déclare, citant Strinberg, qu'on ne s'unit jamais que pour le pire, mais ne supporte pas de me savoir loin d'elle.

– Tu te souviens que Woody m'a envoyée en reportage ?

– Qu'est-ce que ça change ? On t'a confisqué ton portable ?

Je ne peux retenir un soupir.

– Ici, c'est le bordel, mon ange. Je comprends ton inquiétude, mais je ne suis pas à Peshawar. Alors tout va bien.

– Tout va bien ? Le *New York Times* vient de sortir un article sur le patelin où ce crétin de Woody t'a envoyée et qui est présenté comme La Mecque du crime. Les journalistes se font tirer comme des lapins et les bonnes femmes découper au coin des rues !

– C'est pour ça que je suis là. Pour comprendre.

– Comprendre ! Comprendre quoi ? L'article dit qu'ils sont tous de mèche. Que tout le monde s'en fout ! Et toi, tu vas trouver les coupables, les présenter à la justice après les avoir balafrés de ton fameux fouet qui ne sait tracer que des Z. J'espère au moins que tu as près de toi le sourdingue de service !

– J'aime bien être comparée à Zorro, j'adore son cheval.

– Tu rentres quand ?
– Je viens d'arriver.
– Je te rappelle que Sam nous attend à Boston pour l'anniversaire de sa mère.
– C'est le mois prochain.
– D'accord, je tenais juste à te le rappeler.
– C'est fait. Je dois passer des coups de fil, Nina de rêve...
– Te fous pas de moi !
– Je n'ai pas envie de mourir.
– Tu me manques.

Heureusement que la plupart du temps Nina est tendre comme un sucre plongé dans un café brûlant. La plupart du temps...

– Tant mieux. C'est ce qui rend les gens amoureux. Ce qui les fait craquer c'est la saturation. Je t'embrasse comme je t'aime.

Je raccroche et réfléchis. Si Nina était autrement, serais-je aussi amoureuse tant d'années après ? Exemple parfait de la réflexion idiote. J'appelle Woody.

– Ton correspondant, attaqué-je d'entrée, Perea, alcoolo et maniaco-dépressif, tu l'as trouvé où ?
– C'est le meilleur. C'est lui qui mène la danse depuis le début. Il sait tout !
– Il pète de trouille ! et d'après ce que j'ai compris, il n'a pas tort. Tu espérais quoi en m'envoyant ici ? Il paraît que le *New York Times* vient de sortir un article sur Ciudad Juárez. Tu imaginais que j'allais résoudre le problème ? Tout a été dit sur ces meurtres. C'est-à-dire qu'on se contente de les décompter.
– Bon Dieu, Sandra, t'es la meilleure ! Si quelqu'un doit dégoter quelque chose, c'est toi ! Tu vas te faire une réput' d'enfer ! T'as un deuxième Pulitzer dans ta sacoche !
– À titre posthume ?

– Écoute, ces meurtres, si on trouve pourquoi ils sont commis, on trouve qui les commandite. Le mobile, ma grande, sors pas de là !

– Le mobile, c'est les flics qui sont censés le découvrir. Nous, les journalistes, on raconte seulement ce qu'on voit.

– Sandra, tu tiens le reportage de ta vie ! Bordel, en quelle langue il faut que je te le dise ? Dix piges que dure ce massacre, et ça continue !

– Je ne vais pas te garder plus longtemps parce que j'ai différentes choses à faire. D'abord terrasser la mafia mexicaine, ensuite arrêter les narcotrafiquants, punir les exploiteurs de filles honnêtes, présenter à la justice les procureurs, les juges et les flics corrompus, filer jusqu'à Mexico prévenir Vicente Fox qu'il ne fait pas bien son boulot, et s'il me reste un peu de temps pénétrer les réseaux internationaux qui font commerce d'organes humains dont il semblerait que ce soit aussi une des raisons de tous ces crimes. Je pense en avoir terminé à la fin de cette semaine.

Silence. Puis :

– Sandra, tu as raison de me sortir tout ça, je le mérite. Je t'en prie, ne prends aucun risque. Aucun reportage ne vaut qu'on y laisse sa santé ou sa vie. D'accord ?

Voilà, j'ai deux tragédiens dans ma vie. Un qui me fait vivre, l'autre pour qui je vis.

– D'accord, Woody. Je t'ai bien compris. Je t'appelle dès qu'il y a du nouveau. Laisse du large à la ligne de crédit. Il y aura sûrement des pourboires à donner ici et là.

– T'ai-je jamais restreinte !

– Toujours. Bonne nuit, Woody.

Le Nacional est un grand hôtel assez moche parce que pas entretenu. Mais il est situé dans le centre, et son bar, se rend compte Ferrari, paraît discret.

Après le grand soleil il a l'impression d'entrer dans une grotte, et ôte ses lunettes. Accoudés au bar suffisamment long pour que s'y assoie un congrès de dentistes, deux types sont avachis. Dans un coin sombre de la salle, un couple échange des baisers brûlants, et dans le coin opposé, *El Norte* déplié devant lui, Ferrari aperçoit Philip Gardner.

Il le rejoint et se laisse tomber dans le fauteuil fatigué qui lui fait face. Gardner replie son journal et lui tend la main.

– Heureux de vous voir.

Ferrari la lui serre en hochant la tête.

– Bien voyagé ?

– Ça va.

Gardner examine son visiteur qu'il n'a jamais vu. Il le connaît par les rapports et les histoires qui courent sur son compte. Par exemple, que Michael Ferrari est le neveu d'un des principaux parrains de la mafia sicilienne de la côte est des États-Unis, qu'il s'est servi de cette parenté pour combattre l'hydre terroriste.

Créée par Ahmed Fawzill quand celui-ci a failli terrasser l'Occident pour la plus grande gloire de l'islam, et que, seul survivant de l'équipe de spécialistes mise en place par les pays attaqués, il n'a pu empêcher que sa femme et ses enfants soient assassinés pendant cette guerre[1].

Il s'est ensuite retrouvé au centre d'une conspiration où étaient impliqués un milliardaire américain et des apparatchiks post-communistes décidés à modifier le comportement des foules à l'aide de messages subliminaux et de boissons trafiquées[2].

Gardner, qui est un fonctionnaire chargé par le Département d'État de faciliter les séjours des agents en mission au Mexique, et qui, à ce titre, a une fonction plutôt plan-plan, même si parfois il se la joue John Le Carré, est impressionné par la personnalité de l'Italo-Américain.

Comment la CIA a-t-elle pu obtenir des autorités mexicaines l'autorisation d'envoyer un de ses agents les plus importants ?

– Qu'est-ce que je peux faire pour vous ? demande-t-il après que le barman s'est décidé à venir prendre la commande de Ferrari et à déposer devant lui un verre de jus de fruits frais protégé d'une ombrelle.

– Me fournir tout ce que vous possédez sur la mafia, les flics, tous ceux accusés d'être impliqués dans le trafic de drogue.

Gardner s'offre une mimique en cul-de-poule.

– Quelle est votre latitude d'action ? renvoie-t-il.

Ferrari plisse légèrement les yeux, et Gardner remarque que ce simple mouvement des sourcils, qui n'a impliqué que très peu de muscles faciaux, accentue le côté naturellement inquiétant de Ferrari. Comme si cet homme n'avait à sa disposition qu'une ou deux expressions,

---

1. *Les Cercles de l'enfer*, Flammarion, Le Livre de Poche n° 37 037.

2. *L'Empreinte du Nain*, Flammarion.

celle de l'indifférence et celle de la menace. Gardner se demande ce qui coule dans ses veines et parierait pour de l'eau froide.

– J'ai été envoyé par l'Agence, en accord avec Mexico, pour suivre les circuits de la drogue qui franchissent notre frontière souvent à la faveur de l'immigration illégale. Nous avons arrêté récemment des immigrés chargés comme des mulets d'héroïne pure. Nous nous en sommes aperçus quand le sachet que l'un d'eux trimbalait dans l'estomac s'est déchiré et l'a tué raide. Parallèlement, et dans la mesure où notre gouvernement aiderait les autorités de ce pays à résoudre leur important problème de criminalité, on pourrait espérer davantage de collaboration de la part des Mexicains pour qu'ils contrôlent eux-mêmes leurs trafiquants.

– La mafia mexicaine est une des plus violentes du monde, dit Gardner.

– Davantage que la géorgienne ?

– Davantage que la colombienne. Elle jouit d'une totale impunité dans cette ville qui est le lieu de passage privilégié de l'immigration et de la drogue vers les États-Unis. Comme vous le savez, une part très importante des quatre-vingt-quatorze tonnes de cocaïne qui entrent dans notre pays transite par cette frontière, ainsi que la presque totalité des cinq cent mille Chicanos qui croient trouver chez nous l'Eldorado. Aucun juge ne prendra le risque de lancer contre elle la moindre action, lâche Gardner d'un ton prétentieux comme si ses criminels à lui étaient plus tordus que les autres.

» La mafia de Juárez a la haute main sur tous les trafics, et jouit de la protection effective des gouvernements du comté. Les grands industriels sont ses clients. On soupçonne ainsi qu'une partie non négligeable des meurtres de femmes sont commis par ces patrons enrichis qui commanditent les enlèvements et organisent des séances sexuelles où leur sadisme se donne libre cours. On a parfois l'impression qu'ils jouent à se croire des Néron ou des Tibère avec droit de vie et de mort sur leurs esclaves.

– Saddam Hussein et ses fils ne faisaient pas autre chose.

– Oui, mais on n'a aucune raison d'envahir le Mexique. Est-ce que... enfin, excusez-moi de vous demander ça... est-ce que par... vos attaches familiales vous pourriez... comment dire... bénéficier d'une approche privilégiée des chefs locaux de la mafia ?

Gardner, légèrement inquiet, guette la réaction de son interlocuteur. Ce qui le déprime dans ce métier, c'est de ne jamais savoir jusqu'où il peut aller. Tout est toujours tellement entouré de mystère que pressentir qui est devant soi relève de la chiromancie. D'autant que ces enfoirés d'agents de terrain ne se privent pas de faire sentir à des gens comme lui, qui pourtant se cassent le cul pour que tout roule, qu'ils ne sont là que pour leur rendre la vie agréable.

– Non, dit simplement Ferrari.

– Non ? C'est-à-dire que vous n'avez pas spécialement de... d'introduction ?

Ferrari ne se donne pas la peine de répéter.

– J'imagine que vous avez des contacts, des gens qui travaillent pour vous et émargent sur vos budgets, enchaîne-t-il, sec.

– Oui... oui... mais vous savez... ici on n'est pas persona grata... on nous tolère, si vous voyez ce que je veux dire.

L'agent spécial se penche brusquement vers lui.

– Gardner, vous êtes un petit fonctionnaire de merde, et votre sinécure ici ne durera que dans la mesure où ce que je rapporterai de votre aide et de vos efforts plaira à vos chefs. Vous avez été choisi parce que vous êtes le plus ancien, pas le plus aimé. Alors travailler pour moi revient à travailler pour vous. Je me suis bien fait comprendre ?

C'est au tour de Gardner de plisser les yeux, mais cela tient davantage du battement précipité de paupières.

Ferrari n'attend pas sa réponse et se lève.

– Je vous laisse les consommations. J'attends votre coup de fil demain matin. Ne me faites pas perdre mon temps, je déteste déjà cette ville.

Ignacio Esteban regarda d'un œil indifférent la fille recroquevillée sur le sol. Elle y avait passé une bonne partie de la nuit, jetée là par les frères Rubén.

Sa robe rouge, déchirée sur la poitrine, était remontée le long de ses cuisses. Assommée par la drogue qu'on lui avait fait absorber, elle dormait d'un sommeil comateux, les mains liées derrière le dos et la bouche fermée par un ruban adhésif. Ignacio était chargé de la surveiller ; plutôt de surveiller son réveil, et de la préparer pour Djemal.

Djemal était leur chef. Un salopard, pensait Ignacio. Un des pires qu'il ait connus. Pourtant, lui-même n'était pas novice dans l'armée du crime. Djemal l'avait racheté à son ancien patron après l'avoir vu tuer de sang-froid un « mulet » hollandais, imprudent, qui avait cru pouvoir garder pour lui les deux cents grammes d'héroïne pure qu'il devait passer à la frontière. Ignacio, sur ordre de son ancien chef, lui avait d'abord coupé les mains, puis la tête.

Il se dit que les frères Rubén avaient eu tort de « s'occuper » de la fille avant de la livrer à Djemal. C'était ce genre d'erreur qui faisait les morts prématurées. Alfonso, l'aîné, d'après ce qui se disait, avait un compte à régler avec Djemal. Mais ce n'était pas prudent de sa part d'agir ainsi. Il ne faisait pas le poids.

Ignacio regarda la fille avec une certaine répugnance. Il n'aimait pas les Indiennes. Mais on pouvait s'amuser avec.

L'Arabe était spécial. Il prenait son pied à faire hurler les filles. Ignacio ne se considérait pas comme un tendre, mais il y avait d'autres moyens de s'envoyer en l'air que de taillader les gonzesses au cutter, leur enfoncer des bâtons dans les trous ou leur couper les nichons.

C'était pas le seul. Ça se développait même drôlement. Il s'en passait des sévères dans les riches demeures du quartier de Progresista ou d'El Chamizal où créchaient les nababs. Djemal était l'un de leurs fournisseurs. Seulement après, qui devait se coltiner les restes des filles ? Les gars comme lui. Combien il en avait enterré ? Vingt, trente ? Il savait plus. Et puis, ça faisait pas partie de son job. Il était pas un putain de larbin obligé de nettoyer les saloperies des richards !

Il avait sa fierté, Ignacio. C'était un tueur. Un vrai. Pas une lope qui se pose des questions avant de tirer. Même si l'autre le regardait dans les yeux. Ça l'avait toujours fait marrer, cette histoire. En quoi le fait de regarder un mec que tu vas dessouder change quoi que ce soit au fait que t'es chargé de faire un truc que ton boss t'a ordonné ? Qu'il te regarde ou pas, deux secondes plus tard sa cervelle ira décorer les murs et toi t'auras fait ce pour quoi t'es payé.

La fille gémit doucement, les yeux toujours fermés. Et ça, est-ce que c'était un boulot d'homme de laver une puta et lui enfiler des dessous spéciaux, en cuir, comme les aimait l'autre taré ?

Depuis qu'il avait changé de groupe, Ignacio était malheureux. Quand le chef du cartel mexicain, celui qu'on appelait le Seigneur des cieux, Amado Carillo Fuentes, était mort en 1997 des suites d'une opération de chirurgie esthétique et que son fils Ramón avait repris les rênes, il avait fait partie des privilégiés que Ramón avait conservés. Les meilleurs, bien sûr. Chaque homme était fier de travailler pour les Carillo. Ils étaient durs mais loyaux. Avec eux on savait où on allait. Pas de peau de banane. T'étais pas en tôle depuis une heure qu'une armée d'avocats venait t'en sortir avec les honneurs.

L'Arabe, c'était autre chose. Il avait sa garde rapprochée, des types qui venaient du même coin que lui après être passés par les States. Il réservait la sale besogne aux locaux.

Comme se trimbaler des cadavres à moitié désossés.

Une nuit entière, le mois précédent, à rouler, lui et son lieutenant Pablo, dans Juárez, pour dégoter un endroit à peu près tranquille où balancer le cadavre d'une fille, enfin, à supposer que c'en était bien une, parce que c'est pas ce qui restait du corps qui pouvait donner une indication d'identité sexuelle.

Mais c'était à croire que tous les flics et tous les habitants de cette putain de ville s'étaient donné le mot pour se balader cette nuit-là !

Ils avaient cru ne jamais en finir, et fallait pas se demander, en cas de coup dur, qui porterait le chapeau. Sûrement pas Djemal ou Ramón avec leurs putains de relations. Eux, ils sortiraient blancs comme neige !

Ignacio se rapprocha de la fille qui venait d'ouvrir les yeux avec dedans une trouille qui ferait sûrement plaisir à Djemal s'il était là.

Quand elle vit Ignacio penché sur elle, elle se recula brusquement et se cogna la tête contre le mur, mais dans le mouvement l'adhésif, abîmé par la chaleur, se décolla, et elle en profita pour pousser un hurlement à faire trembler les murs.

Saisi, Ignacio fit ce que commandait son instinct de

geôlier : il lui balança un coup de pied qui renvoya pour le compte sa tête dinguer contre le mur.

Inquiet, il tâta sa carotide. S'il la tuait avant que Djemal s'en occupe, ça allait être sa fête. Il la redressa et la secoua pour la faire revenir. Dégoûté, il vit qu'elle se faisait sous elle et la lâcha.

Il pensa à Pablo et sortit de la cave. Il trouva son second à l'étage en train de taper le carton avec un autre, et la colère le saisit.

– *Hijo de puta*, qu'est-ce que tu glandes avec ce terreux pendant que moi je marne à la cave !

Pablo avait vingt-trois ans et apprenait le métier avec Ignacio. C'était en quelque sorte son arpette. Il bondit sur ses pieds.

– Oui, chef !

– Descends à la cave, salopard ! Tu laves la putain et tu la prépares pour Djemal, grouille !

Pablo serra les dents et sortit de la pièce après avoir jeté son full gagnant sur la table. Un jour, il ferait payer le tout à cet alcoolique d'Ignacio. Alcoolique et à moitié pédé, d'après ce qu'on disait.

Mon taxi s'arrête devant chez Perea.

Au bout de dix minutes le journaliste n'est toujours pas là et je m'apprête à aller le chercher quand il débarque à moitié habillé, s'efforçant d'enfoncer un pan de chemise dans son pantalon, la veste déjetée sur une épaule et l'air toujours aussi hagard.

– Hé, par ici ! le hélé-je.

Il bifurque et vient vers le taxi où il s'engouffre.

– Vas-y, dit-il au chauffeur en lançant des coups d'œil inquiets aux alentours.

– Où ? demande, flegmatique, le chauffeur.

– Prends Hermanos Escobar, je te dirai après.

Le taxi démarre façon Juárez, en laissant de la gomme sur l'asphalte et en s'enfilant dans la circulation sans souci des autres. Je m'y habitue.

– Bon, je vous explique, me dit-il. Le quartier où l'on va est un des pires de Juárez. On y trouve encore des cobras qui descendent du désert et qui se nourrissent des détritus qui jonchent les rues. C'est pas gras, parce que les gens sont tellement pauvres qu'ils ne laissent pas beaucoup de déchets. Mais c'est pas les cobras les plus dangereux. Le quartier de Punta Anapra qui appartient à quatre grandes familles propriétaires de maquiladoras et de brasseries est le fief d'un gang pourri appelé les Rebels, des teigneux absolus.

Quand Ahmad Latif Shari Shari a été arrêté parce qu'on le soupçonnait d'être à l'origine des premiers meurtres mais que ça a continué, on a pensé que l'Égyptien communiquait avec la bande depuis sa prison et qu'il les chargeait de tuer pour le blanchir. On a arrêté les principaux chefs du gang mais ça n'a rien changé et ils sont ressortis.

Il s'arrête à bout de souffle. Sa peau est grise et luisante et ses mains s'agitent sur ses genoux.

– Chez qui on va ?

– Josefina Privette, lâche-t-il dans un soupir. Elle est emblématique de ce qui se passe ici. Vous l'écouterez, je ne vous dis rien.

Pendant ce temps le taxi progresse à coups de klaxon et d'*hijo de puta* qui semblent le carburant principal des automobilistes du coin.

Je commence à comprendre pourquoi certains quartiers de Frisco, mais surtout de Los Angeles où se sont établies des colonies mexicaines, sont aussi chauds. Même s'ils ne se haïssent pas positivement, les Mexicains donnent l'impression de vouloir s'étriper pour un oui ou pour un non.

À leur décharge, Ciudad Juárez bat des records d'encombrement. Je remarque une jeune fille croisée sur le trottoir dix minutes plus tôt et qui vient de nous dépasser.

La chaleur accablante est aggravée par le bruit infernal, les odeurs d'essence et de gas-oil. Mon compagnon de voyage, affalé sur la banquette, respire comme un poisson échoué sur le sable.

Arrivé à un carrefour qui paraît condenser la folie routière, Perea dit au chauffeur de prendre à gauche vers Lomas de Poleo, et le taxi quitte les grandes avenues pour se faufiler bientôt par des rues tortueuses bordées de chaque côté de taudis d'où jaillissent des hordes de gosses aussi excités que les adultes, et dont certains nous jettent au passage des mottes de terre, ce qui permet au chauffeur de se défouler en les baptisant de noms d'oiseaux.

Le décor a brusquement changé. Plus d'immeubles ni de trottoirs. L'asphalte défoncé cède la place à des ruelles au sol de terre durcie, bordées de caniveaux où coule une eau boueuse charriant un assortiment varié d'objets méconnaissables. Le soleil pourtant vif est voilé par une espèce de brume qui sent la fumée. Le ciel, bleu cobalt dans le désert, a pris la teinte du mercure.

Plus on s'enfonce, plus les taudis deviennent loqueteux. Les toits sont en carton, en tôle rouillée, en boue mélangée à des matières non identifiables. Les fenêtres sont des trous obturés de chiffons, de cartons ou de plastique. Ici, ni eau ni électricité, comme dans la plupart des maisons de Juárez, m'apprend Perea.

Sur les pas de porte, penchées sur des bassines noircies où mijotent des ragoûts, ou lavant des montagnes de linge, des femmes se détournent pour nous voir passer, le regard sombre et l'expression revêche.

Et toujours des troupes de gosses avec les cheveux raides et noirs des Indiens, ou rasés à la mode voyou, qui cavalent autour de la voiture. Des garçons aux regards avides et durs, traînant des pantalons déchirés et trop longs, coiffés de casquettes yankees, visière sur la nuque. Des fillettes aux visages fermés et aux poings serrés comme si la vie leur avait déjà enseigné à devoir se méfier et se défendre. Chacun restant avec ceux de son sexe, sachant qu'il n'a rien à attendre de l'autre. Machisme tété avec le lait des mères ; défiance apprise très tôt dans cette société patriarcale où le père n'est fouettard que contre ses filles.

Le taxi bifurque à droite ou à gauche selon les indications de Perea dont je me demande quels sont les points de repère dans ces ruelles sordides où tout se ressemble.

Par la vitre arrière, je vois Juárez perdue au milieu d'une grisaille de fumées d'usine et de feux individuels, lançant ses pseudopodes de maisons délabrées, d'entrepôts et de terrains vagues dans toutes les directions. Ville parasitée comme ces chenilles sur lesquelles certaines guêpes pondent leurs œufs qui, devenus larves, se nourrissent du corps de leur hôte jusqu'à les tuer.

– On arrive, dit Perea. Là.

Il fait arrêter le taxi devant une cabane peut-être en un peu meilleur état que les autres, ou qui semble en tout cas mieux tenue. Le bruit du moteur attire les habitants dehors.

Perea descend et marche vers la cabane au moment où une femme en sort. Elle est courte et ronde avec un visage plat et large. Elle reconnaît le journaliste et lui tend la main d'un geste résigné.

– Madame Privette, bonjour, je suis venu avec une journaliste américaine qui enquête sur nos disparues.

La femme me regarde sans rien manifester. À mon sens, ce n'est pas le premier journaliste que lui ramène Perea qui paraît s'en être fait une spécialité.

– On peut entrer ? demande-t-il en jetant un coup d'œil sur les voisines qui suivent la conversation.

La femme n'a pas l'air chaud mais s'efface tout de même. Habitude de la soumission.

Perea demande au chauffeur de nous attendre et lui non plus ne semble pas chaud. Je ne sais pas si c'est le décor qui le déprime ou la trouille de rester seul face aux mômes qui rôdent autour de la voiture en donnant des coups de pied dans les pneus ou qui glissent la main sur la carrosserie en ricanant.

On entre derrière Mme Privette, et le passage de la lumière excessive à la semi-pénombre me suffoque et m'aveugle autant que l'odeur de renfermé. Quand mes yeux se sont habitués, je distingue dans l'ombre deux formes assises.

Elle nous fait nous installer autour de la table et je me rends compte qu'une des deux formes est une vieille dame et l'autre une adolescente. Silencieuses toutes deux, la vieille mâchonnant en permanence, la jeune suivant tous nos gestes.

– Ma mère et ma fille, présente mollement Mme Privette.

On se salue, enfin je les salue, sans qu'elles bronchent.

Josefina Privette dit quelque chose à sa fille qui se lève et revient avec une cruche d'eau et des verres qu'elle pose en vrac sur la table. Sa mère fait le service, et Perea lui demande si ça l'ennuie que j'enregistre notre conversation.

Elle réfléchit un moment et refuse.

– Ce n'est pas grave, dis-je.

– Josefina, commence Perea après avoir vidé son verre, voudriez-vous raconter votre histoire à ma consœur ?

Josefina regarde tour à tour sa mère et sa fille. Elle a étalé ses mains sur la table et les contemple comme si elle les découvrait.

Du dehors nous parviennent les bruits de la rue, mais ici c'est comme si on avait pénétré dans une grotte, un endroit hors du monde où la vie s'arrêterait sur le seuil parce que interdite du droit d'entrer.

– Josefina, reprend Perea tourné vers moi sans doute pour l'inciter à parler, a perdu sa fille.

Il s'adresse à elle :

– Racontez-nous comment Marisa a disparu un jour.

Elle reste muette. La grand-mère s'acharne à mâcher, peut-être une chique, peut-être rien. Le rideau qui ferme la porte se soulève de temps en temps sous la poussée d'un gosse, alors on entend une voix de femme s'élever et gronder et le rideau retombe.

Le silence est tissé de chagrin et d'angoisse. Il pèse sur chacun ici présent. J'ai la même impression que lorsque j'étais en Bosnie au moment de la guerre. Les morts et les disparus prenaient toute la place, investissaient les mémoires et les lieux, s'installaient au milieu des survivants, en leur en laissant peu.

Je tourne la tête vers le buffet et aperçois la photo d'une jeune fille, entourée d'un bandeau noir. Marisa. Elle est jolie. De bonnes joues rondes et des cheveux qui retombent avec grâce de chaque côté d'un visage rieur.

Josefina a suivi mon regard. Que pense-t-elle en ce moment précis ? Il y a pire que perdre un enfant, c'est ne pas savoir ce qu'il est devenu.

L'esprit est suffisamment roublard pour instiller l'espoir et le doute même quand, raisonnablement, il n'y en a plus. On pense que c'est plus facile mais c'est faux. La vie est occupée par l'attente. Une silhouette, une voix, un rire, fait renaître l'espoir, espoir toujours déçu qu'il faut ravaler pour continuer d'attendre.

– Ma fille avait vingt ans, commence Mme Privette comme si elle avait reçu l'autorisation soudaine de parler.

Sa voix est sourde mais claire. Elle s'exprime calmement comme quelqu'un qui a tant de fois répété son texte qu'elle en connaît chaque intonation.

– Elle travaillait sur une chaîne de circuits électriques et on a retrouvé son corps parmi les huit de l'AMAC[1].

Ainsi, elle sait que sa fille est morte. Au moins, elle n'attend plus. Quand Perea a dit « disparue », il employait à dessein un mot moins blessant, moins définitif que morte. Elle a « disparu » à nos yeux, de nos vies, mais elle est vivante dans nos mémoires. Aucune de nos religions n'a jamais pu apaiser le désespoir, combler le vide.

Josefina se lève et va prendre sa photo. Elle la tient à deux mains et poursuit en la regardant.

– Comme l'enquête n'avançait pas, nous sommes allés faire des fouilles à l'endroit où les corps avaient été découverts. Nous avons retrouvé des cheveux, des chaussures, des vêtements. Le pantalon de ma fille était caché dans un buisson, avec son badge de l'usine. Tout avait été laissé sur place.

Elle s'arrête et penche la tête comme si elle attendait que sa fille lui réponde. Qu'elle lui explique ce qui s'est passé cette nuit-là pour ces huit jeunes filles massacrées. Peut-être aussi qu'elle dise lui pardonner de ne pas avoir été là pour la protéger des hommes. Que maintenant elle ne souffre plus et n'aura plus jamais peur.

– Que vous a dit la police ? demandé-je.

Elle secoue la tête.

– La police ? C'est la police qui tue, répond-elle.

Je regarde Perea qui me rend mon regard en le chargeant d'ironie. Est-ce qu'enfin je comprends ou faut-il m'en dire davantage ?

– Ce n'est pas possible que tous soient impliqués.

– Pas tous, remarque Perea, c'est vrai. Mais des chefs, des responsables. De simples flics aussi. Le

1. Puissante association des maquiladoras.

commandant de la police judiciaire fédérale a été reconnu coupable d'enlèvements et de meurtres, il a été muté. Une seule rescapée, parce qu'elle a pu s'échapper, l'a formellement accusé de l'avoir enlevée avec son amie qui, elle, est morte. Elle est protégée depuis dans un lieu tenu secret.

– En attendant le procès ?

Il hausse les épaules et se lève.

– Quel procès ? Les seuls procès sont ceux intentés contre de pauvres types dont on arrache des aveux à coups de séances de torture. Si ça vous intéresse, je vous emmènerai voir la veuve de l'un d'eux.

Être parmi ces gens semble redonner courage à Perea. Il n'est plus le seul témoin de l'horreur.

Josefina se lève à son tour et va replacer la photo sur le buffet. La grand-mère et l'adolescente n'ont pas bronché. On les croirait figées dans la cire. Jaune pour la vieille dame, rose pour la fillette. Mais le même regard battu.

Je me lève. Le dénuement de ces femmes est tel que je voudrais leur remettre de l'argent, mais je ne sais comment m'y prendre. Je vais vers Perea et me penche vers lui pour lui parler.

– Donnez-le-moi, dit-il, je leur laisserai en partant. Vous n'avez plus rien à leur demander ?

– Je n'avais rien à leur demander.

Je tends la main à la mère et souris à la grand-mère et à l'adolescente qui, cette fois, me répondent chacune par un hochement de tête.

Je sors après un dernier salut. Le soleil me cueille en plein front et j'enfile rapidement mes lunettes. Le chauffeur court autour de sa voiture à la poursuite des garnements en poussant des jurons sonores. Les mères regardent le manège sans intervenir. Perea me rejoint.

– Partons d'ici, dis-je en m'engouffrant dans la voiture.

Le chauffeur se réinstalle au volant d'un air satisfait.

– *Vamos !* dit-il.

Perea s'assoit sur le bord de la banquette.

– Ramène-nous à l'*El Norte*, indique-t-il.

Je me retourne au moment où la voiture prend le virage. La sœur de Marisa est sortie sur le pas de la porte et nous regarde partir. Elle ressemblera à Marisa dans quelques années. Je voudrais bien qu'on ne lui prenne pas sa vie.

Le gouverneur prend le temps d'examiner son visiteur pendant que celui-ci parcourt la dizaine de mètres qui séparent son bureau de la porte. À ses côtés, Felipe Aguilar, commandant de la Police fédérale préventive, est appuyé nonchalamment contre le mur.

Martínez se lève et se porte à la rencontre de Ferrari.

– Capitaine, dit-il en lui tendant une main sèche.

– Agent spécial, rectifie l'Américain.

– Ravi de vous recevoir, continue Martínez, asseyez-vous, je vous prie.

Puis il présente distraitement le policier arrogant qui salue Ferrari d'un simple signe de la tête.

– Que puis-je pour vous ? demande-t-il en regagnant sa place.

Ferrari s'assoit en prenant soin du pli de son pantalon. Martínez, rien qu'à le regarder, a l'impression d'être fagoté dans un pyjama froissé. Ça le met de mauvaise humeur. Court et rond, Martínez n'a jamais porté ses vêtements avec élégance. Même en grand uniforme il sait ressembler à un portier d'hôtel.

Ce grand Américain sanglé dans son impeccable costume d'alpaga noir a l'air de sortir d'un magazine de mode. Il ressemble à une publicité pour managers yankees, s'il n'y avait ce regard dur et glacial qu'il pose d'emblée sur vous, et cette mâchoire carrée que Martínez aurait aimé trouver à sa naissance.

Pour dissimuler son irritation il se lance dans un concours de banalités sur le voyage, le climat et autres remarques sans intérêt. Enfin il se penche vers son hôte par-dessus son bureau et s'enquiert de l'objet de sa visite.

Surpris, puisque son voyage a été programmé, Ferrari répond, s'efforçant d'être aimable :

– Vous avez dû recevoir, monsieur le Gouverneur, le rapport de la Central Intelligence Agency demandant au ministère de la Justice de Mexico une collaboration accrue entre nos services pour endiguer le trafic de stupéfiants entre votre pays et le nôtre, requête, qui, si j'en crois mes chefs, a été agréée.

Martínez se gratte la tête.

– Ces papiers signés par le chef de la CIA ont été envoyés à votre ministre de la Justice afin que je bénéficie de l'aide des autorités pour ma mission, poursuit Ferrari. Lorsque votre Président est venu à Washington il est tombé d'accord avec le chef de l'Exécutif américain et le responsable de la Drug Enforcement Agency.

L'Américain s'interrompt dans ses explications quand le policier, qui n'a pas desserré les dents jusque-là ni montré le moindre intérêt à ce qui se disait, se décolle du mur et va regarder par la fenêtre en soupirant ostensiblement.

– Excusez-moi, commandant, je vous ennuie ? grince Ferrari.

Martínez regarde le chef de la Police Fédérale Préventive qui lui lance un coup d'œil que même quelqu'un de moins attentif que l'agent spécial qualifierait d'« excédé ».

Aguilar se tourne vers l'Américain.

– Ce que vous nous dites nous l'entendons depuis des lustres. Tous les maux dont souffrent les gringos viennent des autres. Principalement de nous les Mexicains, si proches voisins, qui vous envoyons nos pauvres et nos délinquants qui agressent vos belles populations, et bien sûr, la drogue qui pourrit votre jeunesse, crache-t-il d'un ton âpre.

Ferrari est stupéfait.

– Je ne comprends pas cette réflexion, commandant.

Aguilar se contente de lancer un nouveau coup d'œil à son chef. Martínez s'éclaircit la gorge.

– Ce que veut dire le commandant Aguilar, c'est que nous sommes bien conscients du problème que pose la drogue à votre pays, pas qu'au vôtre, d'ailleurs, mais nous n'avons pas le pouvoir d'empêcher les consommateurs d'en réclamer toujours plus. Le Mexique, la Colombie et d'autres encore, sont des pays pauvres, en grande partie à cause de la concurrence des grandes nations. Nos paysans ne peuvent plus exporter leurs produits, faute de recevoir de nos gouvernements les subventions dont bénéficient vos agriculteurs ou vos industriels, et cultivent ce qui, faute de mieux, rapporte le plus, c'est-à-dire du chanvre, du pavot.

» Nous avons nos propres problèmes, comme vous le savez. Beaucoup de délinquance, une inflation trop forte, une hémorragie de travailleurs attirés par les salaires offerts ailleurs... un chômage endémique... un commerce extérieur extrêmement déficitaire que l'Alena n'a pas résolu, au contraire, aggravant davantage l'inégalité des échanges entre les États-Unis et les États membres....

Ferrari se lève brusquement. Il se penche vers Martínez en surveillant du coin de l'œil Aguilar, qui, surpris par la brusquerie du mouvement de l'Américain, a porté tout naturellement la main à son étui de revolver.

– Monsieur le Gouverneur, martèle-t-il, dents serrées, je ne suis pas venu ici pour entendre une conférence sur vos problèmes économiques. Je suis envoyé par mes employeurs, en accord avec votre ministère de la Justice, pour remonter les filières mafieuses installées dans votre pays et qui y prospèrent sans être vraiment inquiétées par vos services de police. Je comprends, et mon gouvernement aussi, que la tâche n'est pas aisée. Aussi ai-je été dépêché, en accord avec NOS gouvernements, pour organiser une collaboration entre vos services et les nôtres. Et à moins que vous fassiez sécession avec Mexico je ne vois pas l'État du Chihuahua s'opposer à cette décision bilatérale.

Martínez lève les deux bras en même temps qu'il quitte son fauteuil. Il sourit d'un air cauteleux et se rapproche de Ferrari tout en restant à distance prudente.

– Capitaine, vous m'avez mal compris ! Le commandant Aguilar et moi voulions juste signaler la difficulté de combattre cette hydre qu'est la mafia ! Vous avez la vôtre depuis combien de temps ? un siècle, deux, peut-être ? Ce n'est pas à vous, capitaine, que je l'apprendrai puisque je crois qu'une partie des vôtres installés à l'est des États-Unis est considérée comme une des familles les plus importantes... Non, ce que je veux dire c'est que nous devons agir avec une extrême prudence en même temps qu'une grande détermination. Voyez-vous, nous sommes confrontés, comme vous ne l'ignorez pas, à une vague de crimes, ici à Juárez, que nous nous efforçons d'élucider. Ce que je veux dire, c'est que nous sommes obligés de combattre sur tous les fronts.

Martínez se rapproche de Ferrari qui est resté

penché sur le bureau, appuyé sur ses bras raidis, et qui le regarde de côté, sans cacher son ahurissement.

– Alors, qu'est-ce que vous comptez faire ?

– Tout ce qui est en notre pouvoir pour vous aider ! s'exclame le gouverneur avec l'expression navrée de l'incompris. Absolument tout ! Ce que voulait le commandant Aguilar qui, par ses fonctions, a la haute main sur la délinquance dont souffre notre État, c'était seulement souligner la difficulté que nous risquons de rencontrer.

» Et, bien évidemment, il n'est pas question d'autoriser une autorité étrangère, même si elle jouit de la notoriété et de la bonne réputation de votre Agence, de procéder à des initiatives qui pourraient être considérées par le gouvernement de Mexico comme une ingérence dans les affaires intérieures de notre pays.

» Ce que notre ministre de l'Intérieur m'a demandé c'est de faciliter autant que faire se peut votre participation à nos actions en tant qu'observateur. Hélas, il se trouve que pour l'instant nos forces de police se consacrent totalement à ces meurtres odieux de jeunes femmes qui endeuillent notre État, meurtres qui ont d'ailleurs suscité l'envoi par les États-Unis de six experts criminologues, qui, entre nous, n'ont rien découvert qui permette de faire avancer l'enquête...

Martínez sourit plus largement et s'empare du bras de Ferrari.

– Mon cher ami, croyez que mes services feront leur possible pour vous aider dans votre enquête. Tout leur possible. Où êtes-vous descendu ?

Ferrari, que le changement de ton déconcerte, hésite. Vieux réflexe de prudence. Mais trouver son hôtel est un jeu d'enfant pour Martínez.

– Hôtel Diaz.

– Parfait, s'exclame le gouverneur, c'est un des

meilleurs. N'hésitez pas, si vous avez besoin de quoi que ce soit, le directeur est un de mes bons amis. Je lui téléphonerai pour lui demander de vous gâter. Hé..., poursuit-il d'un ton joyeux, ce n'est pas tous les jours que nous avons le plaisir de recevoir un des plus prestigieux agents de la CIA. Vous êtes notre hôte, mon cher. Je vous raccompagne.

Avec autorité, Martínez entraîne son visiteur vers la porte. Ni Aguilar ni l'Américain n'échangent le moindre salut. Sur un signe de Martínez, un planton se précipite pour raccompagner Ferrari.

– Et n'oubliez pas que je suis à votre disposition, commandant Ferrari, ajoute-t-il, au moment où l'Américain s'éloigne. Pour tout ce dont vous aurez besoin.

Djemal s'accroupit devant le corps que viennent de lui amener Pablo et Ignacio. Son œil a très vite enregistré les marques de coups et de viol.

La fille le fixe sans le voir. Son regard est vide et son souffle à peine perceptible. Elle est restée dans la position où elle a été déposée. Sur le dos, le haut du buste appuyé contre le mur, bras et jambes jetés comme s'ils ne lui appartenaient plus.

Ignacio a descendu sa robe sur ses cuisses et arrangé le haut. Mais ses efforts n'ont pas amélioré grand-chose. Elle ressemble à un mannequin de son qui aurait trop longtemps séjourné dans l'eau.

– D'où elle vient ? demande le chef.

– C'est les frères Rubén, répond Ignacio.

Djemal lève la tête et regarde Ignacio de son seul œil valide. L'autre, crevé, est enfoncé dans l'orbite.

– Ils ne l'ont pas trouvée comme ça, remarque-t-il d'une voix douce.

Ignacio frissonne.

– Je ne sais pas.

– Tu ne sais pas ?

Ignacio secoue la tête et regarde ailleurs.

– Et toi, quand tu l'as reçue ?

– Comme ça.

Djemal se redresse. Il sort une cigarette d'un paquet

coincé dans la poche poitrine de sa chemise. Pablo craque une allumette.

– Où sont-ils ? demande Djemal en exhalant une longue bouffée.

Ignacio regarde Pablo qui lève les épaules avec une grimace d'ignorance.

– On sait pas, répond Ignacio.

Djemal se rapproche de la fille étendue et la pousse du pied. Elle ne réagit pas. Un vilain sourire fend le visage de l'Arabe. Un sourire qu'Ignacio déteste parce qu'il lui fait peur.

– Quel gâchis, murmure Djemal d'un ton pensif.

Ignacio lance à Pablo un regard entendu : ça va être encore pour eux.

Djemal se tourne vers lui.

– Tu rechercherais une fille séduisante, tu accepterais ça ?

Ignacio soupire et plisse les lèvres.

Djemal, pensif, fume sans le quitter des yeux. Puis il regarde la jeune fille qui a fermé les siens ou qui s'est évanouie. Il se rapproche et l'examine comme le ferait une ménagère d'un quartier de viande.

– Si tu ignores où sont les frères Rubén, tu sais peut-être où est le docteur ?

Derechef, Ignacio regarde Pablo qui va pour répondre par la négative, quand il surprend le coup d'œil de son chef.

– Peut-être.... Il devrait être à la clinique, répond-il sans assurance.

Djemal soupire, et désigne Maria du menton.

– Apportez-lui. On ne peut rien en faire d'autre.

Ignacio avale sa salive.

– Est-ce qu'on pourrait pas...

– Quoi ?

Il s'arrête net.

– Quoi ? reprend Djemal.

– Heu... la remettre... en ville... dans un terrain...

– Vivante ?

Ignacio hoche la tête. Si on peut dire que la fille soit vraiment vivante.

– Elle l'est pas beaucoup, tente-t-il.

Djemal a un petit rire qu'Ignacio déteste comme le reste. En fin de compte, comme tout ce que fait Djemal.

Djemal le regarde d'un air ironique, souffle sur le bout de sa cigarette, et soudain se penche et appuie le bout incandescent à l'intérieur de la cuisse de la fille qui pousse un hurlement et tente de se dresser. Mais elle n'a pas la force et ne peut que rouler sur elle-même pour échapper à l'affreuse brûlure.

Djemal se redresse et éclate de rire.

– Pas vivante, hein ?

Ignacio, qui comprend qu'il a fait une connerie, hoche la tête dans un geste d'excuse.

– Allez, embarquez-moi ça, et emmenez-la au toubib.

Ignacio l'empoigne par les jambes et Pablo s'apprête à faire de même avec les bras, quand Djemal les stoppe.

– Bande d'abrutis, vous allez vous la trimbaler comme ça ?

Maria, à qui la souffrance a rendu un peu de conscience, geint en se traînant sur le sol.

Ignacio regarde son chef, tentant de comprendre ce qu'il veut.

– Va chercher un drap ou une couverture et fous-la dedans ! espèce de con !

Pablo réagit plus vite que son chef et court dans la buanderie en appelant une domestique.

– Vite, vite, des draps ! crie-t-il en bousculant la

femme qui, habituée, ne regarde même pas la fille qui rampe sur le tapis en pleurant.

– Pour quoi faire ?

– Donne-leur des draps, Antonia, ordonne Djemal.

En maugréant, parce que c'est sa façon de s'exprimer, Antonia disparaît et revient peu après avec un grand drap.

Ignacio le prend et interroge son chef des yeux. Maria, arrivée au centre de la pièce, ne bouge plus. L'odeur de brûlé est tenace.

Djemal fait un signe de tête.

– Prenez-la comme ça, mais quand vous la donnerez au docteur...

Il laisse sa phrase inachevée et se passe l'index sous le cou.

– Oui, chef, dit Pablo qui s'empresse de rouler le corps de Maria dans le drap.

Celle-ci reprend vaguement connaissance et se met à crier. Antonia, qui s'apprêtait à quitter la pièce, s'arrête et la regarde.

– Qu'est-ce qu'elle a ?

– Rien, Antonia, répond Djemal avec un geste de la main l'invitant à déguerpir.

La femme hausse les épaules et s'en va.

– Faites-moi disparaître ça, ordonne Djemal en sortant à son tour.

Le taxi nous arrête devant *El Norte*. Perea en descend et me lance :

– Vous montez ?

– Non, je dois donner des coups de fil.

Il hésite, se passe la langue sur les lèvres, jette des regards furtifs autour de lui. Puis il court vers l'entrée de l'immeuble comme pour y trouver refuge, et me crie avant de tirer la porte sur lui :

– Demain, je vous emmène chez la veuve de l'un des suspects arrêtés.

– En route, dis-je au chauffeur.

– Où ?

– Hôtel Monaco.

Je m'enfonce dans la banquette, m'efforçant d'oublier Perea. Lui, c'est facile. Josefina Privette, ça l'est moins.

Je crois que j'en ai trop vu de ces chagrins, trop entendu de ces histoires où la douleur le dispute à l'incrédulité. Quelles images hantent l'esprit d'une mère dont la fille de vingt ans a été torturée et violée avant d'être tuée ? La revoit-elle enfant quand elle imaginait que sa vie serait paisible et, pourquoi pas, heureuse ?

Je repense à ces trois femmes tutsies du Rwanda qui refusaient de voir leurs enfants nés du viol. Pourquoi les corps des femmes sont-ils si souvent le champ du déshonneur des hommes ? Pourquoi les hommes ne pensent-ils pas à leur mère quand ils tuent des femmes ?

– Comment vous trouvez notre ville ? me demande le chauffeur à cet instant.

Je regarde son profil. Bonne bouille. Peut-être bon père et bon mari.

– Agressive.

Il m'examine dans son rétroviseur. Il se demande sans doute si j'ai bien traduit ma pensée.

– Vous voulez dire... dangereuse ?

– Masculine.

Il croit comprendre et éclate de rire.

– Les Latinos, hein... machos !

Par chance, on arrive à l'hôtel. Je descends et paye la course. Pendant qu'il me rend la monnaie, il dit en me regardant de côté :

– Les Américaines, hum... elles aiment aussi les vrais hommes.

Je lui réponds par un regard si glacial qu'il a dû attraper une congestion. Il démarre en lançant une plaisanterie au portier qui s'est avancé pour m'accueillir. Celui-ci me regarde et ils rient ensemble.

Je monte dans ma chambre.

Elle a été fouillée. Quand, comme moi, on a traîné ses guêtres partout où l'on rencontre des tordus, les sens s'aiguisent, en particulier ceux de l'observation et de la survie.

On apprend à repérer ce qui échappe généralement aux lambdas, une lampe de chevet de travers, une veste abandonnée sur un bras de canapé et qu'on retrouve sur les coussins, une porte d'armoire mal fermée, ou les flacons de la salle de bains en désordre.

Ou tout simplement une sensation. Car les autres signes, c'est du pipeau. Je ne suis pas assez maniaque pour ça. En revanche, quand j'ai la peau des bras qui se hérisse, c'est tout bon.

Je fais le tour de la chambre et de la salle de bains et ne vois rien de particulier. Je m'assois au milieu du canapé. Pourquoi et qui aurait eu envie de fouiller mes affaires ? Pour découvrir quoi ? Je me suis inscrite à la réception comme journaliste, et on est au Mexique, pas à Cuba.

Tout semble en place. J'ouvre mon portable, tape mon code. Rien à signaler.

Je passe sur la terrasse qui donne sur une ruelle qui ne sent pas très bon mais qui a vue sur les toits. J'essaye de raisonner mais j'ai la gorge sèche et les mains moites. Sans doute mal remise de mon reportage au Pakistan, je suis repartie trop tôt sur le sentier de la guerre. Mes nerfs ne paraissent pas cette fois-ci avoir la dureté nécessaire.

D'ailleurs, j'ai l'impression que je n'arriverai à rien. Les crimes de Juárez sont une affaire intérieure et je ne vois pas comment je trouverais la solution à des crimes pour lesquels chacun y va de son hypothèse.

Woody m'a manœuvrée, selon sa bonne habitude. Il a profité de ma curiosité pour faire du sensationnel. Nina a raison quand elle dit qu'il me roule en permanence dans la farine. « Il profite du goût que tu as pour l'aventure et les tocards de tous poils, pour t'envoyer sur les coups les plus tordus ! Et toi, bonne pomme, tu fonces ! »

Elle a raison, mille fois raison. Qu'est-ce que je vais rapporter au canard ? L'interview ressassée de la mère d'une victime et celle de la veuve d'un suspect ? Des suppositions que je ne pourrai pas vérifier, des pistes qui se révéleront des culs-de-sac ? Parce que, vu le nombre de gus qui maintenant s'en occupent, des officiels et des pas officiels, des juges et des flics, des experts et des sociologues, c'est pas une petite journaliste comme votre narratrice qui va dégoter la vérité.

Et même une grande journaliste. C'est décidé, je rentre. Même pas besoin de prévenir Woody. Il me verra bien rappliquer. Nina, pareil. Heu... une seconde... une seconde. Je réfléchis. Nina déteste qu'on la surprenne. Et je la comprends. Rentrer sans prévenir peut signifier qu'on n'a pas confiance. Ou trop. De toute façon c'est plus correct de s'annoncer.

Je retourne dans la chambre pour l'appeler, et on frappe à la porte.

– Police, madame, entends-je de l'autre côté.

Je me raidis. C'est quoi ce canular ?

Je vais à la porte, évidemment sans judas. Des histoires me reviennent de salopards se faisant ouvrir les chambres des touristes sous différents prétextes afin de les dévaliser. Mais en général ils choisissent des métiers style plombier ou service de chambre.

– Que voulez-vous ?

– Vous poser quelques questions.

J'ouvre vivement et me trouve devant... deux bonshommes habillés du même costume marron, taille et corpulence identiques, affublés du même balai sous le nez, et qui tous deux me tendent leur carte professionnelle. Dupont et Dupond, sans doute.

Ils me saluent d'un signe de tête.

– Excusez, madame, pourrait-on vous parler ?

À ce moment le téléphone sonne et je vais décrocher sans les quitter des yeux.

– Madame, excusez-moi, deux inspecteurs ont demandé à vous voir et je n'ai pas eu le temps de vous prévenir..., ronronne le directeur de l'hôtel.

– Ils sont là, dis-je en raccrochant.

– Inspecteur Zapato, se présente Dupond. Et mon collègue, l'inspecteur Ambrosio, continue-t-il en me désignant Dupont.

J'acquiesce.

Zapato lorgne le canapé, mais je fais comme si je ne voyais rien.

– Vous êtes journaliste ? commence-t-il.

J'acquiesce.

– De San Francisco.

Je hoche.

– Heu... d'après ce que nous savons, vous êtes venue pour un reportage...

Dupont, pendant ce temps, se balade dans la chambre, et je me demande si le directeur est sûr de leur identité. Il n'y a rien de plus facile que de contrefaire une plaque de flic. Surtout dans ces pays.

– Voulez-vous me remontrer vos cartes ? dis-je.

Zapato semble surpris, mais ressort sa carte, pendant qu'Ambrosio revient et me tend la sienne.

J'examine, mais ça me semble correct.

– Bon. Alors voilà, dis-je en me laissant tomber sur le canapé et en les laissant debout devant moi. Je suis envoyée par mon journal, le *San Francisco Chronicle*, pour enquêter sur les crimes commis à l'encontre des femmes à Ciudad Juárez. J'ai rencontré un confrère qui m'a emmenée voir la mère d'une des victimes. J'ai un dossier qui raconte ce que tout le monde sait déjà. C'est-à-dire rien. Ça vous va ?

Mon espagnol ne remonte pas à Vélasquez, mais je crois avoir été claire.

Zapato regarde Ambrosio, à moins que ce ne soit l'inverse.

– Je peux ? demande le premier en désignant le fauteuil.

Il s'installe avec un imperceptible soupir de soulagement, tandis que son collègue reste debout. C'est Zapato le chef.

– Nous n'avons rien contre vous... madame... Khan..., commence-t-il.

Tant mieux.

– Cependant, nous n'aimons pas trop que des étrangers viennent fourrer leur nez dans nos affaires.

Je le laisse continuer.

– Il aurait été de bon ton que vous vous présentiez à la police dès votre arrivée.

Je prends un air étonné.

– Pourquoi ? Je n'ai pas demandé d'aide et j'ai l'habitude d'exercer mon métier seule.

Il dodeline de la tête. Ambrosio me tient sous son regard de braise.

– Puis-je voir votre passeport ? demande soudain Zapato.

– Il est à la réception.

– Ah oui...

J'attends. Zapato se lève et regarde autour de lui.

– Je ne comprends pas votre visite, inspecteur. Je suis citoyenne américaine, effectivement journaliste, et je n'ai enfreint, que je sache, aucune de vos lois. Je ne suis pas tenue d'aller voir la police, et pour l'instant je prends la température de votre pays, si vous voyez ce que je veux dire.

J'ai failli lui annoncer que je repartais, mais tout à coup je n'en suis plus si sûre.

– Oui... mais votre enquête peut vous conduire à rencontrer des gens... disons... pas très nets.

– Dans ce cas vous serez là pour me protéger, inspecteur.

Il plisse les lèvres, ce qui fait remonter le balai jusqu'à son nez qu'il a un peu tombant.

– Quels sont vos projets ? demande-t-il tout à trac.

– Je dois revoir mon contact du journal *El Norte*.

– Perea ?

– Oui.

Il enfonce les mains dans ses poches et fait quelques pas.

– Perea... fait beaucoup parler de lui, dit-il en me fixant.

– Vous voulez dire qu'il parle trop de ce qui se passe à Juárez ?

– Pas trop, mais pas toujours bien...

– Un journaliste, ça cherche, inspecteur, c'est son métier. Il peut arriver qu'il bouscule, dérange, c'est comme ça qu'il risque de trouver.

À présent, il se balance sur ses talons. Ambrosio reste figé dans sa position contre le mur, sans doute pour l'empêcher de tomber.

– Bon, se décide Zapato, nous allons vous laisser. Faites votre travail, mais soyez prudente...

Il le dit en souriant. Le genre de sourire qui découvre juste les dents qu'il n'a d'ailleurs pas tellement belles. Mais ce n'est pas ça qui me fâche.

– Inspecteur, dis-je en me dirigeant vers la porte, je vous remercie de... l'inquiétude que vous témoignez. Néanmoins, je suis du genre coriace et j'en ai vu beaucoup d'autres...

– Nous savons madame. Je connais votre dossier.

Alors là, je suis franchement sciée.

– Quel dossier ? aboyé-je.

– Mais vos références. Vous avez obtenu le Pulitzer pour une enquête particulièrement dangereuse, vous êtes allée en Argentine rechercher... votre amie [1]...

– De quel droit...

---

1. *Le Tango des assassins*, Le Masque ; Le Livre de Poche nº 17 236.

– La police a tous les droits, coupe-t-il. Et particulièrement celui de savoir à qui elle a à faire... Nous allons vous laisser et vous souhaiter un bon séjour.

Je ne réponds pas et tous deux se dirigent vers la porte. Il ouvre et se retourne.

– Bienvenue à Ciudad Juárez, madame Khan.

Il aimait rester dans sa camionnette. C'était devenu comme sa maison, la mobilité en plus. Il pouvait demeurer là des heures, à rêver, appuyé sur le volant, en fumant ou en suçant des bonbons.

Il allait partout avec elle. Docile, elle suivait sans jamais rechigner. Il lui avait même donné un nom : Marybelle. Ça faisait rire José, ce nom.

– T'es louf, Bike, tu parles de ta tire comme de ta fiancée !

C'était mieux qu'une fiancée. Marybelle ne l'avait jamais trahi, et si elle le faisait, ce serait parce qu'il s'en serait mal occupé.

Quand il était avec José et Marybelle, il était tranquille. Il y avait quatre ans qu'il possédait Marybelle, et cinq qu'il connaissait José.

Ils étaient dans le même régiment basé en Virginie. Tous deux engagés volontaires. Et... dégagés à un mois d'écart. Bagarres, beuveries permanentes, drogues, instabilité émotionnelle pour lui, dépression pour José.

Ils s'étaient retrouvés à Pink Rosten, un patelin qui sentait le purin à des kilomètres à la ronde parce que la spécialité du pays c'était l'engrais chimique. Ils s'en étaient tirés vite fait et José l'avait emmené chez son père, fermier à Dole, au Texas.

Ils n'y étaient pas restés longtemps, juste ce qu'il fallait pour que José fasse avouer à son père où il cachait ses économies. Le vieux n'avait pas craché tout de suite, il avait fallu le chauffer, au plein sens du terme : la joue contre le poêle. Les billets verts étaient planqués sous une latte du plancher parce que le vieux n'avait pas confiance dans les banques. Maintenant, il ferait plus confiance à personne.

Ensuite, ils s'étaient baladés un peu partout. Dépensant le magot du vieux qui n'avait pas porté plainte, trop honteux d'être dévalisé par son fils unique.

Puis, à court d'argent, ils avaient fait des petits boulots jusqu'à ce que, de passage à Gallup, ils avisent un grand-père imprudent qui sortait de la banque, et qui, comme un con, comptait ses billets sur le trottoir.

Ils l'avaient suivi jusque chez lui, avaient monté les escaliers sur ses talons en se faisant passer pour des livreurs et, arrivés à son étage, l'avaient assommé et balancé dans les escaliers après l'avoir délesté de son magot.

Quinze mille dollars. Comme c'était Bike qui avait eu l'idée de l'agression, José, bon zig, l'avait laissé acheter sa camionnette. C'est avec Marybelle que ça avait commencé.

À ce moment-là, ils travaillaient pour le gros Freddy à côté d'Albuquerque, à maquiller des voitures volées. Là, ils avaient fait la connaissance de la secrétaire de Freddy, Ange, une grosse rouquine bêtasse mais avec des nichons à damner un saint.

Elle s'était entichée de José au point de lui laisser dans son casier des petits mots enflammés qui les faisaient se tordre de rire.

José, un soir, après l'avoir emmenée manger un Mac Do, l'avait fait picoler et l'avait entraînée dans leur caravane.

Il l'avait sautée et lui s'était amené après. Mais la fille n'était pas d'accord. Comme elle leur avait expliqué, si elle avait accepté de coucher avec José c'est parce qu'elle l'aimait. Ils s'étaient marrés, et puis, José la maintenant solidement, il se l'était faite à son tour.

Mais la fille s'était mise à brailler comme si on l'assassinait. Énervé, il lui avait foutu une volée, ce qui ne l'avait pas fait taire, au contraire, alors il l'avait étranglée avec la ceinture que José lui avait tendue.

C'avait été leur premier crime. Le premier de la série car, ensuite, José et lui avaient découvert le plaisir de tuer. Une putain de révélation.

Ils laissèrent tomber Freddy qui se lamentait sur la mort de sa secrétaire, et la police qui, après une enquête bâclée, avait conclu à un crime de rôdeur.

Ils mirent des kilomètres entre Albuquerque et eux, traversèrent les réserves indiennes, contournèrent le mont Wilson et le mont Elbert pour arriver à Grand Junction.

Chemin faisant, ils avaient refait le coup de la chaufferette à un fermier imbibé de Budweiser qui se vantait d'avoir vendu trois mille têtes de bétail. Bénéfice : quinze mille dollars. Le chiffre, le même que celui du vieux de Gallup, leur avait paru un bon présage.

Mais José avait des crises de cafard qui le laissaient dans un état proche de la catatonie. Pendant des jours il restait couché à fixer le plafond, sans vouloir seulement s'alimenter. C'était Bike qui, à ce moment-là, assurait l'intendance.

L'état de son pote le désespérait, jusqu'au jour où, ramenant une pute à la tôle sordide qu'ils avaient louée pour une semaine, il l'avait tirée devant José qui s'était soudain dressé dans son plumard, et avait exigé de tirer lui aussi son coup. Et pendant que son pote s'exécutait, il avait étranglé la pute.

Jamais plus José n'eut de crises de cafard. Dès qu'il en sentait pointer une, Bike ramenait une fille. Ils la baisaient ensemble et la tuaient une fois sur deux.

Mais ça demandait de se déplacer tout le temps, parce que la police de trois États, aidée du FBI, avait lancé ses filets contre deux tueurs fous qui laissaient derrière eux une piste sanglante. Alors ils étaient passés au Mexique d'où venaient leurs familles.

Je rejoins Perea le lendemain matin à son bureau. Ses collègues me saluent avec un petit air qui me fait penser que je ne suis pas la seule à le trouver givré. J'ignore si c'est depuis qu'il a commencé son enquête sur les meurtres, ou si c'est parce qu'il l'était déjà qu'il l'a commencée.

Il est en train de dicter son article du jour. Une diatribe, d'après ce que je comprends, contre la pollution de Juárez. C'est vrai que cette ville est irrespirable, même placée comme elle l'est au milieu du désert.

Courtoisement, il me le fait lire. Il n'y va pas de main-morte. Il met pratiquement tous les services municipaux, maire en tête, dans le coup. Cet homme a l'art de se faire des copains. Par prudence, et pour ne pas rajouter à sa paranoïa, je ne lui parle pas de la visite des deux policiers.

– C'est si grave que ça ? dis-je en le lui rendant.

Il lève les bras au ciel.

– Si je disais tout ce que je sais !

– C'est-à-dire ?

– Par exemple, dit-il en plongeant ses yeux dans les miens, les eaux usées, vous voyez ce que je veux dire ? Ben, elles sont redistribuées à peine recyclées.

– Vous rigolez ?

– Même pas ! Dans les hôpitaux, les pansements,

les seringues sont enlevés une fois par semaine dans des containers qui servent aussi bien à ça qu'à l'enlèvement des ordures. Les éboueurs tripotent des seringues pleines de sang, des pansements pourris. Dans les chambres les cafards se disputent la place des pansements sales et vous ne pouvez pas marcher sans en écraser des dizaines. On meurt plus ici de maladies nosocomiales que de n'importe quoi !

– Pourquoi ?

– Pourquoi ? Parce que les entreprises chargées du boulot sont toutes dirigées par des gangsters qui arrosent à tout va pour obtenir les marchés. Au Mexique, tout est comme ça. Aucun appel d'offres ! Suffit d'avoir des enveloppes. Les accidents de travail n'existent pas. Un gars qui se blesse, s'il râle il est viré ! Y en a cent qui le remplaceront ! À Mexico, les égouts sont toujours bouchés. Y a quatre gars qui descendent tous les jours dans ce qui est certainement l'endroit du monde le plus terrifiant. Les déjections et les déchets de seize millions d'habitants. Tous les jours ils descendent dans l'enfer, si noir, si sale qu'ils ne voient pas à un mètre d'eux. Ils sont encordés les uns aux autres, et si par malheur l'un d'eux tombe dans l'eau, ils n'ont que quelques minutes pour le sortir de ce cloaque. L'enfer de Dante, à côté, c'est le jardin d'Éden. Vous savez combien ils sont payés ? Moins en un mois que ce que gagne ici en une heure le dealer le plus minable. Tout est comme ça. Tout.

Il paraît sincèrement ébranlé et je révise mon opinion sur lui. Ce type est un pur, mais il va en crever. Comme tous les purs.

Ce matin, il paraît encore plus fébrile, plus démoralisé et inquiet. Il s'essuie sans arrêt les mains sur sa chemise ou son pantalon. Il va et vient, donne des instructions d'une voix si pressante à celle qui lui tape et corrige ses articles que j'ai l'impression qu'il pense ne jamais revenir. Toute la rédaction, en fait, semble sous pression.

– On y va, dit-il brusquement, comme s'il venait juste de se souvenir qu'il m'a promis de m'emmener voir la femme d'un de ceux qui ont été accusés des meurtres.

Il fait une ultime vérification de son texte et fonce comme un dératé dans le couloir. Il est quand même grave.

Je dégringole les deux étages derrière lui, et arrivé sur le trottoir il cavale après un taxi, le loupe, en hèle un autre et s'y engouffre sans même vérifier si je le suis.

Je l'ai suivi et ce n'est pas ce que j'ai fait de plus intelligent. Je n'ai jamais senti une pareille odeur dans une voiture. Je ne peux pas dire ce que c'est. Les effluves sont trop mélangés. Ça va de l'eau pourrie stagnant dans un vase à la fosse septique débordante, en passant par l'huile de poisson, et peut-être l'usine à papier.

Je regarde Perea, mais lui son problème ce sont les voitures qui nous suivent ou nous doublent et qu'il ne quitte pas des yeux.

– Ça sent mauvais, dis-je. Affreux.

– Hein ? Il hausse les épaules. Oui.

– Si on changeait de taxi ?

Il fait une grimace.

– On va pas loin.

– Mon estomac non plus ne va pas aller loin.

Le chauffeur, lui, sifflote. Peut-être que dans une parfumerie il tournerait de l'œil.

– Vous cherchez quoi ? demandé-je à Perea, toujours collé à la vitre.

Sans répondre, il tire de la poche de sa veste un

papier plié et me le tend : « LAISSE TOMBER, SINON C'EST TOI QUI TOMBERAS. »

Je croise son regard.

– C'est au sujet des crimes ?

– Évidemment.

– Vous avez une idée de l'expéditeur ?

– Deuxième à gauche, indique-t-il au chauffeur. Non, j'embête beaucoup de monde. Personne n'est venu vous voir ?

J'hésite.

– Si, deux flics, hier, à mon hôtel.

Il sursaute.

– Pourquoi vous ne m'avez rien dit ?

– Ça ne m'a pas semblé important.

Il me regarde comme une échappée d'asile.

– Ça vous arrive souvent de voir rappliquer les flics quand vous commencez une enquête ?

Je réfléchis. Ce n'est pas la première fois. En fin de compte, c'est presque à chaque fois. Les flics et moi, on a une longue histoire ensemble.

– Oui...

– Arrêtez-vous là, intime-t-il soudain au chauffeur. On est arrivés.

Je me jette dehors.

On est devant un immeuble en briques rouges, haut de deux étages et presque en bon état, dans une rue d'échoppes mal ficelées où paraît se vendre et se fabriquer tout ce qui est nécessaire à la vie du quartier.

On découpe le fer, on tape dessus, on l'assemble, on le rétame dans une joyeuse cacophonie qui semble donner du nerf à tous. On scie du bois, on cloue, on rabote, et on s'engueule avec bonne humeur. On grille des saucisses, des poulets, on cuit de la soupe en hurlant. On fait bouillir des kilos de maïs pour les *tamales, el pozole,* les *tortillas,* dans lesquelles on fourre de la viande, du fromage, des *enchiladas* arrosés de *tlacoyos* et autres *sopa*, sur des airs de guitare. On fait frire des œufs et on gobe des piments *habanero* dont un seul peut mettre le feu à un immeuble, dans un bonheur attendrissant. J'ai l'impression d'assister à une scène de Robin des Bois et ses joyeux compagnons.

– C'est animé, dis-je, les narines frémissantes et l'eau à la bouche.

Ma remarque n'intéresse pas Perea qui ordonne au chauffeur de nous attendre.

– On pourrait en prendre un autre au retour, suggéré-je.

Il ne répond pas et s'engouffre dans la porte cochère de l'immeuble.

Je le suis.

Deux étages, et sur un palier où une poussette d'enfant et un vélo déglingué occupent toute la place, Perea frappe à une porte qui s'ouvre aussitôt sur une petite femme habillée d'une blouse, les pieds nus.

– Madame Gonzáles, présente Perea.

Je lui tends la main qu'elle me prend mollement. Dans l'appartement on entend brailler la radio.

Ce n'était pas la radio mais la télévision. La pièce est petite et assez en désordre. Le poste de télé occupe la place principale et à lui tout seul prend la moitié d'un mur. Une table et un buffet sur lequel trônent les photos de deux jeunes enfants et celle d'un homme en casquette de chauffeur, plus trois chaises et deux crucifix suspendus à un mur, constituent l'ameublement.

Perea fait les présentations à voix forte pour couvrir les hurlements de la télé. Je lui fais signe de demander à Mme Gonzáles de la baisser.

Elle tend le bras derrière elle et attrape sans regarder la télécommande.

Inutile de sortir le magnéto.

– Madame Sandra Khan, commence Perea en forçant sa voix, est reporter dans un grand journal de San Francisco. Elle veut porter votre histoire à la connaissance de ses lecteurs. Auriez-vous la gentillesse de nous raconter ce qui est arrivé à votre malheureux époux ?

Elle ne répond pas et je me demande si elle l'a entendu. Avec le bruit de la télé et celui de la rue qui entre par la fenêtre ouverte, ce n'est pas sûr. Avec un sourire, je lui demande si je peux fermer la fenêtre.

Elle acquiesce avec un haussement d'épaules. Je comprends alors que tout l'indiffère. La télé, nous, la rue. Elle a décroché.

– Madame Gonzáles, insiste Perea.

Elle répond alors dans un drôle d'espagnol que je ne comprends pas et secoue la tête en me regardant. Perea se tourne vers moi avec une grimace.

– Elle refuse de parler.

– Pourquoi ?

– Elle ne veut pas le dire, mais à mon avis la police lui a rendu visite.

Je la regarde d'un air encourageant mais elle détourne la tête. Comme Perea insiste, elle se lève brusquement, et toujours aussi vite et dans cet idiome qui m'est inconnu, je comprends qu'elle nous demande de partir.

Perea semble affligé. À mon avis, il est vexé pour moi.

– Laissez tomber, dis-je en me levant. Ne l'embêtons pas plus longtemps.

– Oui... je connais son histoire, je peux vous la raconter.

– Alors pourquoi venir jusqu'ici ?

– Je voulais qu'elle sache qu'on s'y intéressait en Amérique.

Je hausse les épaules. Il se fait encore des illusions.

– Au revoir madame, dis-je en lui tendant la main.

Elle me la serre aussi mollement que la première fois. J'ai l'impression que même ses muscles ont lâché.

Le taxi puant est à son poste. J'aperçois au carrefour une file de taxis en attente. Je vais vers notre chauffeur qui est en train de griller, sûrement pour rajouter une fragrance, un immonde cigarillo que je renifle du trottoir.

Je sors dix dollars et lui fourre dans les mains.

– On rentrera à pied, dis-je.

Il regarde Perea afin de quêter son approbation, mais je tape sur la carrosserie.

– Allez !

Il démarre à regret.

Perea, qui a compris, se dirige vers la station de taxis, mais j'ai faim et soif et j'avise une cantina.

– Allons prendre un verre, vous me raconterez.

– D'accord.

On s'installe et je commande un double café avec un verre d'eau minérale et des tortas. Perea se contente d'une tequila.

Les tortas correspondent à mon attente gourmande. Le petit pain est frais, et la salade qui enveloppe le poulet et la purée d'avocat, un délice. J'y rajoute des chiles pas trop forts et je dévore comme si je sortais d'un jeûne de huit jours.

Perea me regarde d'un air amusé.

– C'est voir Mme Gonzáles qui vous a creusée ?

– Cette femme est à bout. Que lui est-il arrivé ?

Perea goûte sa tequila avant de me répondre.

– Pas aussi bonne que chez Joselito, dit-il.

Il repose son verre, jette un coup d'œil machinal autour de nous, et dit :

– Non seulement on lui a tué son mari, mais en plus, comme il a été arrêté en tant que suspect, puis reconnu coupable des meurtres des femmes, tout le quartier, et même sa famille, lui tourne le dos.

– Racontez, l'encouragé-je, la bouche pleine.

– Il était chauffeur sur la ligne de bus 20 depuis huit ans. Bien noté de ses chefs. Un jour, deux filles qui prenaient régulièrement sa ligne disparaissent. Un mois après on retrouve les corps. On l'interroge. À la façon flic d'ici. Il se contredit, s'embrouille. On le relâche quand même. Un mois après, une autre est enlevée sur le trajet et retrouvée éviscérée, en morceaux. On l'arrête de nouveau, et cette fois on y va façon Gestapo. On veut lui faire dire qu'il a un complice. À bout de forces, il lâche le premier nom qui lui vient à l'esprit, celui d'un autre conducteur, Victor Javier García, qui est arrêté à son tour et subit le même interrogatoire. Si bien qu'il avoue huit crimes. Mais d'après son avocat Mario Escovedo qui, lorsqu'il le revoit, est horrifié de son état, il aurait tout aussi bien reconnu le meurtre de Kennedy.

» Sous la pression des médias aiguillonnés par leurs avocats, García et Gonzáles ont droit à une conférence de presse où ils racontent ce qu'ils ont subi. Flotte sur le dos, le ventre, les parties génitales, et électrodes. Ils exhibent leurs brûlures. Javier García a perdu l'usage de trois doigts tellement ses poignets ont été entravés serré.

– Et alors ?

– Rien. On les a ramenés en cellule.

– Quelles preuves ont-ils contre eux ?

– Aucune. Pour vous donner un exemple de notre police, le criminologue Oscar Maynez, un des rares fonctionnaires honnêtes que je connaisse, a démissionné quand le procureur lui a demandé d'éparpiller des cheveux des victimes dans les autobus. Depuis, il a reçu des menaces de mort et vit caché.

» Escovedo, il clame que les preuves ont été fabriquées et les aveux obtenus sous la torture et qu'il va porter plainte devant le procureur et Amnesty International. On le découvre mort à côté de sa voiture deux jours plus tard.

– Quoi !

– Assassiné par des policiers locaux qui se justifieront simplement en disant l'avoir confondu avec un autre et qu'ils se croyaient en danger. Les responsables n'ont pas été inquiétés même quand il a été prouvé que l'avocat n'avait jamais porté d'arme. Vous voulez que je vous raconte comment ça s'est déroulé ?

– Vous y étiez ?

– Exactement. Mario Escovedo quitte son cabinet vers huit heures ce soir-là, et prend la route circulaire pour rentrer chez lui. En roulant, il s'aperçoit qu'il est suivi par une voiture banalisée de la police avec quatre hommes à l'intérieur. S'engage une course-poursuite et Escovedo, qui a compris qu'on en veut à sa vie, appelle son père sur son mobile. Celui-ci, qui n'est pas à plus de dix minutes de l'endroit, lui dit qu'il arrive. Moi, branché sur le scanner de la police, j'entends l'appel. J'attrape mon Nikon et je fonce sur les lieux.

» J'arrive quand Escovedo est allongé, ensanglanté, à côté de sa voiture. Son père, complètement affolé, hurle contre les flics qui prennent la fuite, mais moi, par réflexe, j'ai photographié leur voiture.

» On emmène Escovedo à l'hôpital avec son père, et pendant ce temps je mitraille tous azimuts, profitant de la confusion. Dans les jours qui suivent, son père, avocat lui aussi, porte plainte contre les policiers. On ne l'écoute pas. Mieux, on les menace, lui et sa famille, s'il continue à accuser la police. La hiérarchie fait une vague enquête et déclare que les flics ont agi en légitime défense parce que Escovedo leur a tiré dessus.

Je vais voir son père et lui montre les photos que j'ai prises de la voiture de police sur laquelle il n'y a aucun impact de balles. Il les fournit aux autorités. Trois jours plus tard les mêmes photos reviennent et on voit nettement des traces de coups de feu.

– Et alors ?

– Alors les photos publiées dans la presse, les miennes, ont été truquées. J'ai les originaux. Quant à Gustavo Gonzáles Meza, suite à la tabassée qu'on lui a administrée, on le transporte à l'infirmerie de l'hôpital où il meurt pendant l'intervention bénigne consistant à lui remettre le nez à la verticale.

J'arrête de mastiquer. Ma torta a subitement un goût de vomi.

– Qu'est-ce que c'est que cette histoire, balbutié-je, comment ça s'est terminé ?

– Eh bien, Gonzáles et Escovedo ont été enterrés, l'un dans le cimetière de la prison, l'autre probablement dans son patelin d'origine. García, le deuxième conducteur de bus, s'est pris perpète, mais les meurtres ont continué sans que ça gêne le moins du monde les autorités.

Éberluée, je regarde Perea qui paraît jouir de ma tête.

– Vous pensiez quoi, chère consœur, que j'exagérais ?

– À votre avis, ils étaient innocents ?

Il hausse les épaules.

– Évidemment. Nous pensons tous ici qu'un tel nombre d'enlèvements requiert une organisation importante. Leur quantité implique la participation d'hommes efficaces et nombreux. Pas deux pauvres types qui n'ont pas eu un PV de toute leur vie !

– Mais qui alors ?

– Il y a des flics qui servent de sicaires, de tueurs à des narcotrafiquants, ou de gardes du corps à de riches familles de Juárez. Tous ces gens sont liés et organisent des orgies sadiques pour se divertir et mesurer leur puissance.

– On a également évoqué la possibilité de trafics d'organes et de snuff movies.

Il hausse les épaules et lampe son verre.

– La première hypothèse est peu probable, des snuff movies, peut-être.

– Pourquoi, peu probable ? Les cadavres, pour beaucoup d'entre eux, ont été retrouvés avec des organes manquants, et j'ai lu que le procureur de la République avait soupçonné des éléments de la police judiciaire d'être en cheville avec des trafiquants européens.

Il recommande une tequila et j'en demande une à mon tour.

J'ai un goût métallique dans la bouche, amer aussi, l'impression d'avoir la langue cartonnée. J'ai vu les photos des victimes : des filles démembrées, ouvertes du sternum au pubis, vidées de leurs organes.

– Le cartel de Juárez est reconnu comme le plus florissant du Mexique, ajoute Perea. Il est sous la protection du pouvoir de l'État de Chihuahua. Jesús Chito Solis, protecteur du Milieu, a été nommé procureur en 2001 par le gouverneur de notre État après que celui-ci, en délicatesse avec le Cartel, a été blessé d'une balle dans la tête. Compte tenu des liens de Solis avec la mafia, il lui a été demandé, pour payer son ticket d'entrée, de calmer les barons. Le message a été entendu, tout est rentré dans l'ordre et les affaires ont pu reprendre.

– Merde, si vous savez tout ça, pourquoi ne réagissez-vous pas ?

– C'est Isabel Arvide, journaliste à Mexico, qui a levé le lièvre Solis. À la suite de ses articles elle a été incarcérée à deux reprises, en août 2002 et février 2003, pour diffamation. Elle l'avait dénoncé en s'appuyant sur des sources militaires et fédérales. Il a été contraint de démissionner en mars de cette année. Première victoire.

» Mais, ajoute Perea d'une voix sifflante, Juarez Hoy, un autre journaliste qui enquêtait sur ce même Solis, a été retrouvé lardé de vingt-huit coups de couteau avec, dans le coffre de sa voiture, huit kilos de marijuana. On fabrique aussi des fausses preuves, dans notre pays.

Je regarde les restes de tortas qui se figent dans mon assiette et j'ai le sang dans le même état. J'ai sauté une époque et découvert une planète en débarquant ici. À moins d'une heure de voiture, El Paso, de l'autre côté de la frontière, a la réputation d'une ville propre et tranquille où il fait bon vivre, avec un taux de criminalité parmi les plus bas des États-Unis.

On franchit un pont et on se retrouve dans la jungle au milieu d'une guerre où l'on ne fait pas de prisonniers. Où les armées ennemies s'entendent pour tuer et partager le butin. Plus de police, ou alors corrompue. Plus de justice, ou alors achetée. Absence de droits pour les plus vulnérables.

– Bon, on y va, Perea, dis-je en me levant brusquement. Putain, je vais faire sauter cette ville !

Il me regarde et une sorte de soulagement passe dans ses yeux.

– Je vais vous faire rencontrer Isabel Arvide, dit-il au bout d'un moment.

– Elle est là ?

– Elle vient souvent.

Je ne me rends même pas compte que je viens de décider de rester. C'est dans le taxi qui nous ramène que je pense que j'ai bien fait de ne pas appeler Nina.

Djemal, à peine entré, se campa au milieu de la pièce, mains dans les poches.

Vautré dans un canapé blanc qui l'engloutissait, Sergio Rodríguez, baron de la mafia de Juárez, l'examina avec un vague sourire et les paupières plissées. D'après ses proches, Rodríguez n'ouvrait jamais complètement les yeux. Plusieurs hypothèses ont circulé, de son goût pour les mimiques des gangsters vus à la télé au fait qu'il ne pouvait tout simplement pas les ouvrir davantage, suite à une malformation.

De toute manière, le regard qu'il laissait filtrer suffisait à l'informer et à juger de l'état du monde.

– Djemal ! s'exclama-t-il, quelle bonne surprise.

Le Marocain lui renvoya un sourire, son œil unique enregistrant en même temps la position géographique de la demi-douzaine de tueurs disséminés dans la pièce.

Djemal était entré seul. Il n'avait pas eu le choix. Personne ne l'avait. On ne se présentait à Rodríguez qu'une fois « ausculté » par ses sbires, et les sous-fifres accompagnateurs, sous la surveillance de ceux du parrain.

Pour se justifier, le mafieux affirmait que ce n'était pas méfiance mais prudence, et que, méfiance ou prudence, depuis quinze ans qu'il régnait presque en maître sur la région il était toujours vivant.

Il se défiait même de son lieutenant, Aldo, pourtant cousin né germain et natif du même village. Quand Aldo se plaignait d'être tenu à l'écart de choses qu'il estimait, en tant que bras droit du patron, devoir connaître, Rodríguez lui rallongeait quelques billets supplémentaires et lui disait en riant et en le prenant dans ses bras qu'on n'est jamais trahi que par les siens.

– Bonjour, lança Djemal, sans bouger de sa place.

Rodríguez écarta les bras dans un geste de bienvenue et se redressa avec peine. Il était adipeux, et le canapé ne l'aidait pas vraiment. Alors seulement Djemal s'avança.

Rodríguez posa ses deux mains sur les épaules de son visiteur, et le Marocain reçut à pleines narines l'odeur lourde de son eau de toilette.

– Djemal, mon ami !

– Bonjour, parrain.

Sergio Rodríguez adorait les bijoux. Bagues et bracelets se disputaient mains et poignets. Une lourde chaîne en or où pendait un christ, quasi grandeur nature, reposait sur sa poitrine. Il couvrait de ses bienfaits les églises qui avaient l'heur de lui plaire, et incendiait parfois les autres. Il se confessait deux fois par semaine.

Il considéra Djemal un moment, puis :

– Je sais pourquoi tu es là, mon ami.

– Parce que vous m'en avez prié.

Un tic tira la paupière droite de Rodríguez. Ce n'était peut-être pas la réponse qu'il espérait. Il aimait se sentir aimé.

– Et tu sais pourquoi ? murmura-t-il en se reculant.

Le Marocain hocha la tête.

– Il peut y avoir beaucoup de raisons.

Son ton était froid, presque insolent. Suffisamment pour qu'Aldo, qui s'était rapproché, jette un coup d'œil à son patron. Ce n'était un secret pour personne que l'Arabe avait des ambitions.

Le sourire de Rodríguez devint grimace, pas vraiment hostile, mais quand même. Il releva la tête vers Djemal.

– Tu sais que toi et moi avons des clients en commun. On me passe commande et je te préviens.

Il attendit que Djemal réagisse. Le Marocain s'en garda bien.

– Un... de nos amis... avait eu l'idée d'organiser une espèce de raout. Il avait des invités à qui il voulait faire plaisir. Il avait promis une soirée, disons spéciale. Et c'est là que tu intervenais.

Djemal soupira et ôta enfin les mains de ses poches. Puis il se laissa tomber dans un fauteuil proche, tira une cigarette d'un paquet glissé dans sa poche poitrine, prit tout son temps pour l'allumer pendant que son hôte restait debout devant lui.

– Sergio, mon ami, je sais de quoi vous parlez. Il sourit et adressa un signe à Aldo. Je sais de quoi vous parlez, de cette fille que vous m'aviez commandée... Il laissa passer un temps et se redressa d'un coup de reins souple. Mais nous n'avons pas eu de chance sur ce coup. Pas eu de chance, répéta-t-il avec un sourire gentil. Figurez-vous que non seulement elle ne correspondait pas à ce que vous vouliez, mais en plus... comment dire, elle avait du caractère. J'ai dû faire ce qu'il fallait.

Djemal, en l'espace de deux minutes, avait enfreint trois interdits : s'asseoir quand Rodríguez ne vous y avait pas invité, fumer chez lui, et parler sans précaution de leurs affaires.

Rodríguez, en toute logique, y vit là un grave manquement. Mais en stratège avisé il décida de n'en rien dire. Il demanda seulement :

– Qu'est-elle devenue ?

Le Marocain eut un geste évasif.

– Le circuit docteur...

Les yeux de Rodríguez s'étrécirent davantage.

– J'ai reçu du client trois mille dollars que j'ai dû rembourser, laissa-t-il tomber.

Djemal sortit de la poche de son pantalon un rouleau de billets verts.

– Je n'allais pas vous laisser perdre de l'argent. Je me suis permis d'arrondir, pour le préjudice moral, sourit-il. Cinq mille dollars.

Rodríguez était davantage vaniteux que mesquin. Trois mille dollars représentaient pour lui à peu près ce qu'il dépensait en un soir avec une ou deux putes quand il partait en goguette. Les billets roulés que lui tendait Djemal avaient à ses yeux la couleur d'un pourboire. Il le regarda fixement. Djemal soutint.

Aldo recula de deux pas en portant la main derrière son dos où était accroché un petit holster de ceinture dans lequel reposait un .22.

La demi-douzaine de porte-flingues se crispa et autant de mains se posèrent sur autant de crosses. Le temps en profita pour se suspendre.

Mais au bout d'un moment que d'aucuns auraient jugé long, les épaules de Djemal redescendirent et il sourit en regardant son rouleau de billets que l'autre avait négligé.

– Je vous sais assez généreux, parrain, pour avoir deviné que vous réagiriez ainsi. Je voulais juste que vous sachiez que j'étais conscient de vos sacrifices. Cette... marchandise sera remplacée très avantageusement pour tous. Et je voudrais que vous acceptiez mes excuses et les transmettiez à votre... commanditaire en lui affirmant que je prends toute la faute sur moi. Personne ne sera lésé, ni moralement ni autrement.

Le temps et l'oxygène recommencèrent à circuler, même si les mains demeurèrent près des crosses.

Djemal souriait gentiment, d'un sourire de petit garçon qui promet de ne pas recommencer.

Rodríguez lui rendit regard et sourire à sa manière. À moitié. En quelque sorte, le parrain estimait que cette entrevue n'avait pas été inutile. Imprudemment, à son sens, l'Arabe s'était découvert. Méfiance et prudence restaient plus que jamais à l'ordre du jour. Il emprisonna les mains de son visiteur dans les siennes.

– Ce n'est rien, mon ami, seul celui qui n'agit pas ne commet pas d'erreur. Je sais que tu auras à cœur de réparer.

Il le lâcha et, lui tournant le dos, sortit de la pièce. Trois de ses hommes lui emboîtèrent le pas.

– Je te raccompagne, dit Aldo.

– Pas la peine de te donner cette peine, je connais le chemin, répondit Djemal, toujours souriant.

Il sortit et fit signe à ses deux hommes qui l'avaient attendu dans le couloir.

L'un d'eux lui ouvrit la porte de la Mercedes et prit place à côté de l'autre qui se mit au volant. La berline démarra sous le regard impassible des gardes du parrain.

Ferrari descendit du taxi devant la grille du consulat américain, Avenue Plutarco Elías Calles, où se fêtait l'Independence Day.

Trois marines en grand uniforme, figés au garde-à-vous, en protégeaient l'entrée. À l'intérieur, un sergent et un marine vérifiaient les invitations.

– Agent Ferrari, je vous en prie, invita le sergent après avoir consulté sa liste.

Ferrari reprit sa plaque et avança dans le jardin où les invités circulaient, papotant, se congratulant ou feignant de se reconnaître. Ambiance habituelle de ce genre de réunion où les trois quarts se rendent volontiers, tandis que le quatrième s'interroge avec irritation sur les raisons de sa présence.

Ferrari, bien sûr, appartenait à ce quart. Du temps d'Ana Maria, fier de montrer sa femme et assuré de ne pas s'ennuyer puisqu'elle était là, il pouvait prendre plaisir à ces rencontres où l'on dévoile de soi le minimum, tout en apprenant le maximum sur les autres. Depuis, il considérait ces pince-fesses comme d'innommables corvées.

Il faisait beau et très chaud, un temps normal pour un 4 juillet. De grands parasols protégeaient les invités des ardeurs du soleil mexicain. Un très joli buffet les attirait, duquel ils repartaient en essayant d'équilibrer leurs assiettes surchargées. Un orchestre de trois marines jouait sur une estrade des airs américains et mexicains. Les deux drapeaux, sous l'effet de l'air chaud, pendaient comme des serpillières sous les fenêtres.

Ferrari prit un jus de fruit sur un plateau qui passait. À l'abri de ses lunettes, il aperçut Gardner en conversation avec un Mexicain replet et joyeux, et plus loin le consul, tout de blanc vêtu, et Madame en soie rose, en compagnie de Martínez. Le sympathique Aguilar flirtait sous les arbres avec une Américaine rieuse, et les divers conseillers et attachés du consulat étaient en entreprise de séduction auprès des personnages importants de la ville, en s'épongeant le front.

Tout ce petit monde, un peu trop gras parce que trop accro des buffets, et qui se jugeait si considérable, avait moins d'importance que l'espace qu'il occupait, se dit-il encore une fois.

Ferrari n'avait aucun scrupule à penser qu'il les aurait tous échangés contre la vie de sa femme et de ses deux enfants. Pendant les premières années qui avaient suivi leur assassinat, il considérait souvent les gens qu'ils rencontraient comme occupant indûment la place des siens. Ces mêmes premières années avaient été un gouffre sans fond dans lequel il s'était abîmé. Le responsable de ces meurtres, un illuminé islamiste qui se disait héritier du Vieux de la Montagne, secte criminelle disparue huit siècles plus tôt, avait été tué par les Israéliens, mais si Ferrari avait vu sa dépouille, il savait qu'il n'était pas mort, parce qu'il était le Mal et que le Mal, toujours, renaît de ses cendres[1].

Comme à son habitude il examina l'assistance. Deux raisons à cela. La première, professionnelle,

1. *Les Cercles de l'enfer*, *op. cit.*

pour déceler celui ou celle déjà rencontrés et qu'il devrait identifier. La seconde, pour deviner qui, parmi eux, pouvait tuer et même y prendre plaisir. C'était un jeu mais aussi une sorte d'entraînement. Dans son esprit, quiconque éprouvait devant la mort d'un être vivant une sensation de puissance ou de jouissance ou simplement d'indifférence, celui-là était du côté des barbares. Et d'après son expérience, dans une réunion de vingt personnes il y en avait toujours au moins un.

Il se dirigea vers la longue table et piqua un tamal garni de viande enroulée dans une feuille de bananier. Pas mauvais, mais il préférait nettement le pastrami de chez Moriz de Canal Street.

La chaleur ambiante et le bruit enflaient avec le nombre de cocktails avalés. Son œil fut attiré à cet instant par une jeune femme en conversation avec deux hommes. Elle était visiblement américaine et les hommes, mexicains.

De bonne taille, elle avait un corps athlétique qui bougeait avec grâce. Des cheveux auburn ondulés, coupés sous les oreilles, entouraient un visage triangulaire doté d'un nez busqué. Elle tourna la tête et il remarqua ses yeux clairs étirés vers les tempes.

Jolie, se dit-il. Elle ressemble à Barbra Streisand, jeune.

Elle parlait avec animation et il se demanda ce qu'elle faisait dans la vie. Un des cours donnés par la CIA à ces agents de terrain consistait à leur faire deviner, autant que faire se peut, la personnalité et l'activité réelles de ceux qu'ils étaient amenés à rencontrer.

« Savoir qui est devant vous, s'il ment ou s'il est sincère, deviner sa personnalité cachée, peut vous sauver la vie. La façon, et l'endroit où il pose le regard, est une bonne indication. Si en vous parlant il regarde en haut et à gauche, il est à craindre qu'il arrange la vérité ou cherche dans ses souvenirs. À droite et en haut, il est sur ses gardes ou pense à quelque chose déjà vu. En revanche, s'il vous fixe, il peut chercher à vous persuader de son honnêteté alors qu'il vous berne. Des mouvements de bras ou de mains intempestifs indiquent une gêne. Un regard qui ne se pose pas, des paupières qui papillonnent sont mauvaise donne. La peur, bien sûr, fait transpirer, de même que le mensonge. Des mains froides et moites sont des indications négatives. »

Il y avait ainsi tout un catalogue de signes à observer. En regardant la jeune femme il se dit qu'elle devait être déterminée et volontaire. Elle parlait aux deux hommes, penchée vers eux, comme si elle tentait avec toute la force de son corps de les persuader. Ses mains traçaient des arabesques dans l'air et elle fermait souvent les poings.

Elle ne travaille pas ici, se dit-il, et pas dans un bureau. Que peut-elle faire ? Prof ? Sûrement pas. Elle manquait de patience. Artiste ? Peintre, écrivain ? Dans ce cas il la verrait plutôt sculpteur. Il fut surpris de l'intérêt qu'il prenait à la chose. L'ennui, sans doute, conclut-il. Mais la femme était séduisante.

Il se rapprocha du trio. Elle parlait un espagnol pas très bon mais suffisant. Un de ses interlocuteurs, petit et rond, lançait sans cesse des coups d'œil autour de lui. L'autre était assez beau garçon malgré un visage empâté.

Ferrari vit immédiatement à sa gestuelle qu'il la draguait. Il souriait en permanence en la regardant, de la manière qu'ont certains hommes d'évaluer. Il le détesta aussitôt. À un moment il interrompit la femme, et désigna de la main le buffet où il partit, bien qu'elle eût secoué la tête négativement.

Elle soupira en haussant les épaules, et il l'entendit se mettre à l'anglais avec le rond. Ferrari les rejoignit.

– Bonjour, vous êtes américaine ?

Je regarde le grand type qui vient de s'imposer et qui a coupé la chique à Perea en train d'essayer de me convaincre qu'il va tout faire pour m'aider.

– Oui, et vous aussi.

Ferrari acquiesça.

– De New York.

– J'habite San Francisco.

– Enchanté, dit Ferrari en tendant la main, c'est une très jolie ville.

– Frisco ? oui, mais je n'oublierai jamais New York.

– Vous êtes de là-bas ?

– Boston.

– Mayflower...

– Non, Russie. Enfin, mes parents. Frontière avec la Pologne. Et vous ?

– Italie. Enfin presque, Sicile.

– Ça se voit.

– Ah bon, à quoi ? fit Ferrari, étonné.

– Votre... élégance.

– Merci.

– ... Un peu tapageuse.

Il sursauta.

– Le consul aussi a un costume clair.

– Oui, mais mal coupé.

Il rit.

– Je ne me suis pas présenté, excusez-moi. Michael Ferrari.

– Sandra Khan. Et voici monsieur Perea.

– Enchanté, répéta Ferrari en lui serrant la main.

Le second Mexicain revint alors avec un plateau portant trois cocktails aux couleurs chatoyantes et deux assiettes surchargées de victuailles. Il marqua le coup en voyant Ferrari.

– Michael Ferrari, présenté-je. Carlos Tapia.

– Excusez, je n'ai pas prévu un quatrième cocktail.

Le nouveau venu sourit.

– Je ne bois pas d'alcool.

– Jamais ? m'étonné-je.

– Pas quand ce n'est pas nécessaire.

– Et ça l'est quand ?

Il eut un geste évasif.

Il était plutôt beau type si on aime le genre supermec. La quarantaine entamée, des cheveux noirs striés de gris aux tempes, ceux-là mêmes qui font trembler les filles. Grand, bien découplé et, comme je disais, élégant.

– Qu'est-ce que vous faites ici, si ce n'est pas indiscret ? demanda Ferrari.

– Je voyage.

– Juárez ?

– Et vous ?

– Moi aussi.

On se sourit, complices, et Tapia met son grain de sel.

– Vous devriez aller vous chercher à boire ? suggère-t-il à Ferrari.

Mon compatriote n'est pas ce qu'on pourrait appeler un « convivial ». J'ai déjà remarqué que ses sourires ne dépassent pas le bout de son nez. Au-dessus, ses yeux sombres réussissent à charrier de la glace. Surtout quand il regarde Tapia.

Moi, le copain de Perea, j'ai aussi tendance à le regarder de cette façon. Depuis qu'il me l'a présenté comme le collaborateur du journal le plus important pour mon enquête, il n'a cessé de me draguer. À la façon latine, c'est-à-dire en s'étonnant que, passé les deux premières minutes d'œil de velours et de langue charmeuse, je ne sois pas encore tombée dans ses bras.

Il me gonfle un max, et c'est d'autant plus ennuyeux que, d'après ce que m'a raconté Perea, Tapia appartient à une des plus riches familles de la ville, par son père, directeur général de la maquiladora où Philips fabrique ses puces électroniques, et par sa mère, issue d'une autre riche famille, responsable de l'urbanisme à la mairie de Juárez. Tapia est donc particulièrement bien placé pour être au courant de ce qui se passe dans l'administration de la ville.

Quand Perea a vu que Tapia en pinçait pour moi, il m'a dit en confidence, alors que le bellâtre partait me chercher la énième coupe de champagne que je lui ai refusée, que c'était tout bon, parce que Tapia ne savait pas résister à une femme, et que je pourrais tirer de lui ce que je voulais, ce qui ne serait pas forcément désagréable pour moi puisque Tapia était plutôt beau garçon. Hin... Hin..., me suis-je contentée de lui répondre.

– Non, vraiment, que faites-vous ici ? insiste l'Américain.

– Journaliste.

– Je m'en doutais.

– Pourquoi ?

Il hoche la tête.

– Liberté de corps et de pensée.

Tapia comprend suffisamment l'anglais pour aussitôt faire la gueule. Je décide d'arrêter le combat de coqs, d'autant que je ne me sens pas dans la peau d'une poule.

– Eh bien, au plaisir de vous revoir, monsieur Ferrari, dis-je en lui tendant la main.

Je me tourne vers Tapia.

– Dès que vous avez du nouveau, prévenez-moi.

Et je les plante tous les trois au milieu de la pelouse comme un bouquet de fleurs colorées, et gagne la sortie. Le consul me suit des yeux et je le salue. Il faut toujours être aimable avec ceux qui peuvent être utiles.

Depuis six jours que je suis là, j'ai juste rencontré la mère d'une victime et la femme d'un impossible coupable. Ce qu'ont fait avant moi dix mille journalistes.

Je décide de rentrer me coucher.

Ils trouvaient la ville gigantesque. Avec des morceaux de rue sans nom et des avenues qui n'en finissaient pas. Faut dire qu'ils venaient de la campagne et que la seule grande ville qu'ils connaissaient était Grand Junction, qui n'avait de grand que le nom.

Quand ils s'étaient installés le premier soir dans une chambre avec cuisine louée à une vieille, et qu'ils étaient repartis se balader, incapables ensuite de retrouver leur chemin, ils avaient bien failli passer la nuit dans Marybelle.

À part ça, la ville leur parut receler des trésors de possibilités afin de, sinon s'enrichir, du moins subvenir à leurs besoins.

Au bout de trois jours ils avaient repéré près de chez eux une épicerie ouverte tard et située un peu à l'abri des circuits. Un vieux Chinois et sa fille la tenaient avec nonchalance.

Ils y entrèrent sur le coup de minuit, alors que le Chinois était allé chercher les grilles dans l'arrière-boutique pour fermer pendant que sa fille faisait la caisse.

Elle leva la tête vers eux. Peu psychologue ou légèrement idiote, elle leur sourit et s'enquit de leurs désirs.

José regarda Bike et rigola. Leurs désirs...

– Muchacha, commença Bike en se rapprochant tandis que José surveillait le retour du père, nos désirs... Il se pencha brusquement vers la fille, maigrelette et assez moche. Ton fric ! cria-t-il en l'attrapant par le col de sa blouse et en la tirant vers lui pardessus le comptoir. C'est ça, nos désirs !

À ce moment, le père revint, les mains embarrassées par ses grilles. José le pêcha au passage et l'aplatit au sol en le bloquant avec sa ferraille. Puis, avant qu'il puisse crier, lui écrasa la bouche de sa botte. Ce qui fit réagir la petiote qui se mit à glapir.

Bike, ce voyant, lui cogna plusieurs fois la tête sur le comptoir jusqu'à ce qu'elle se taise et meure en même temps. Puis, la lâchant, pendant que José observait la scène en mâchonnant un cure-dent, il se glissa derrière le comptoir, rafla la recette de la journée qui se montait à quelques centaines de pesos, s'empara dans le frigo de plusieurs packs de Corona et de quelques sandwichs, rafla des couverts et des assiettes et, laissant le vieux assommé et la fille ensanglantée, fit signe à José.

– Vamos !

Marybelle les attendait un peu plus loin et les ramena chez eux où ils vidèrent les canettes et mangèrent les sandwichs sans se servir des couverts. Puis, le jour venant, ils allèrent se coucher.

Au milieu de l'après-midi suivant ils décidèrent de voir ce qui se passait dehors.

Il se passait que, devant l'épicerie, régnait une certaine agitation. S'étant enquis auprès d'un quidam, celui-ci leur dit que la nuit précédente le Chinois et sa fille avaient été attaqués, que le père était à l'hôpital dans un triste état et sa fille à la morgue.

– Vous en faites pas, ajouta l'homme qui semblait

furieux, les flics pour un coup vont peut-être s'y mettre, ils craignent vachement la colonie chinetoque !

– Ah oui, fit mine de s'étonner Bike. Vous croyez qu'y vont mener une enquête ?

– J'sais pas ! mais j'serais à la place des gars qu'ont fait ça, je jouerais rip, parce que les Chinetoques y z'aiment pas qu'on les zigouille !

José et Bike en prirent bonne note. Le lendemain matin ils déménageaient dans un autre quartier de la ville.

– Regarde, dit José à son copain en le poussant du coude.

Ils sortaient d'une cantina où ils avaient absorbé d'impressionnantes quantités de mezcal, pariant avec le barman impressionné qu'ils boufferaient les vers blancs et dodus qui ondulaient dans les bouteilles.

Ce que désignait José à Bike, c'était une grande fille plantée sur le trottoir et qui se baladait en balançant son sac d'une façon professionnelle. Ils passèrent devant elle, mine de rien, mais en la zieutant.

– Salut les tout beaux, on a envie de s'amuser avec Vanilla ?

José rigola. Vanilla !

– C'est parce que t'as ce goût là ? ricana-t-il. Vanilla ?

– Essaie, chéri, c'est le meilleur moyen, roucoula-t-elle.

Bike la regarda de côté. Elle avait de sacrés nichons et des grands cheveux bruns comme il aimait. Il s'éloigna avec José tandis que la fille les examinait, la tête penchée avec un sourire engageant.

Elle se tenait sous un réverbère et ils avaient tout

loisir de la reluquer. Des voitures roulaient à petite vitesse, embarquant d'autres filles.

– Qu'esse-ce t'en penses ? demanda José.

Bike haussa les épaules. Il la trouvait un peu grande.

La fille, lassée de leurs tergiversations, ne les regardait plus et avait repris sa déambulation.

– On demande le prix ?

– Si tu veux.

Ils se lancèrent un coup d'œil. Le prix n'avait pas beaucoup d'importance, vu qu'ils payaient rarement.

José s'avança.

– Ce serait combien ?

– Pour vous deux ?

Il acquiesça.

La fille réfléchit en fixant José. Ils avaient de drôles de gueule, pas très engageantes. Deux costauds avec un air mauvais. Chicanos, sûrement.

– La pipe, cent pesos chacun.

– Non, l'amour.

Elle siffla entre ses dents.

– J'ai pas de piaule !

– On a une camionnette.

Elle hésita une nouvelle fois. Ça ne lui disait trop rien de s'embarquer avec ces deux lascars. D'un autre côté, les affaires n'étaient pas bonnes depuis que les flics rôdaient avec ces histoires de meurtres de filles.

– Trois cents chacun, et je suis dessus.

José acquiesça.

– Notre tire est par là, dit-il en désignant une ruelle plus loin sur la droite.

Elle hésita. L'autre se tenait à distance, comme si tout ça l'indifférait.

– Bon, je vais prévenir une copine.

– Pourquoi ?

– Parce que c'est comme ça que ça se fait ! répondit-elle sèchement.

Elle alla vers une fille et lui parla en désignant José et Bike. Puis elle revint.

– Bon, allons-y, j'ai pas toute la nuit.

Elle passa devant eux.

– Elle est où, votre tire ?

– Par là, dit Bike.

Elle le regarda. Celui-là lui plaisait encore moins que l'autre.

– Tu sais, dis-je à Nina, ce qui est pénible ici, c'est que la nuit tombe très tôt.

Je l'avais appelée en revenant du consulat, et ne la trouvant pas je m'étais endormie.

– Je patauge, lui dis-je.

– Alors reviens.

– Ça veut dire : échec.

– C'est mieux que de perdre ton temps et le mien, réplique-t-elle avec logique.

– Je reste jusqu'à la fin de la semaine et je me rapatrie.

– Qu'espères-tu ?

– Un journaliste que m'a présenté Perea est, paraît-il, susceptible de me fournir des renseignements et même de me faire rencontrer des gens.

– Quel genre de gens ?

J'hésite à lui répondre. Tapia m'a affirmé pouvoir obtenir une entrevue avec les parrains de la mafia et des huiles de la police.

– Des gens qui sauraient pourquoi ces filles sont tuées.

– S'ils savent pourquoi, ils savent qui c'est.

– C'est plus compliqué que ça.

Je l'entends soupirer.

– Tu sais, Sandra, que tu as toujours eu tendance à aller trop loin ?

– C'est quand on va trop loin qu'on trouve, rétorqué-je.

– Les emmerdements, c'est sûr.

– Bon, fin de la semaine. Quel temps fait-il, chez nous ?

– Moyen. L'eau est froide et les otaries font la gueule.

– Elles aiment l'eau froide.

– Oui, mais je ne vais plus nager avec elles.

– Tu portes quoi, ce soir ?

C'est un de nos jeux érotiques quand je suis loin. Elle me décrit sa tenue et je la déshabille lentement en lui murmurant ce que je lui fais en lui ôtant chaque pièce de ses vêtements. En général, elle s'invente des lingeries que je ne lui ai jamais vu porter, mais que je lui réclame obstinément. Il y a longtemps que l'on joue ainsi, on a l'impression de se toucher malgré la distance. Depuis, Internet s'y est mis, mais on n'a pas demandé de droits d'auteur.

– Je voudrais que tu sois là, me dit-elle au bout d'un moment, la voix un peu plus rauque.

– Mais je suis là.

– Alors éteins la lumière.

On reste sans parler, savourant les sensations que l'on s'est créées.

J'ai rencontré Nina après avoir perdu une amie que j'aimais très fort et qui a été assassinée[1]. À cette époque, j'ai cru que jamais personne ne me la ferait oublier. Et j'avais raison. Mais j'ai connu Nina.

Et la honte d'être à nouveau amoureuse et heureuse disparue, une fois que je me suis pardonné les instants

1. *Un été pourri*, Viviane Hamy.

de bonheur vécus avec Nina, Joan a repris la place qu'elle n'avait jamais perdu dans mon cœur. C'est ça la vie. C'est comme un arbre qui renaît chaque saison : celui de l'an passé a existé et vous vous souvenez de son ombre bienfaitrice et de sa ramure, mais ça ne vous empêche pas de vous abriter sous le nouveau.

– Je vais raccrocher, chérie, lui dis-je.

– Je vais rêver de toi en t'attendant.

– J'espère.

Je raccroche, regonflée. Ma lassitude et mon découragement ont été gommés parce que quelqu'un sur cette terre m'attend.

Et savoir que ce quelqu'un que j'aime pense à moi très fort est le meilleur moyen de survivre aux abominations.

– Où elle est votre tire, les gars ? J'aime pas marcher, grogne la fille en jetant un coup d'œil à sa montre-bracelet.

À dix heures, un de ses habitués doit se pointer, et elle n'a pas envie de le faire poireauter. La concurrence est rude dans le coin.

– Là, répond celui qui a négocié.

L'autre marche devant à grandes enjambées, les mains enfoncées dans les poches de son pantalon. Elle ne connaît pas le son de sa voix. Elle jette un coup d'œil dans la ruelle où ils viennent d'entrer et aperçoit une vieille camionnette garée contre le mur.

– C'est ça votre nid d'amour ? s'esclaffe-t-elle.

– T'inquiète, on a tout le confort à l'intérieur.

Le muet ouvre la portière côté conducteur et s'installe au volant, tandis que l'autre écarte les deux portes arrière et l'invite à monter.

– Si madame la duchesse veut se donner la peine..., ricane-t-il en s'inclinant.

Elle s'approche, circonspecte. En fait de confort, un matelas est posé sur le sol, plus crade encore que le trottoir qu'elle vient de quitter.

– Hé, proteste-t-elle, vous z'avez pas d'eau ?

– On attend le plombier, réplique le gars en la poussant brutalement à l'intérieur.

Elle s'affale sur le matelas en glapissant.

– Bande de cons ! Moi j'vous touche pas si vous vous lavez pas !

– Ferme ta gueule ! réplique l'autre en commençant à se déshabiller tandis que la voiture démarre.

L'odeur qui règne la fait grimacer : un mélange de poubelle et d'eau pourrie. Les parois de la camionnette sont zébrées de traces rougeâtres, des chiffons crasseux et des outils traînent un peu partout. Elle comprend qu'elle s'est fait avoir, que la peur de ne pas rapporter assez à son homme lui a fait accepter une galère.

– Bon, alors vite fait, dit-elle. Et d'abord l'oseille !

– C'est mon pote qui paie, réplique le gars déjà en position.

Elle se redresse tant bien que mal, secouée par les cahots de la camionnette qui a démarré.

– Allonge-toi, intime-t-elle, contente malgré tout que le type n'ait pas besoin d'elle pour se mettre en forme.

Docile, le type s'allonge sur le matelas. Elle relève sa robe et s'apprête à l'enjamber quand la camionnette s'arrête dans un grincement de freins. Elle regarde par la vitre sale et s'aperçoit qu'ils sont arrêtés dans un terrain vague.

Elle espère qu'ils ne lui feront pas la blague de la planter là au milieu de nulle part. Les histoires d'assassinat de filles lui reviennent en mémoire. Mais on ne dit pas que c'est des clients de putes qui font ça. Enfin, pas davantage qu'ailleurs. Elle a tellement hâte d'en finir qu'elle oublie les préservatifs. Quand la maison est en feu, tu cherches pas à sauver ton mobilier.

Le conducteur est descendu et les portières s'ouvrent derrière elle. Il regarde à l'intérieur, et son expression la fait frissonner de peur.

– Qu'est-ce tu veux, toi ? Ferme !

Au lieu de lui obéir, il se glisse à son tour dans l'étroite cabine.

– Merde, on peut plus bouger ! glapit-elle.

– Active ! grogne le mec allongé.

Elle ne sait plus quoi faire, la frayeur l'empêche de réagir.

– Écoutez, les gars..., commence-t-elle.

Mais le type l'attrape par les bras et l'amène sur lui. Elle décide d'en finir et de se tirer de là le plus vite possible. À ce moment elle n'a qu'une envie : se retrouver sur le trottoir avec ses copines.

Elle se positionne en se tortillant, oubliant dans sa hâte de se lubrifier. Et quand elle veut s'enfiler sur le type, elle voit ses yeux s'arrondir, et comprend qu'elle a fait une sacrée erreur.

Elle tourne la tête et reçoit le regard tout proche de l'autre.

– Pousse-toi, grogne-t-elle faiblement.

Mais le type sur le matelas se met à l'injurier et la repousse si brutalement qu'elle va dinguer contre l'autre paroi où elle se cogne violemment la tête.

– *Maricón !* hurle le type en se jetant sur elle et en la frappant de ses deux poings fermés. C'est un putain de pédé !

À partir de cet instant le monde s'arrête de tourner pour Vanilla. Martelée de coups, dans l'impossibilité de se protéger à cause de l'étroitesse du lieu, elle sent la camionnette se remettre en route.

– Arrête de cogner, implore-t-elle à travers ses lèvres ensanglantées.

Le type ne répond même pas. Et au bout d'un moment la camionnette s'arrête une nouvelle fois.

Recroquevillée, elle essaie d'échapper aux mains qui l'agrippent.

– Pitié, les gars, pitié, halète-t-elle.

Elle ignore que parler de pitié à Bike et José revient à évoquer Hegel à des Pygmées.

Ils la tirent à l'extérieur et elle voit le ciel basculer. Elle tente de se défendre, mais l'un d'eux lui tombe dessus et la bourre de coups de poing.

– Salope, crache-t-il, putain de salope, tu nous as pris pour des enculés !

Il lui écarte les jambes de force et, terrorisée, elle voit l'autre brandir une lame épaisse.

– Non, non ! croit-elle hurler, alors que ses lèvres éclatées ne laissent passer qu'un gargouillis inaudible.

Celui qui tient la lame pousse une sorte de hennissement de joie, et elle sent le poignard s'enfoncer dans sa chair. Une giclée de sang épais inonde ses cuisses, et elle hurle d'horreur quand celui qui a tranché brandit comme un trophée ses testicules et sa verge ensanglantés.

Mais ses tortionnaires n'ont pas terminé leur travail. Ils finissent de lui arracher ses vêtements et la lame, rouge de son sang, lui entaille la poitrine à petits coups. La douleur est si atroce qu'elle perd connaissance.

Pas assez longtemps, hélas pour elle, car les deux hommes la giflent à tour de bras pour qu'elle se réveille, et quand elle entrouvre ses paupières elle voit la lame s'approcher d'un de ses yeux, plonger dans l'orbite et le lui arracher.

Vanilla ne quittera la vallée de douleurs qu'a été son monde que lorsque miséricordieux, ou lassé, son assassin lui tranchera la gorge.

Les deux hommes se tiennent immobiles au-dessus de la dépouille de ce qui a été d'abord un petit garçon des bidonvilles, arrivé sur cette terre par le hasard d'une étreinte, puis un adolescent paumé, enfin un homme que l'instinct de survie a changé en une pseudo-femme, et qui terminera son parcours dans un terrain vague au milieu des ordures, enfoncé dans la boue qu'il n'a jamais quittée.

Bike et José, calmés, se sont essuyé mains et bras sur les chiffons souillés que Vanilla avait remarqués sans penser à leur utilité. Leur excitation est lentement retombée mais ils gardent longtemps dans leurs corps le plaisir ineffable du meurtre.

Blasée, la lune brillante a caressé le cadavre éborgné et découpé de Ramón Cervantes.

Isabel Arvide est une belle brune d'une quarantaine d'années, vêtue avec recherche, et qui vous regarde droit dans les yeux.

Quand j'arrive avec mon acolyte Perea, elle est déjà assise à la terrasse du Café américain.

– Buenas tardes, me dit-elle en me tendant une main ferme.

– Bonjour.

Perea l'embrasse et on s'assoit en face d'elle.

– Sandra Khan est venue faire un reportage sur les crimes, attaque aussitôt Perea, comme s'il avait loué notre table à l'heure.

Elle hoche la tête d'un air de penser que ce n'est pas nouveau.

– Pour un article ?

– Plutôt pour une clé.

Elle me regarde d'un air surpris.

– Quel genre de clé ?

– Qui tue et pourquoi ?

– Je peux répondre aux deux questions, comme Miguel, d'ailleurs.

Elle rit franchement, et son rire la fait entrer dans la lumière. Perea se contente de sourire en secouant la tête, et moi je me sens ramenée à l'état de crétine goitreuse.

– Bienvenue dans les prisons de Juárez, continue-t-elle. Je vous recommande la section 22, chambre 306. Le service est un peu lent, mais on s'y fait.

J'ai le feu aux joues et l'envie de les gifler (mes joues). Je viens de jouer l'Américaine type venue donner des leçons aux sous-développés.

J'attends qu'ils reprennent leur sérieux et qu'Isabel allume une cigarette.

– Comment comptez-vous vous y prendre ?

Je déteste son ton railleur.

– Carlos Tapia m'a promis de me faire rencontrer des responsables de la police et surtout les chefs mafieux.

– Bien... moi je peux vous faire rencontrer le procureur Jesús Chito Solis... et elle se remet à rire.

Je me penche vers elle, furieuse.

– Si vous voulez que ça bouge dans cette ville, il faut quitter vos grands airs et laisser tomber la parano. J'ai obtenu le Pulitzer, peut-être savez-vous ce que c'est ? J'ai une chronique criminelle hebdomadaire sur CNN. Maintenant, si mes références ne vous suffisent pas, allez vous faire voir avec vos mille cadavres de bonnes femmes !

Perea et elle me regardent d'un air ébahi. Qu'est-ce qui m'a pris de péter les plombs à ce point ? Parce que Isabel est séduisante et que j'ai détesté son rire ironico-méprisant, ou parce que j'ai d'emblée déconné en prétendant vouloir déterrer la vérité, là où experts et envoyés spéciaux de l'ONU se sont plantés ?

Je ne le saurai jamais, parce qu'à cet instant précis les deux flics venus me rendre visite dans ma chambre se sont collés à notre table.

On a tous les trois relevé la tête vers eux.

– Bonjour, madame Khan, m'a dit l'un des deux.

Zapato, peut-être.

Je n'ai pas répondu, mais j'ai senti Perea se crisper à mes côtés.

– Je vois que vous avez fait connaissance de nos détectives spécialisés...

– Qu'est-ce que vous voulez ?

– Vous prier de nous suivre à notre siège, notre commandant a une information qui pourrait vous intéresser.

Perea a tressailli. Il doit déjà m'imaginer crucifiée contre un mur.

– Quel genre d'information ?

– Je l'ignore, madame Khan, mais en tant qu'envoyée spéciale d'un grand journal américain il veut vous être présenté en personne.

– N'y allez pas, souffle Perea.

Je regarde Isabel qui hausse les épaules d'un air de dire que je ne risque pas grand-chose. Je me lève et prends mon sac avec mon Leica.

– Bon, rendez-vous comme on a dit, à mon hôtel, à six heures, dis-je à Isabel. Apportez-moi les photos, Perea.

J'appuie mon regard et ils pigent.

– D'accord, dit Isabel, je serai avec le journaliste canadien.

Dupont et Dupond se retournent alors vers une voiture que nous n'avions pas remarquée, garée contre le trottoir, et dont Ambrosio (enfin, l'autre) ouvre la portière arrière en m'invitant à monter avec un sourire courtois.

Je traverse le bureau du commandant sans qu'il relève la tête. Les Dupont se collent chacun contre un mur en croisant les bras.

Le commandant feint de s'apercevoir de ma présence seulement quand je me plante devant lui, et il en profite pour se tapoter furieusement les doigts de la main gauche avec le crayon derrière lequel il se dissimulait.

– Madame Khan, merci d'être venue, je suis ravi de vous rencontrer. Je suis le commandant Aguilar, chef de la Police fédérale préventive.

Je le salue d'un bref hochement de tête et m'assois dans un des deux petits fauteuils placés devant sa table.

Il me regarde un instant, et dit :

– Je vous en prie, asseyez-vous.

Puis, d'un signe de tête, il donne congé aux jumeaux.

– Nous sommes très flattés qu'une journaliste de votre renom se donne la peine de traverser la frontière pour nous aider à résoudre une affaire criminelle.

Évidemment, il se fout de moi. À sa décharge, il ne s'en cache pas.

– Résoudre, ce serait un miracle, commandant, vu

que ça fait dix ans que ça dure et que rien n'a été fait jusque-là.

Ses sourcils se froncent, réprobateurs.

– Nous parlons bien sûr des quelques disparitions et meurtres de femmes ?

– Quelques ! D'après les derniers chiffres d'Amnesty International, des différentes ONG et de la commission de l'ONU, nous ne serions pas loin de huit cents. Vous pourriez rétorquer que ça ne fait que quatre-vingts par an...

Il se rejette en arrière dans son fauteuil en accélérant le tapotement de ses doigts avec le crayon. Puis un vilain sourire, celui qui précède en général une exécution capitale ou la gégène, déchire ses joues. Ce mec est une caricature qu'on n'oserait même pas mettre dans une BD. Il sue la fausseté et la cruauté.

– Vos chiffres... ne correspondent pas aux nôtres... madame Khan.

– Ah ? Sept cents, alors ?

Un ricanement vient au secours du sourire.

– Les journalistes, et ce n'est pas un reproche, seulement une remarque, ont toujours tendance à exagérer. C'est normal, on accroche mieux le lecteur avec un raz de marée dévastateur qu'avec une rivière qui déborde... mais que ce soit un raz de marée ou une rivière, le Mexique est un pays souverain qui possède une police et une justice, et qui n'a pas demandé, que je sache, l'aide d'un pays tiers, fût-il ami.

– Je n'ai pas proposé mon aide, je veux juste tenter de comprendre et d'expliquer à mes lecteurs pourquoi dans un pays aussi démocratique que l'est le Mexique, dis-je en appuyant sur le mot avec une enclume, les plaintes affluent de toutes parts, et particulièrement des familles des victimes qui se sont vu forcées de saisir les instances internationales pour dénoncer l'inertie de la justice, les enquêtes bâclées, et même la complicité de la police.

Le sourire s'efface sur la tronche en lame de couteau de mon vis-à-vis.

– Vous allez un peu loin... madame Khan.

Et là, plus d'amabilité. Sa bouche s'est rétrécie en un bouton crispé, et il en pose son crayon. Il se penche vers moi.

– Vous prenez des risques, mais je sais que c'est votre habitude. Et les procès en diffamation existent ici aussi.

– Isabel Arvide m'en a parlé.

Il se recule brusquement comme s'il craignait que je lui crache dessus.

– Madame Arvide... fait partie de ces journalistes qui dénoncent sans vérifier leurs sources. Elle ne doit pas s'étonner que notre justice réagisse.

– Vous parlez du procureur Jesús Solis ?

Il ne répond pas et se recale dans son fauteuil.

– Ce matin, nous avons trouvé dans un terrain vague du centre-ville le cadavre d'un homme connu comme travesti et prostitué. On lui avait coupé les parties génitales et arraché un œil. Ses... collègues l'ont vu partir vers neuf heures hier soir avec deux hommes, et se diriger vers une camionnette immatriculée aux États-Unis. Ramón Cervantes, c'était son nom, avait prévenu l'une d'elles que s'il n'était pas revenu pour dix heures il faudrait qu'elle s'inquiète.

Il installe un silence que je ne romps pas.

– ... Nous allons enquêter, et c'est déjà commencé, mais croyez-vous que ce genre de meurtres soit spécial à Juárez ? Non, bien sûr. Dans ce cas précis, on pense que les deux hommes se sont fâchés quand ils ont vu que Ramón n'était pas une femme. Deux hommes qui venaient de chez vous.

Il se lève et fait le tour de son bureau. Il a repris son crayon. Il s'assoit dans le deuxième fauteuil et se penche vers moi en confidence.

– Notre ville s'est développée d'une manière exponentïelle, attirant beaucoup de nos compatriotes venus y chercher du travail. Des femmes, également, évidemment. Beaucoup s'y prostituent. Pourquoi ? Parce qu'il y a beaucoup d'hommes sans femmes ici. Et aussi, vous savez quoi ? des voisins américains qui cherchent des étreintes exotiques et des boissons fortes, que, trop jeunes, ils ne peuvent pas obtenir chez vous. El Paso possède une grande base militaire... nous n'accusons pas, nous constatons, dit-il en levant la main. Juárez est grosse d'un million trois cent mille habitants... et... de presque autant de misérables. C'est la plaie de notre pays. Nous sommes un nain au voisinage d'un géant.

» Hélas, les prostituées ont toujours été une proie idéale. Pas de famille, pas d'attaches, elles vivent dans l'ombre... méprisées par ceux-là mêmes qui les utilisent... Voyez ce Ramón Cervantes, cas emblématique. Combien de prostituées sont tuées à Los Angeles... Detroit ... Washington ... ? Comment se fait-il que l'ONU ne s'en inquiète pas ?

J'ignore si ce crétin me tient un discours débile parce qu'il est tellement macho qu'il imagine qu'une nana est suffisamment tarte pour gober pareilles fadaises, ou s'il croit seulement m'endormir. Je me penche à mon tour vers lui.

– Commandant, vous espérez me faire avaler que les femmes qui ont disparu ou celles dont on a retrouvé les corps mutilés étaient toutes des prostituées ? Il y avait parmi elles des fillettes de dix ans... des jeunes filles de vingt, des écolières, des employées. Séquestrées et torturées pendant des jours avant d'être tuées. D'autres que l'on a éviscérées pour leur voler leurs organes. Disparus les foies, les reins, les yeux... et ce serait toujours des clients mécontents ? Vous auriez intérêt, dans ce cas, à prévoir un meilleur service après-vente...

S'il y a une chose que j'adore dans un dialogue de ce genre, c'est regarder la physionomie du gars en face. Particulièrement dans un pays où les hommes se croient une parcelle de la cervelle de Dieu. J'ai eu le même coup au Pakistan. L'effarement le dispute à la fureur. Qu'un humain qui ne pisse pas debout puisse les mettre en cause déclenche dans leur cerveau reptilien une série de secousses qui les laissent sans voix. Pas longtemps, hélas.

– Je vois que je ne vous convaincrai pas.

Il a l'air malheureux. Il relève brusquement les yeux qu'il avait baissés sur ses chaussures cirées, et les plante férocement dans les miens.

– Nous sommes une démocratie, madame, et la presse y est libre, mais libre seulement de dire la vérité et en tout cas de ne pas salir l'honneur des Mexicains. Faites donc votre enquête, mais sachez que vous n'obtiendrez rien d'une institution honorable comme l'est notre police, forte de policiers dévoués, honnêtes et compétents, et que si vous vous avisiez de mentir...

Il laisse sa phrase inachevée.

– Oui... ?

– Vous en subiriez les conséquences.

– C'est-à-dire ?

– Au mieux, expulsion après confiscation des pièces incriminées.

– Au pire ?

Il ne répond pas, seul le sourire gégène réapparaît. Il se lève et pose soigneusement son crayon dans le plumier. Plaque ses bras derrière son dos, fait craquer quelques jointures, me toise.

– Juárez, je le reconnais, n'est pas une ville très agréable. Mais le Mexique recèle bien d'autres trésors. Connaissez-vous le Yucatán ? Ou bien Tijuana ? En ce moment se tient une intéressante exposition sur notre Robin des Bois national. Jesús Malverde, qui aurait vécu entre la fin du XIXe siècle et le début du XXe. Un mythe peut-être, et qui est devenu, c'est là où ça peut vous intéresser, le dieu des trafiquants et des dealers. Allez savoir pourquoi le peuple a fait de l'un de ses bienfaiteurs le symbole de la narcoculture ? Un peu comme si votre Martin Luther King était devenu le saint patron des psychopathes. L'anniversaire de sa mort tombe précisément cette semaine, et la chapelle où il repose peut-être attire davantage d'affluence que la cathédrale voisine. D'après ce que j'ai vu à la télé, une immense carte de géographie représentant les principales routes de la drogue en Amérique centrale couvre l'un des murs de la chapelle. Une espèce d'ex-voto. Drôle de peuple que le nôtre, n'est-ce pas ?

Je me lève sans répondre. Ce crétin va avoir le dernier mot.

– Merci de me servir de guide touristique à défaut de me guider dans le marais de vos affaires criminelles. Mais si vous permettez, commandant, je vais me faire mon propre itinéraire et voyage d'initiation.

Je le plante là, sans savoir si ce que j'ai dit a porté. Mais j'aurais détesté le quitter sur son discours.

On a les revanches qu'on peut.

– Ma voiture est en révision et j'ai besoin de sortir, était en train d'expliquer le gouverneur Martínez au responsable du parc de voitures de la mairie, après avoir donné congé au chauffeur de sa voiture officielle.

– Monsieur le gouverneur, je suis désolé mais il ne reste que des voitures indignes de votre rang, protesta l'employé déconfit.

– Ça ne fait rien, ça ne fait rien, répondit Martínez en secouant la main. Je n'en ai pas besoin longtemps.

L'employé s'affaira pour trouver une voiture dont l'intérieur ne ressemblât ni à un cendrier ni à un dépôt d'ordures.

Impatienté, le gouverneur désigna une Honda qui n'était plus de la première fraîcheur et qui lui convenait donc parfaitement.

– Celle-ci, dit-il.

– Oh, monsieur le gouverneur, elle n'a pas été nettoyée !

– Allez, les clés ! ordonna Martínez qui craignait d'arriver en retard à son rendez-vous.

À contrecœur, l'employé alla chercher les clés dans sa guérite, mais avant de les tendre au gouverneur il vérifia l'essence, les phares, et donna un coup de chiffon sur les sièges.

– Monsieur le gouverneur..., maugréa-t-il.

Mais déjà Martínez démarrait.

Il sortit rapidement du garage, si rapidement qu'une Chevrolet orange avec des cornes de bison sur la calandre dut se rabattre précipitamment pour l'éviter.

Il emprunta la calle Dolorès qui menait au nord sur sa plus grande partie, remonta l'avenida Ponchoa, et coupa vers l'est et la Rotonda.

Ces quartiers commerçants ne s'arrêtaient jamais. Jour et nuit une foule, joyeuse ou pas, y déambulait, cherchant l'improbable affaire, l'incroyable rencontre, ou simplement le chemin pour rentrer.

Les néons violets, jaunes, orange, des boutiques, se mélangeaient sur le trottoir, transformant la chaussée en crème glacée. Les cantinas débordaient de monde et l'odeur de friture remplissait les narines. Des orchestres de mariachis vêtus de noir et coiffés de sombreros se disputaient les danseurs.

Martínez, accroché à son volant, tentait de déborder les voitures dragueuses qui roulaient au ras des caniveaux, s'arrêtaient brutalement pour lancer une invite ou une plaisanterie aux filles qui se promenaient en se tenant par le bras, feignant d'être sourdes ou aveugles, et qui jetaient néanmoins vers les cholos, à moitié sortis des portières, des coups d'œil intéressés et furtifs.

Il avait la bouche sèche d'énervement. Il n'aimait pas aller là où il allait ce soir, et surveillait constamment ses arrières.

Des bandes d'ados allumés traversaient la chaussée en hurlant et en se trémoussant sur les airs beuglés à tue-tête par leur Blaster. Des gangs de mômes qui se différenciaient par la couleur de leur coiffure ou les slogans peints sur leur tee-shirt avançaient en lignes, occupant la largeur des trottoirs, obligeant les promeneurs à leur céder le passage, ce que certains faisaient volontiers et d'autres à contrecœur, sans que cela arrête leur progression.

Martínez arriva enfin dans les quartiers des entrepôts, fermés pour la plupart à cette heure, seulement hantés par les rondes des vigiles. Quartiers délaissés par la joie, fonctionnels et hideux, avec pour seuls points de ralliement et de lumière les quelques bars miteux où se retrouvaient ceux qui gardaient la misère des autres.

La Honda progressait sur des langues d'asphalte craquelées où cahotaient le jour les camions qui chargeaient ou déchargeaient ce qui faisait à peine vivre les esclaves modernes, celles-là mêmes qu'on découvrait découpées dans les décharges publiques.

Martínez ne voyait rien, occupé par son avenir qu'il estimait plus sombre que jamais. Lui revenaient ses imprudences quand il croyait détenir la puissance sans avoir compris que le pouvoir qu'il s'attribuait lui était consenti avec bail à échéance, et que sur cette terre la mort ne fait pas crédit.

Il aperçut de loin l'enseigne du restaurant en abordant le quartier où s'abritaient les boîtes de nuit parmi les plus fameuses de Juárez. Hôtels et restaurants chic se disputaient les quelques hectares de ce territoire réservé, et dans cette réserve le restaurant de Rodríguez paraissait un exemple de modestie par ses dimensions et sa décoration.

Martínez passa deux fois devant pour s'assurer qu'il n'était pas suivi, faisant lever un sourcil surpris au voiturier qui l'attendait, lui-même surveillé et couvert par un autre porte-flingue dissimulé dans le coin le plus sombre du mur. Enfin, il s'arrêta, laissant la portière ouverte pour qu'on lui gare sa voiture.

Le deuxième larron avait déjà fait ouvrir la porte de l'établissement, et Martínez, précédé d'un troisième gorille, pénétra dans le restaurant. Un restaurant décoré à la mexicaine de fresques martiales sur les murs, de tables recouvertes de nappes aux couleurs furieuses sur lesquelles s'empilaient des montagnes de fruits, le tout baignant dans la lumière éclatée de lampes multicolores, tandis qu'une chaîne diffusait en sourdine des airs andins.

À travers les tables vides, le guide de Martínez l'amena jusqu'à celle qu'occupait ce soir-là le « baron » Rodríguez. L'originalité du lieu tenait à ce que ce restaurant, qui aurait pu accueillir une centaine de convives, était exclusivement réservé au chef du cartel de la province de Chihuahua. Il en était le propriétaire, le décorateur et l'unique client.

Chaque soir, le maître d'hôtel lui présentait la carte élaborée à partir de ses plats préférés et qui changeait tous les trois jours, les goûtant tour à tour, sans que l'on sache si c'était goût ou méfiance, mais à chaque repas, prudence ou méfiance, Rodríguez occupait une table différente.

Si bien que ceux qui venaient le rencontrer devaient le chercher dans la demi-pénombre, ce qui, du moins l'espérait le parrain, laissait du temps à ses gardes du corps pour réagir.

Mais ce soir il recevait le gouverneur Martínez, couard parmi les couards, et il estimait ne rien risquer.

– Par ici, mon ami, le héla-t-il, car même le portier devait ignorer où était assis son maître.

Les deux hommes bifurquèrent. Rodríguez avait choisi une table sur la mezzanine.

Martínez grimpa les marches qui y menaient et tendit la main à Rodríguez qui la garda, selon son habitude, dans les siennes, ce qui ne témoignait pas forcément de l'amitié.

– Comment ça va, comment ça va ? haleta Rodríguez que le moindre effort fatiguait.

Il resta enfoncé dans son fauteuil, coincé entre les bras en bois, étalant sa panse imposante recouverte d'une large serviette de table d'un blanc immaculé.

– Asseyez-vous, monsieur le gouverneur, j'ai tellement de plaisir à vous recevoir... !

Martínez dodelina du chef et s'installa face à lui en souriant, chacun ayant oublié, en apparence, que la balle qui avait failli envoyer le gouverneur *ad patres* avait été tirée par un pistolero du baron.

Le mafieux appela le maître d'hôtel, lui ordonnant d'apporter dans la minute le plat de saumon fumé dont le gouverneur était si friand.

– Merci, merci, protesta Martínez, mais j'ai déjà dîné.

– Allons, allons, du saumon sauvage que je fais venir spécialement d'Irlande à votre intention ! Vous n'allez pas me le refuser étalé sur des toasts grillés et arrosé d'un vin blanc californien glacé !

Le maître d'hôtel revint et présenta sur un plat d'argent la gourmandise préférée de Martínez, qui, ce soir, pour avoir le gosier particulièrement serré, craignait plutôt la nausée.

Il prit néanmoins une tranche fine qu'il étala sur son toast, pendant que Rodríguez continuait de lui vanter les vertus du poisson. Puis il avala coup sur coup deux verres de vin et s'essuya les lèvres.

– Qu'en pensez-vous ? demanda, faussement inquiet, le mafieux.

– Excellent, baron, vous êtes un fin connaisseur.

Rodríguez ricana d'aise, et engloutit une nouvelle fourchetée de viande épicée garnie de haricots, qu'il fit passer avec une gorgée de vin rouge épais comme du sang.

– Alors, gouverneur, quel bon vent vous a poussé jusqu'à mon humble retraite ?

Martínez reprit un verre de vin, rota discrètement dans sa serviette, s'éclaircit la gorge et regarda son hôte.

– Je ne crois pas que ce soit un bon vent, commença-t-il.

– Je m'en doute, ricana le mafieux. Ce rendez-vous m'a surpris. Avez-vous des soucis ?

Martínez prit le temps d'allumer un cigarillo, non sans en avoir demandé la permission à Rodríguez.

– J'ai un souci, plutôt deux...

Le mafieux rétrécit davantage ses paupières.

– Deux Américains sont arrivés cette semaine. Je ne sais pas si c'est une coïncidence, mais l'un est un agent important de la CIA, et l'autre une femme, grand reporter dans un journal de San Francisco.

– Le tourisme a toujours été une des spécialités de notre pays, ami Martínez.

– Ce ne sont pas des touristes. Le premier est chargé par son gouvernement, en accord avec le nôtre, de remonter les filières de drogue de notre État.

– Ce n'est pas nouveau, soupira Rodríguez en faisant signe au maître d'hôtel de lui servir le café. Voulez-vous du café, Martínez ?

Martínez nota que le ton de son hôte était un poil plus froid.

– Oui, merci, baron. Ce n'est pas nouveau, effectivement.

– Et la journaliste, qu'est-ce qu'elle cherche ?

– Elle est venue enquêter sur les... les disparitions. Elle a déjà vu la mère de l'une des filles, et la veuve de Gonzalez, le chauffeur de bus. Elle se fait aider par Perea. Ce qui me chagrine ce n'est pas qu'elle soit là, c'est qu'elle soit arrivée en même temps que l'autre Américain.

– Ils se connaissent ?

– Je l'ignore. J'ai fait suivre la fille. Il semblerait qu'ils se soient rencontrés pour la première fois au consulat américain pour l'Independence Day.

– Bon, alors ?

Rodríguez avala son café brûlant d'une seule lampée.

– Je n'y crois pas. Je ne crois pas aux coïncidences.

Rodríguez le fixa.

– Et lui, quels sont ses contacts ?

– Officiellement, les gens du consulat. J'ai reçu l'ordre de l'aider. Je suis embarrassé.

Rodríguez fit signe qu'on lui resserve une tasse de café.

– Quel est le plus dangereux ?

Martínez haussa les épaules en soupirant.

– L'homme. Ferrari a la très fâcheuse réputation de ne jamais lâcher. C'est un tueur. Sa famille a été décimée lors d'une attaque terroriste. Ça l'a rendu imprévisible.

– Ouais...

Rodríguez se retourna vers un de ses hommes et lui murmura quelque chose à l'oreille, puis il dit à Martínez :

– Nous avons ce soir un couple de filles particulièrement belles et... habiles, voulez-vous que nous en profitions ensemble ?

Décontenancé, Martínez se leva à demi et plongea son regard dans celui de son hôte.

– Baron, cette histoire est très sérieuse, nous ne devons pas la traiter à la légère. L'ONU est sur notre dos, on nous oblige à reprendre les enquêtes sur tous les dossiers des femmes. De plus, vous le savez, une importante quantité de drogue doit arriver ici venant de Colombie et de nos territoires du Sud. Deux millions de dollars. Il serait fâcheux qu'il y ait un problème. Mes hommes sont débordés. Il serait plus sage d'arrêter au moins pour...

Martínez se tut. L'expression du mafieux venait de changer.

– Arrêter quoi ?

– Les... enlèvements de...

– Les filles ?

– Oui.

Rodríguez appela le maître d'hôtel.

– Cognac.

– Oui, monsieur.

– Vous êtes un drôle d'allié, Martínez, laissa-t-il tomber, alors que le maître d'hôtel versait doucement l'alcool dans un verre qu'il fit tourner entre ses doigts avant de le déposer devant son patron. Sers mon ami, ordonna-t-il. Oui, un drôle d'allié, reprit-il pensif, en humant l'alcool doré servi dans un ballon, double de celui de son invité.

– Un allié fidèle, protesta, alarmé, le gouverneur.

– Et qu'est-ce que je dois faire ? Pourquoi me parlez-vous de vos soucis ? Est-ce que je vous confie les miens, Martínez ?

Rodríguez ferma les yeux et but doucement mais régulièrement son verre d'alcool jusqu'à ce qu'il fût vide.

– Nos soucis sont communs sur cette affaire, rétorqua le gouverneur.

– Ah ? Vous dirigez cet État, vous disposez de troupes loyales, de la justice, vous êtes un homme important, Martínez, sourit Rodríguez en déplissant légèrement ses paupières. Tandis que moi, que suis-je d'autre qu'un homme qui essaie de faire des affaires... ?

Martínez se rassit sans parvenir à cacher son agacement.

– Précisément, vous avez tout à craindre de ces deux Américains fouineurs. Moi, dans moins de deux ans mon mandat prend fin. Peut-être reprendrai-je mon métier de magistrat, ou peut-être deviendrai-je à mon tour un homme d'affaires à temps plein... comme vous.

Le gangster se fit resservir un cognac.

– Alors quoi ? Vous voulez qu'ils disparaissent ? Un homme de la CIA ? On aura toute l'Agence sur le dos. Que cherche-t-il ? Une filière ? Laissons-lui-en une. Il repartira content.

Martínez serra les mâchoires, et lança machinalement un coup d'œil autour de lui. Les pistoleros de Rodríguez, une demi-douzaine, qu'il connaissait vaguement, paraissaient se désintéresser de la conversation. Quatre étaient assis à taper le carton, deux discutaient au bar, mais Martínez savait que, sous leurs airs indifférents, ils ne perdaient pas une miette de ce qui se passait.

Rodríguez était aussi imprévisible qu'un serpent-mocassin. Mouiller le chef mafieux dans l'assassinat d'un agent de la CIA serait faire coup double. Le parrain devenait trop puissant.

Rodríguez avait descendu son deuxième verre de cognac sans coup férir. Ajouté aux deux bouteilles de vin qu'il avait déjà bues, il lui avait chauffé les joues et la bile. Il rota bruyamment et se pencha vers son vis-à-vis.

– Et l'autre, la journaliste, plus facile, non ? Des journalistes, il en meurt tous les jours... Pendant que les Américains s'énerveront pour ça, ils ne penseront plus à la drogue... hein ?

Rodríguez arborait le sourire satisfait de celui qui a

trouvé la quadrature du cercle, et Martínez pensa qu'il l'avait peut-être sous-estimé. Il hocha la tête.

– Peut-être... mais il faudrait que ça ressemble à un accident.

Le gangster laissa fuser un rire qui lui fit venir des bulles de salive au coin des lèvres.

– Ça, mon ami, c'est l'enfance de l'art !

Il fit signe à l'un de ses hommes.

– Raccompagne mon ami à sa voiture et assure-toi que tout est bien.

Il tira deux gros cigares d'une boîte posée sur la table et les tendit à Martínez.

– Pour vous, gouverneur, les meilleurs de chez Castro. Réservés à mes vrais amis.

Martínez les prit en grimaçant un sourire.

– Merci, baron. Quand pensez-vous... mener notre affaire ?

Rodríguez agita sa main potelée dans les airs.

– Circonstances... j'attends les circonstances. Demain, dans huit jours... *quién sabe ?* Ce qui est important c'est la décision. Et vous m'avez convaincu. Rentrez bien, mon ami.

Du trottoir opposé, Michael Ferrari observait Gardner installé au volant d'une Chevrolet. L'attaché lui parut nerveux. Il grignotait férocement son pouce droit et jetait de fréquents coups d'œil au-dehors.

Une foule énorme circulait, inondant la chaussée et les trottoirs, venue là, imagina-t-il, fêter un des innombrables saints du calendrier mexicain qui mélangeait allégrement les anciens dieux aztèques et les chrétiens.

Des vendeurs de n'importe quoi se cramponnaient aux promeneurs, leur proposant tout ce qui pouvait s'acheter. Les inévitables orchestres de mariachis les faisaient danser ; les représentations animistes des dieux, le serpent, le jaguar, se mêlaient aux cracheurs de feu, aux jongleurs, bloquant les carrefours. Des hordes de gosses déguisés balançaient des pétards qui claquaient sous les pas des familles, provoquant des disputes et des rires.

Curieux d'avoir choisi un tel lieu de rendez-vous, pensa Ferrari qui décida de rejoindre l'attaché avant que celui-ci fasse une colique. Gardner sursauta quand l'agent se pencha à la vitre.

– Oh, j'ai cru que vous ne viendriez plus...

Ferrari ouvrit la portière et s'assit à ses côtés.

– Vous avez fait exprès de choisir cet endroit ?

demanda-t-il, ironique, désignant la cohue cacophonique.

Gardner haussa les épaules.

– On ne sait jamais dans cette saloperie de pays si on va tomber dans un désert ou sur le lieu d'une insurrection. Ces foutus Mexicains ont toujours quelque chose à fêter. Non, je n'ai pas fait exprès, cracha-t-il d'un ton rogue.

Ferrari hocha la tête.

– Où est votre contact ?

– Dans le coin, je ne sais pas où exactement. C'est toujours comme ça. J'attends parfois plus d'une demi-heure avant qu'il se pointe.

– Peut-être qu'il n'a pas de montre.

– Non, je sais qu'il est là, mais il a peur. Alors il attend d'être sûr.

– Que vous ne traînez pas la police fédérale aux fesses ?

– Plutôt la mafia. Ici, on a peur de la mafia, pas des flics.

– Qu'est-ce qu'il fait dans la vie ?

– Mon indic ? Il travaille pour Djemal, un nouveau venu.

– Djemal, un Mexicain ?

– Marocain. Il est arrivé des States. Baltimore. Avec son équipe. Il a débarqué et proposé une association à Ramón Carillo Fuentes, dont le père, Amado, qu'on appelait le Seigneur des cieux parce qu'il faisait la pluie et le beau temps et contrôlait les filières aériennes de la drogue, venait de mourir. Ils ont travaillé un temps ensemble et se sont séparés parce que l'Arabe était trop gourmand. Il a racheté des hommes à Carillo, et créé sa propre entreprise. Mais personne ne l'aime. C'est un sadique, un fou.

– Et votre indic ?

– Alfonso ? Lui et son frère travaillent pour le Marocain. Je ne sais pas ce qui s'est passé, toujours est-il qu'un matin il m'a harponné dans la rue et m'a proposé de me renseigner.

Une énorme tête de serpent en carton se colla brutalement sur le pare-brise devant Gardner qui sursauta. Un homme passa la main par la portière et laissa tomber une souris blanche sur les genoux de Ferrari qui sursauta aussi.

Un énorme éclat de rire secoua la tête de serpent, pendant que Ferrari remettait délicatement sur le trottoir la souris qui s'éclipsa.

– On va peut-être bouger avant qu'on nous repère, dit-il.

À ce moment, le cellulaire de Gardner sonna. Il regarda le numéro.

– C'est lui, dit-il. Allô... oui... où êtes-vous ? Mais pourquoi ? C'est où ? Je ne vois pas... ah oui, d'accord. Dans un quart d'heure ? il va falloir que je me dégage... ah, merde ! dit-il en coupant.

– Qu'est-ce qui se passe ?

– Il ne peut pas venir ici. Ou alors il vous a vu et veut nous balader. On a rendez-vous dans un bar d'un autre quartier.

– Alors allons-y.

– Ouais, consentit Gardner en essayant de se décoller du trottoir. Quelle bande de chieurs, maugréa-t-il, la main appuyée sur son klaxon qui faisait autant d'effet aux promeneurs qu'un souffle dans l'oreille.

Les gens tapaient sur le capot en riant, se plantaient exprès devant la calandre, et Ferrari vit que Gardner, les mâchoires serrées, était au bord de l'explosion.

– Relax, ça ne sert à rien de s'exciter. On les emmerde avec cette bagnole.

Gardner ne répondit pas. Crispé sur son volant, il

poussait carrément les gens et faisait rugir son moteur sans que quiconque fasse mine de s'alarmer.

– Bande de cons...

Ferrari soupira et se renfonça sur sa banquette.

– Par là, prenez à droite, indiqua-t-il.

Gardner obtempéra, et au bout d'une centaine de mètres ils purent circuler presque normalement. Il s'arrêta peu après au bord du trottoir.

– Faut que je cherche où c'est, indiqua-t-il en sortant un plan de la ville. Bon Dieu, cette ville est un labyrinthe ! La moitié des rues n'ont pas de nom pour la bonne raison qu'elles naissent et disparaissent avant d'en avoir un !

– Il y a longtemps que vous êtes ici ?

– Trop longtemps !

Ferrari tourna la tête vers lui.

– Vous venez d'où ?

– D'où je viens ? Vous voulez dire où je suis né ?

Ferrari acquiesça.

– Albany.

– Jolie petite ville, désamorça Ferrari avec un sourire.

– Très jolie, répondit Gardner en se replongeant dans son plan.

– Pourquoi ce Rubén vous a-t-il contacté ?

– D'abord, l'argent. L'Agence paye bien. Mais c'est pas seulement ça. Je ne sais pas ce que lui a fait le Marocain, mais il veut sa peau. Vous n'y croyez pas ? demanda Gardner en relevant la tête.

Ferrari haussa les épaules.

– Pourquoi pas ? Dans ce cas, il a raison d'être prudent.

– Vous savez ce qu'ils font ici aux balances ?

– Je m'en doute. La mafia n'a jamais débordé d'imagination.

– La cravate sicilienne. Et seulement après leur avoir coupé les mains. Voilà, dit Gardner en posant son doigt sur un point. Ben, c'est à côté ! Quel con, il aurait pu me le dire. Bon, je laisse la voiture, on continue à pied.

Ils sortirent et Gardner verrouilla soigneusement la Chevrolet.

– J'aurai de la chance si, à notre retour, il lui reste les roues.

– Pas très optimiste, hein, Gardner ? ricana Ferrari que le manège de l'attaché agaçait.

– Restez ici un mois, vous ne le serez pas non plus.

Ils remontèrent la rue bordée de baraques en tôle, quelques-unes précédées d'une bande d'herbe pelée où traînaient des jouets cassés et des morceaux de ferraille. Des vieux, assis, têtaient des moignons de cigares en palabrant. Un groupe de jeunes gars dont deux tenaient des molosses en laisse les regardèrent avec un air méprisant. Deux femmes chargées de sacs avec des gosses accrochés à leurs basques se disputaient avec de forts éclats de voix. En passant devant les vieux, l'une d'elles répondit âprement à une réflexion qui fit éclater de rire la brochette de têtes chenues.

– Pas riches, les gens d'ici, remarqua Ferrari.

– La moitié sont des dealers. Ces maisons sont celles de leurs familles. Ils les laissent se dégrader exprès. Bon, ce doit être là, indiqua Gardner, légèrement essoufflé, en montrant du doigt une cantina miteuse d'où des types en riant et en parlant fort, accrochés à des canettes de cerveza ou des bouteilles d'alcool, s'éjectaient en chahutant.

– Où ce connard nous a-t-il amenés ? maugréa Gardner.

– Vous êtes sûr que c'est là ?

– J'espère, soupira l'attaché en se rapprochant d'une lourde porte en bois.

Ils entrèrent, crispés contre le boucan distribué par une marée de poivrots agglutinés, une énorme télé accrochée au plafond derrière le bar et qui braillait les commentaires d'un match de base-ball, et un juke-box géant qui hurlait des airs de rock n'roll.

Des lampes à pétrole posées sur le bar et accrochées aux murs étaient les seules sources lumineuses si l'on exceptait l'écran télé et le juke-box. Les deux hommes restèrent un moment sur le pas de la porte, à tenter de se repérer.

– Putain, c'est quoi, ici ? grogna Gardner.

Ils avancèrent vers le bar mais durent en rester à distance, séparés par deux rangées de soiffards peu disposés à se pousser.

– Vous allez pouvoir repérer votre copain ? demanda Ferrari en criant à son oreille.

– J'espère que c'est lui qui va nous repérer. Tiens, ça vibre, dit-il en sortant son portable. Oui ?... D'accord. Il raccrocha. Il nous attend près des toilettes, dans le fond.

Ferrari le suivit en zigzaguant, se glissant entre les buveurs qui ne bougeaient pas.

Ils atteignirent les toilettes et Gardner indiqua son indic du menton.

L'homme les aperçut, ouvrit la porte extérieure et se glissa dehors. Les deux Américains le suivirent.

Il marchait vite, sa silhouette par moments disparaissait au détour d'une ruelle, et bien que la nuit fût laiteuse les deux agents, craignant de le perdre, pressaient le pas. Autour ce n'était qu'une succession de terrains vagues et de maisons démolies. Ils se tordaient les pieds sur les détritus et chacun y allait de ses jurons.

– Où nous amène-t-il ? grogna Gardner, furieux et essoufflé.

Ferrari vit disparaître l'indic derrière une palissade dont les planches disjointes laissaient apparaître un vaste champ au sol sablonneux envahi d'épineux, d'où, de l'autre côté, rayonnait un feu autour duquel s'agitaient des silhouettes.

L'indic les attendait près d'un monticule hérissé de cactus auxquels il tournait le dos.

– Salut, Rubén, drôle d'endroit, dit Gardner.

L'autre désigna Ferrari du menton.

– Qui c'est ?

– L'Américain dont je vous ai parlé. Et lui ? demanda Garder en voyant surgir un homme de derrière un épais buisson.

– Mon frangin.

– Bon, alors ? fit Gardner.

Rubén ne quittait pas Ferrari des yeux, et l'agent sut que l'homme était dangereux. Son frangin, c'était autre chose. Une brute avec la classique tête d'abruti. Mais lui était un mauvais.

Ferrari s'était toujours fié à son instinct. Et son instinct lui disait que ce type était probablement en tête du classement des salopards. Ça venait autant de son regard que de la crispation de sa bouche. Rien dans son visage n'était symétrique. On aurait cherché en vain un trait ou une expression qui ne soit pas tordu.

Il continuait de fixer Ferrari.

Trop, pensa l'Américain.

– Je te rappelle le dernier gars qui a tringlé ta mère ? lui demanda-t-il avec un sourire.

Rubén fit un pas en avant, les deux mains projetées devant lui.

– Hijo de puta ! éructa-t-il en portant en même temps la main à l'intérieur de sa veste.

Mais Ferrari avait déjà bougé. Passant derrière lui, il lui fit une clé au cou qui le mit à genoux.

Le frère à tête d'abruti voulut intervenir, mais la voix de Gardner claqua :

– Fixe-toi, ducon.

Étonné, Ferrari le regarda pointer un .32.

– Bravo, dit-il en resserrant sa prise. J'peux te lâcher ? demanda-t-il aimablement à l'autre qui suffoquait.

– Ça va, ça va, grogna-t-il.

Ferrari se redressa et Rubén se releva en s'époussetant et en crachant.

– Ça va, Alfonso ? demanda l'abruti.

Son frère ne répondit pas.

– Bon, commença Gardner, maintenant que les présentations sont faites, on va pouvoir passer aux choses sérieuses. Vous avez des infos pour moi ?

Rubén resta muet. Il lança un coup d'œil à son frère qui l'observait d'un air inquiet.

La lune éclairait a giorno le quatuor, et Ferrari ne quittait pas des yeux les mains de Rubén.

– Vous avez de l'argent ? lâcha enfin l'indic.

Gardner hocha la tête en haussant les épaules.

– En fonction de ce que vous nous direz...

– Surveille la rue, ordonna Rubén à son frangin.

L'abruti se glissa près de la palissade et écarta une planche. Il fit signe à son frère que tout baignait.

Rubén se tourna vers Gardner.

– Cette semaine, arrivent de Puntamayo pour deux millions de dollars de coke.

– Colombie ? s'étonna Gardner.

Rubén acquiesça.

– En transit ?

Rubén acquiesça de nouveau.

– Pour les États-Unis ?

Rubén ne broncha pas et Gardner reposa sa question. Devant le peu de résultats, il plongea la main dans la poche intérieure de sa veste et en sortit une enveloppe kraft de laquelle il tira une mince liasse de billets de cent dollars.

– Cinq cents, dit-il.

– Pour chez vous, lâcha Rubén en s'emparant des billets.

– Où ?

Rubén regarda Ferrari.

– Il n'a pas d'argent, lui ?

Ferrari sourit sans répondre.

– Je vous ai demandé où ? reprit Gardner.

Rubén regarda la liasse qu'il avait gardée dans sa main, et de deux doigts écarta les billets. Gardner soupira et rajouta deux cents dollars.

– Dans l'entrepôt de Djemal, laissa tomber Rubén.

– Quand ? demanda Gardner.

Rubén resta muet.

– Vous n'en aurez plus, dit soudain Gardner, du ton que l'on prend pour refuser une tartine de confiture à un enfant.

Rubén secoua la tête.

– Vous n'êtes pas généreux. Cette information vaut de l'or. Je risque ma peau et celle de mon frère.

– Bon, alors pour votre frère, consentit Gardner en rajoutant cent dollars.

– Après-demain soir, dit aussitôt Rubén. La came est livrée dans un camion de lait réfrigéré. Elle sera dans des sacs étanches.

– Qui doit la récupérer ?

– Nous. Mon... frère et moi on sera là, avec d'autres.

Gardner plissa les lèvres en réfléchissant.

– Comment elle doit passer aux États-Unis ?

Rubén haussa les épaules.

– J'sais pas.

À ce moment, près du bidon où brûlait un feu, se produisit une bousculade. Des clochards se cognaient dessus avec entrain.

– Faut que j'me tire, dit Rubén. J't'aime pas, dit-il à Ferrari en plongeant ses petits yeux noirs dans les siens.

– J'essayerai de me consoler, sourit l'Américain. Fais attention à ton petit frère, il pourrait prendre froid.

– On se retrouvera, grogna Rubén.

– J'espère bien, j'ai adoré cette soirée, répondit Ferrari.

Rubén lui lança un regard noir, puis faisant signe à son frère il se dirigea vers la palissade et disparut dans la nuit.

– Putain, gronda Gardner, vous l'avez salement allumé !

– Non, je suis sûr qu'en fin de compte il m'aime bien.

Gardner le considéra avec une certaine pitié.

– Bonjour, dis-je, surprise de trouver Isabel Arvide derrière la porte de ma chambre.

– Je vous dérange ?

– Vous plaisantez ? C'est ce qui m'est arrivé de mieux aujourd'hui.

– Je peux entrer, alors ?

Je m'efface avec un sourire.

– Pas mal, dit-elle en jetant un regard circulaire. Mon pays se modernise.

– Pourquoi ? Avant, dans vos hôtels à touristes, l'eau était sur le palier ?

Elle se crispe et me jette un regard à zéro degré.

– Une vraie Yankee, hein ? Point de salut hors des States.

– Écoutez, on a mal commencé. D'abord asseyez-vous, je fais monter une boisson fraîche.

– Pas la peine, dit-elle en se laissant tomber sur le canapé. Alors, comment ça s'est passé à la Police fédérale préventive ?

– Il ne m'aime pas.

– Qui ?

– Le commandant Aguilar. Il veut que je retourne aux States.

– Et qu'est-ce que vous allez faire ?

– Rester.

Je m'assois dans un fauteuil en face d'elle.

– Quand mon rédacteur en chef m'a envoyée ici, il espérait que je découvrirais qui tue et pourquoi. Il ne savait pas ou feignait d'ignorer qu'ici tout le monde le sait.

– Vue d'Amérique du Nord ou d'Europe la situation semble inexplicable. Nous aussi nous avons mis du temps. Comme il n'y avait pas d'enquêtes il n'y avait pas d'informations. Il faut cependant que vous sachiez que la police mexicaine n'est pas habituée, comme dans les autres pays, à rechercher les criminels. Ce sont les familles qui nous ont alertés. Les premiers qui s'y sont intéressés ont été les journalistes. Beaucoup d'entre nous ont payé de leur vie leur curiosité. On a vite soupçonné que les coupables, vu l'ampleur de la tragédie, étaient protégés. Qu'ils agissaient pour leur propre compte mais aussi pour des gros pontes amateurs de chair fraîche. Le kidnapping des femmes est devenu une véritable industrie. Dans les autres pays on enlève pour obtenir des rançons, chez nous c'est pour le sexe ou le plaisir de tuer. Ne pas oublier non plus le juteux trafic d'organes avec certains pays de l'Est.

– Pourquoi l'Est ?

– Une femme, Nina Scobiola, a débarqué ici en 2000. Tour à tour pickpocket, prostituée, maintenant épouse d'un mafieux de Chisinau, en Moldavie, elle a vendu un de ses reins en 1997. Elle a vite compris la potentialité de ce trafic, et une fois qu'elle a eu écumé les possibilités de Mingir, où elle habitait, et où l'on pense qu'une centaine de paysans pauvres lui ont vendu un rein, elle s'est tournée vers d'autres sources d'approvisionnement. Chaque rein est vendu en Turquie trois mille dollars qu'elle verse aux donneurs moins dix pour cent. Elle est actuellement recherchée par Interpol et l'on sait qu'elle a organisé ici un réseau.

– Et que fait la justice moldave ?

– Comme ici, rien. Leur ministre de l'Intérieur a mis en place une cellule de lutte contre le trafic humain, avec à sa tête Ion Bejan. Mais les victimes ne portent pas plainte et ils disent que cette histoire est gonflée pour porter atteinte à la réputation de la Moldavie. Les rares plaintes viennent des donneurs qui n'ont pas été payés.

– Attendez. Il y a un truc qui ne colle pas. On n'a pas besoin de tuer pour prélever un rein, la preuve, en Moldavie. Alors pourquoi, ici, on tue ?

Isabel Arvide se lève en soupirant et fait le tour de la pièce. Elle s'arrête et me regarde de côté.

– Il y a quelque chose qui vous échappe. Ici, les femmes ne comptent pas. La police dit aux familles venues aux nouvelles que leurs filles se prostituaient. Ce qui est faux, comme l'a démontré Alfredo Limas, sociologue à l'université de Juárez, car la majorité d'entre elles se sont fait enlever à la sortie du travail ou en quittant l'école.

» Pour Limas, la piste principale est celle de réseaux très bien organisés, disposant de gros moyens économiques, qui tuent en série et en toute impunité. Il pense qu'il n'y a que deux options : les chefs d'entreprise et les narcotrafiquants et les liens qu'ils ont tissés avec le monde politique. C'est pourquoi jusque-là aucune véritable enquête n'a été réalisée. Ça commence seulement à bouger au bout de dix ans sous la pression internationale.

» Une autre raison, qu'il ne semble pas prendre en compte, continue-t-elle, c'est qu'ici les garçons de huit ou neuf ans savent déjà qu'ils ont tous les droits et que les filles ne sont là que pour les satisfaire et les servir. Ici, un mari ou un père se croit le droit de tuer s'il pense que sa femme ou sa fille l'ont déshonoré.

» À peine pubères, les garçons entrent dans des bandes qui revendent les filles ici ou à l'étranger pour des snuff movies, ou la traite des blanches, ou même pour des rites sataniques. Vous savez, nos ancêtres ont procédé à des sacrifices humains. Qui sacrifiait-on aux dieux, d'après vous ? Des vierges.

– Vous connaissez les noms des narcotrafiquants susceptibles d'être des commanditaires ?

– Tout le monde les connaît. Il y a quelques années on aurait peut-être pu agir contre eux car ils n'étaient pas bien organisés. À présent, ils sont tous en cheville avec la mafia colombienne et les cartels de Medellín et de Cali et constituent une énorme puissance. À moins de décider de mener une véritable lutte contre eux, comme vous l'avez fait avec Capone et la brigade financière, on n'a aucun pouvoir. La corruption sévit à tous les étages de l'administration mexicaine. On sait aussi que l'argent est blanchi dans des achats d'armes pour les réseaux terroristes, achats effectués principalement dans les anciennes républiques soviétiques.

Je reste muette parce que m'apparaît l'énormité de l'affaire.

– On pense aussi que certains des crimes ont été commis par des serial killers. Robert Ressler, votre super-détective, l'as du FBI qui a inventé la dénomination de *serial killers*, dit que beaucoup de meurtres ont été commis par deux criminels qui ne seraient pas des Mexicains mais probablement des Chicanos venant des États-Unis. Hypothèse reprise en 99 par l'une des plus grandes expertes en criminologie, Candice Skrapec, de l'université de Californie. Elle cite Angel Maturino Resendez, surnommé « the Railroad Killer », arrêté en 1999 au Texas, pour au moins onze meurtres, condamné à mort en 2000, dont la mère habitait à Ciudad Juárez et chez qui il se serait souvent rendu.

– Ça en fait déjà un de moins.

– Oui... mais il y en a d'autres. Il faut voir les samedis soir le genre de clientèle qui entre au Mexique.

Elle rejette ses cheveux noirs en arrière dans un très joli mouvement qui lui cambre les reins.

– Pas marrants les mecs, chez vous, hein ? dis-je.

– Et chez vous ?

Bon, ou je suis tombée sur une super-féministe, ou elle est américanophobe. Ce qui n'est pas forcément incompatible.

– C'est vrai que chez nous il y a pas mal de tordus. Mais convenez qu'ici les femmes n'ont qu'à la fermer. Vous êtes... heu... mariée ?

– Non.

– À cause de ça ?

Elle ne répond pas et ramasse son sac.

– Et si on dînait ensemble ? dis-je soudain. On pourrait continuer de parler. Vous avez raison, j'ai beaucoup à apprendre.

Elle s'est arrêtée et me regarde, la tête penchée sur le côté.

– J'ai des articles en retard, je dois rentrer, lâche-t-elle. Je ne suis pas comme vous attachée à un seul journal, et cette enquête je la fais à mes frais. On n'est pas en Amérique, ici.

– Une autre fois, alors ? Demain, peut-être.

– Je vous appelle.

Elle ouvre la porte et sort. Et moi, je reste toute déconfite. Est-ce que j'ai tant vieilli ?

Rubén poussa la porte du bureau après avoir frappé. Il la referma et s'y adossa.

– Avance, avance, j'ai pas la gale ! cria Djemal de derrière son bureau.

Rubén se décolla d'un coup de reins et vint se planter au milieu de la pièce. À part la table de bois massif sur laquelle étaient posés trois téléphones, la pièce contenait deux canapés assez larges pour servir de lit à trois personnes, et un immense écran télé à cristaux avec son magnétoscope.

Des caméras étaient disséminées, suspendues au plafond, et derrière la pièce principale, une plus petite, meublée de profonds fauteuils et d'un bar bien garni, était réservée aux spectateurs conviés aux ébats du maître des lieux.

– J'ai eu du mal à te trouver.

Rubén hocha la tête sans répondre.

– Comment va ton frère ? attaqua le truand.

– Ça va, patron, lâcha Rubén, laconique.

Djemal se recula dans son fauteuil et alluma une cigarette. Il en tira quelques bouffées, son œil vrillé sur le tueur.

Le seul risque que courait Djemal avec un gars comme Rubén, c'était qu'il soit resté plutôt loyal à son ancien patron. Mais Djemal et Ramón Carillo Fuentes avaient noué des liens d'affaires qui devraient un jour leur donner la place de Sergio Rodríguez, le parrain des parrains, et il faisait confiance à Carillo, aussi ambitieux que lui.

– Tu sais ce que m'a demandé notre ami Sergio Rodríguez ? À qui nous devons tous allégeance...

Rubén ne broncha pas.

– Eh bien, figure-toi que je dois un service à notre ami. Tu sais pourquoi ?

Rubén se contenta de secouer la tête.

– Non, tu ne vois pas ?

Djemal se leva, fit le tour de son bureau et vint poser le bras sur l'épaule de Rubén.

– Tu n'as pas idée ? Tu te souviens de cette fille... ? Oh, c'est pas vieux, quoi... disons une semaine... tu ne te souviens pas ?

Djemal sentit les muscles de Rubén se crisper.

– Je crois que tu te rappelles. Ton frère et toi vous êtes tellement amusés avec elle que quand j'ai voulu la livrer à M. Rodríguez qui me l'avait commandée pour ses amis... je n'ai pas osé lui donner... tu imagines mon embarras... trop tard pour la remplacer... soirée foutue, honte pour notre ami... Ignacio aussi a été maladroit. Bref, un fâcheux concours de circonstances.

– Nous n'avons pas eu de chance sur ce coup, patron, grommela Rubén, tête baissée. On va se rattraper, mon frère et moi.

– C'est ce que je me suis dit. Et juste, le parrain a besoin de moi.

Djemal s'éloigna et se rapprocha de la fenêtre qui donnait sur un parc fermé de murs épais et hauts. Une ancienne demeure construite au XIXe siècle pour un industriel de Mexico.

– On est à votre service, patron, dit Rubén qui espérait rentrer en grâce.

– C'est ce que je me suis dit : les frères Rubén vont avoir à cœur de réparer leur erreur.

Il pivota sur ses talons et tira une nouvelle cigarette du paquet posé sur la table. Rubén se rapprocha et la lui alluma.

– Voilà. Il est arrivé en ville une Américaine. Journaliste envoyée par son canard pour enquêter sur les disparitions de filles... Rodríguez n'a pas envie de la voir fouiner. Alors va falloir s'en débarrasser. Mais habilement. Quelque chose qui ne fasse pas rappliquer les gringos...

Rubén acquiesça.

– Tu peux t'en charger ?

– Sûr, patron.

– J'veux pas voir ton frangin sur le coup. Il me faut du boulot impeccable.

– Vous en faites pas, patron.

– Moi j'm'en fais pas, mon petit Rubén, c'est toi qui devras t'en faire si tu foires ton coup.

C'était gentiment dit, avec ce sourire qui crispait tellement Ignacio.

– Je foirerai pas, grogna Rubén. Faut le faire quand ?

– Au meilleur moment que tu jugeras. Elle loge au Monaco. Tiens, des photos d'elle, ajouta Djemal en fouillant dans un tiroir.

Rubén les prit et les regarda.

– Belle gonzesse, hein, Rubén ? Mais n'oublie pas, ça doit ressembler à un accident. Un accident tout ce qu'il y a de banal. Alors, t'y touches pas avant.

Rubén soupira et glissa les photos dans sa poche.

– Je m'en occupe. C'est tout ce que vous vouliez, patron ?

– C'est tout, mon petit Rubén. Pour l'instant.

Un mur couvert de photos de crimes. Des centaines de photos aux masques ravagés. Pour certaines, les yeux encore ouverts sur l'effroyable. Des corps anéantis retrouvés dans toutes les positions. Trois cent trente photos. Il en manque.

Sur le mur perpendiculaire, des centaines de filles, pour la plupart jolies et souriantes. Cheveux courts, cheveux longs, bruns ou châtains. Regards jeunes et confiants sur la vie qui s'ouvre. Deux cent dix photos. Il en manque.

Sur la table rectangulaire en bois verni, des dossiers empilés se dressent comme des cathédrales. À droite, les mortes ; à gauche, les disparues.

Des vraies vies devenues des vies de papier.

Isabel Arvide et Miguel Perea ont voulu tout me montrer pour que les mortes prennent vie. Que signifient cent, mille ? Que signifient cent mille morts, si on ne les connaît pas, si on ne les a pas vus ?

Que signifient un million cinq cent mille ? Six millions ? Un million et demi ? Huit cent mille ? Deux millions ? D'Arméniens, de juifs, de Cambodgiens, de Tutsis, de Soudanais ?

Rien. Rien de plus que des chiffres. Mais Tatossian, Goldberg, Tu Yan, Habiagaza, Aboud Nimeyri sont des âmes. Des êtres de chair et de sang qui ont vécu, aimé, respiré. Comme Maria, Gisela, Juanita et les autres.

Je passe en revue les photos comme le ferait le survivant d'une armée anéantie. Pourquoi elles ?

– Ces femmes, demandé-je en désignant les disparues, est-on certain qu'elles sont mortes ou peuvent-elles avoir décidé de fuguer et de vivre ailleurs ?

– C'est ce qu'essaient de nous faire croire les autorités, répond Isabel Arvide. C'est ce qu'ils ont répondu et répondent encore aux familles. Peut-être sur la quantité en existe-t-il quelques-unes. Mais pourquoi ne donneraient-elles pas signe de vie ? Ce n'est pas le genre, ici, de ne pas donner de nouvelles à ses proches. Et pourquoi auraient-elles précisément disparu de Juárez ?

Perea s'est installé à califourchon sur une chaise et nous écoute comme si le problème pouvait mieux se résoudre entre femmes.

– Il faut que je parle aux policiers qui ont suivi les enquêtes, dis-je.

– Tout est dans les dossiers, répond Isabel.

– Je préfère les rencontrer. Est-ce si difficile ?

– Vous pouvez essayer, répond-elle.

J'ai beau la trouver séduisante, elle m'agace. J'ai l'impression qu'à chacune de mes demandes elle formule une opposition. Craint-elle la concurrence ?

– J'ai appris que Jorge García, le commandant de la police judiciaire, avait été accusé du rapt de deux jeunes filles. Qu'est-il devenu ?

– Il a été muté.

– Et remplacé par ?

– Felipe Aguilar cumule ses fonctions et les siennes.

Elle me regarde d'un air ironique.

Je me tourne vers Perea.

– Qu'avez-vous prévu pour la suite de mon voyage ?

Il se redresse en soupirant, regarde les photos.

– Il faut plonger, lâche-t-il au bout d'un moment.

– Plonger ?

Il se retourne d'un bloc.

– Vous êtes prête à prendre des risques ?

– Dans la mesure où ils seront utiles. Je n'ai pas encore choisi à Frisco l'emplacement de ma statue d'héroïne.

– Je peux vous introduire chez certains membres du Cartel.

– Comment ?

– Prenez une couverture. Vous faites une enquête sur les réseaux de la drogue, pas sur les filles. Ça, ils s'en foutent. Carlos Tapia peut vous aider, il a des relations partout. Ne vous étonnez pas. Chez nous, on peut être parfaitement honnête et avoir des tueurs comme amis. Personne ne juge. C'est l'affaire de Dieu. Voulez-vous que je lui téléphone ?

– Le plus tôt sera le mieux. Je déteste le moment où l'on attend que la guillotine dégringole.

Isabel Arvide lit des dossiers. Je vois ses lèvres se crisper, sûrement quand les détails sont trop sordides.

– Bon, on tente le coup. Téléphonez à votre pote. Je suis prête à le suivre en enfer.

– Vous y êtes déjà, sourit Isabel Arvide en plissant ses yeux comme si elle me provoquait.

Bike et José s'estimaient plus que satisfaits. Ils n'étaient pas là depuis une semaine que déjà la manne tombait du ciel sous la forme d'un Mexicain qui tenait l'alcool aussi bien qu'eux, et, d'après ce qu'il disait, connaissait davantage de chiquitas qu'un honnête garçon pouvait en espérer.

Et ce n'était pas tout. Ce même Mexicain, qui déclarait s'appeler Rosario Fante Pergo, et être natif d'Oaxaca, ce dont José et Bike se foutaient, travaillait dans une bande qui elle-même œuvrait pour les narcos, leur faisant faire, admettait Rosario Fante, les sales boulots, mais bien payés.

– Sale boulot comme quoi ? demanda José qui n'aimait pas se fatiguer.

– Comme s'occuper des convois d'immigrés qui veulent passer la Frontera et qui râlent, parce que jamais contents ; reprendre en main les filles des usines un peu récalcitrantes, comme cette Rosaria je ne sais quoi, qui voulait monter un syndicat dans sa maquiladora.

– Et alors ? demanda José, curieux.

– Et alors, couic, fit Rosario Fante en passant le doigt sous son cou. Couic, mais avant, rigolade.

– Ah, comme quoi ? redemanda José, intéressé.

Rosario Fante roula des yeux, ricana et lâcha :

– Tout ce que tu veux, mon pote, sans limitation de prix !

José et Bike se lancèrent un coup d'œil, sans trop comprendre ce que voulait dire l'autre.

– Trois de nos gars se sont fait « envelopper » au Texas, enchaîna Rosario, et d'après notre boss ils vont s'en prendre pour dix piges, mini. La place est libre, si ça vous chante.

– Et on fera quoi ?

– C'qu'on vous dira.

José commanda une nouvelle tournée de bières.

– Combien c'est payé ? demanda-t-il en confidence, comme s'il craignait qu'un inspecteur du fisc se soit glissé dans le gourbi.

– À la tâche. Mais on n'a pas à se plaindre. Alors, vous marchez ?

– Banco, mais on se garde du temps, grogna Bike qui l'avait pas encore ouverte.

Rosario le regarda. Celui-là, c'était vraiment pas un cadeau. Le chef allait adorer.

– T'as tes nuits pour toi, rigola-t-il. T'occupe, tu vas te faire une belle vie avec nous.

– Et comme ça, interrompit José, légèrement soupçonneux, ton chef, y nous engagerait sans nous connaître, juste parce que tu nous présentes ?

– Tu rigoles, mon pote, c'est comme chez les scouts, t'as une épreuve d'initiation.

Le hasard voulut que Rosario, passablement saoul, leur propose de les ramener chez lui pour le dernier verre.

Ils se tassèrent dans la camionnette de Bike que Rosario, pourtant particulièrement imbibé, trouva dégueulasse. Bike le prit de travers.

– T'as l'habitude de rouler en Lexus ? grogna-t-il.

Rosario rigola.

– P't'êt' pas en Lexus, mais ta bagnole c'est une poubelle ! Elle sent la mort ! C'est pas du résiné, ça ? lâcha-t-il dans un hoquet d'ivrogne en désignant une large tache brune sur la banquette.

– Laisse tomber, Rosario, apaisa José, tu fais partie des services d'hygiène ?

Rosario s'esclaffa.

– Et pis quoi ! C'que j'vous en dis, les gars, c'est pour mon boss ! C'est un maniaque ! Feriez bien de la briquer avant d'vous présenter !

Ils arrivèrent tout en se chamaillant à la turne que Rosario partageait avec sa mère et sa sœur.

– Eh, les femmes, héla-t-il, j'vous ramène du beau monde !

La baraque des Fante tenait davantage du capharnaüm que d'une maison bourgeoise. La mère et la sœur allaient avec.

– Man ! beugla Rosario en se penchant vers sa mère qui épluchait des oignons tout en se rinçant la gorge de vin rouge. J'te présente deux nouveaux potes qui vont travailler avec moi. Eh, Pepita ! cria-t-il en se tournant vers sa frangine qui regardait la télé en tirant sur une courte pipe, sois gentille avec mes amis, hein ?

Puis le trio, Rosario en tête, alla chercher des bouteilles de bière dans l'appentis. Ils revinrent les bras chargés et s'installèrent à table en repoussant les épluchures.

– T'en veux, Pepita ? invita Rosario.

Pepita arriva vers les hommes sans se presser. Elle devait être plus vieille que son frère sans que l'on puisse donner d'âge précis à l'un ou à l'autre. Ses cheveux châtains tombaient emmêlés de chaque côté de son visage fatigué. Elle avait la maigreur des alcooliques et la robe qu'elle portait aurait bien eu besoin d'être lavée. Mais telle qu'elle était, elle parut séduisante à Bike qui la fixa d'une manière précise. Elle lui rendit son regard et s'assit tout près de lui, sa cuisse frôlant la sienne. Rosario, voyant le manège, se mit à rigoler.

– Qu'est-ce que tu penses de mon pote ? cria-t-il à sa sœur.

Personne ne lui répondit et la mère en profita pour ramasser sa bassine d'oignons et sortir. Rosario se tourna vers José.

– Tu veux que je te montre ce qu'on gagne dans ma bande ?

– Tu parles des pesos ?

– Quels pesos ? De bons et loyaux dollars, ouais ! Allez, ramène-toi pendant que les tourtereaux se pourlèchent !

Effectivement, Pepita avait rapidement glissé de sa chaise sur les genoux de Bike qui, la main sous sa robe, remontait jusqu'à son entrejambe qu'il se mit à fouiller, pendant que Pepita se trémoussait en l'embrassant à pleine bouche.

– Allez, viens, invita Rosario en sortant.

La baraque était plantée au milieu d'un terrain vague à proximité du centre-ville mais, entouré comme il l'était de palissades, quant à la tranquillité, il aurait aussi bien pu se trouver en plein désert.

Rosario, prenant José par le bras, l'emmena près d'un tas de bois dont il fit rouler les bûches. Il tira une cassette en fer qu'il ouvrit avec une petite clé suspendue à son canif. Dedans, des liasses de dollars de diverses coupures étaient alignées.

– Tiens, vise-moi ça, claironna Rosario en tétant sa canette. Tu sais pour combien y en a ?

– Non, répondit José, fasciné par ce qu'il voyait.

– Quinze mille, mon pote !

Le chiffre déclencha un déclic dans la tête de José. C'était pas Dieu possible. Quinze mille, chiffre magique pour lui et Bike !

– T'es sûr ?

– Puisque j'te l'dis. Et tu sais en combien de temps ?

José secoua la tête.

– Trois mois !

José émit un sifflement admiratif.

– Et t'as pas peur qu'on te le pique ?

– Qui saurait qu'c'est là ? Même ma frangine le sait pas. Y a qu'ma mère et moi.

– Ben, dans ce cas...

– Tu vois, j'vous ai pas fait d'embrouilles ! Ton pote et toi vous pouvez vous faire ça sur une jambe. On a besoin de gars qu'aient des couilles. Remarque, c'est pas c'qui manque chez nous, mais faut aussi de la tête, si tu vois ce que j'veux dire ! se reprit-il.

– Évidemment, approuva José qui prit son nouveau copain par le cou. Toi et nous, on va faire une sacrée équipe. Tu nous présentes quand ?

– Demain, si vous voulez !

– Banco.

Ils rentrèrent dans la cabane après que Rosario eut remis les bûches en place.

– Où est ta mère ? demanda José, ne la voyant plus dans la baraque.

– Partie jouer aux cartes et picoler avec ses copines, sûrement ! Comme j'la connais, on la r'verra pas d'un moment !

Dans la pièce à côté ils entendaient Bike et Pepita se donner du bon temps. Le sommier grinçait avec régularité, et Rosario se marra.

– Putain, il est bien parti, ton pote !

Ils reprirent une canette pendant qu'à côté les bruits s'apaisaient.

– Tiens, ils ont fini, remarqua Rosario en rotant.

À ce moment, ils entendirent un hurlement qui les figea.

– Ben, qu'est-ce que c'est ? bafouilla Rosario en interrogeant José du regard.

– J'sais pas, laisse-les s'amuser, répondit José qui s'était crispé.

Mais Rosario s'était déjà levé quand un second cri retentit, aussi effrayant que le premier.

– Putain, c'est quoi ! hurla Rosario en se ruant dans la chambre.

José, qui le suivait, le percuta : Rosario s'était arrêté net sur le seuil, les yeux exorbités, la mâchoire décrochée, sa canette de bière pendant au bout des doigts, contemplant, horrifié, le spectacle de sa sœur baignant dans son sang, et Bike, à cheval sur elle, à moitié rhabillé, qui tenait une lame sanglante dans sa main.

– Putain ! hoqueta Rosario, prêt à tourner de l'œil.

José, moins surpris, eut la présence d'esprit devant ce qu'il voyait de comprendre où était son devoir.

Il tira sa propre lame et la passa sous la gorge du Mexicain qui eut le temps de se retourner à demi, et de le fixer d'un air étonné avant de s'écrouler mollement au sol.

La canette de bière s'échappa de ses mains et roula jusqu'aux pieds de Bike qui la repoussa légèrement.

– Pourquoi t'as fait ça ? demanda José.

Bike ne répondit pas. Son regard ne se posait nulle part. José alla vers lui et le secoua par le bras.

– T'es qu'un pauvre cinglé, grogna-t-il.

Et il le gifla violemment.

Le regard de Bike parut reprendre vie. Il regarda José.

– Faut se tirer fissa, cria celui-ci. Pauvre taré !

Bike leva la main pour se défendre de la deuxième gifle que lui balança José, et qui malgré tout atteignit son but. La bouche de Bike se fendit.

– Faut bouger, nom de Dieu ! hurla José en l'empoignant.

L'un tirant l'autre, ils sortirent en courant de la maison. Entre-temps la nuit était tombée et José, dans son affolement, faillit oublier la cassette sous le bois.

– Amène-toi, dit-il à Bike qui le suivit docilement.

José fit rouler les bûches et tira la boîte en fer.

– Qu'est-ce que c'est ? demanda Bike du ton de celui qui vient de se réveiller.

– Ta gueule, connard ! Pendant que tu t'envoyais en l'air avec cette pouffiasse, moi je réfléchissais !

Il se mit à courir et franchit la palissade, suivi de loin par Bike qui riait tellement qu'il trébuchait sur les montagnes de saloperies qui entouraient la maison de Rosario.

José cavala vers la camionnette qu'il mit en marche pendant que Bike, hilare, passait à son tour la palissade.

– Magne-toi, connard ! hurla José, terrorisé à la pensée d'être vu sortant du terrain vague.

Bike, toujours rigolard, se hissa dans la camionnette.

– Qu'est-ce qu'il y a là-dedans ? demanda-t-il.

– Quinze mille dollars, cracha José en arrachant la voiture.

Avec précaution, Ferrari jeta un coup d'œil par-dessus la rambarde de béton. Le hangar de Djemal faisait partie d'un ensemble de bâtiments à la limite sud de la ville.

On apercevait le désert qui s'enfonçait jusqu'à l'horizon, désert relatif depuis que les plus pauvres d'entre les pauvres y avaient élu domicile dans des logis faits de carton bouilli qui s'envolaient à chaque tempête.

À quelques mètres, Gardner, un AK 47 entre les mains, était recroquevillé. Une unité de la police des stupéfiants, commandée par le capitaine Cortez dont Gardner n'avait pu garantir la loyauté à son compatriote, avait discrètement investi la place.

Gardner, en tant qu'attaché culturel, n'avait eu d'autre choix que de demander l'aide du chef de la Division des stupéfiants de Juárez. Il n'était pas question que des agents américains agissent en territoire étranger. Il avait seulement indiqué détenir une information « contrôlée ».

Ils étaient là depuis une heure et se demandaient si Rubén ne les avait pas menés en bateau quand les phares d'une voiture trouèrent l'obscurité et se rapprochèrent rapidement.

Gardner fit signe à Ferrari.

– Voilà les premiers.

Le capitaine Cortez se glissa jusqu'à eux.

– C'est vos gars ? demanda-t-il.

Cortez était jeune pour le poste qu'il occupait. Il venait d'Acapulco où, d'après ce qu'en savait Gardner, lui et ses hommes avaient fait du bon boulot.

– Sûrement les hommes de Djemal, répondit Gardner.

Une grosse Mercedes vira devant le hangar et s'arrêta. Six hommes en descendirent, parmi lesquels Ferrari et Gardner reconnurent les frères Rubén. Quatre d'entre eux étaient armés de pistolets-mitrailleurs. Les Rubén avaient des fusils à répétition.

Deux des hommes se dirigèrent vers le hangar dont ils tirèrent les lourdes portes, et peu après de puissants projecteurs balancèrent un flot de lumière à l'extérieur.

Ferrari vit Rubén regarder discrètement autour de lui et son regard balayer les toits. Il ne doit pas être très à l'aise, pensa l'agent. Si la fusillade éclatait, les policiers avaient ordre d'épargner les deux hommes, mais une fusillade souvent ne fait pas de détails, et Ferrari se demanda pourquoi Rubén et son frère prenaient de tels risques. Il entendit Gardner recommander une nouvelle fois à Cortez de ne pas tirer sur les deux frères repérables à leurs costumes blancs qui tranchaient sur les accoutrements des quatre autres.

Les six hommes se mirent à discuter et à fumer sans manifester la moindre nervosité. L'un d'eux, le front ceint d'un bandana rouge et vêtu d'un gilet de cuir qui laissait apparaître des bras entièrement tatoués, sortit des dés de sa poche et engagea une partie avec deux des types.

– Ils sont pas nerveux, remarqua Cortez.

C'était un grand type maigre au visage émacié dans lequel brillaient deux yeux noirs extrêmement vifs et mobiles. Une cicatrice coupait en deux sa joue droite.

Comme ses hommes, il avait enfilé sur son treillis un gilet pare-balles.

– Ils n'ont pas de raison, répondit Gardner.

Puis ils virent Rubén consulter sa montre. Il cria aux autres quelque chose qu'ils ne comprirent pas.

– Ils sont en retard, chuchota Gardner. Ils commencent à s'inquiéter.

Rubén scrutait la route noire et vide et Ferrari le vit lever les yeux vers leur planque. Il alluma lentement une cigarette, et l'Américain se dit qu'il devait commencer à sérieusement se faire du mouron.

D'après ce qu'on disait, Djemal avait des yeux et des oreilles partout, et avait très bien pu apprendre la trahison de son « soldat ». Dans ce cas, la vie de Rubén ne vaudrait plus rien, et plus vite il la quitterait mieux ce serait pour lui.

Une fois encore, Ferrari se demanda ce qui poussait le tueur à prendre de tels risques.

À ce moment des phares apparurent en haut de la route qui menait aux hangars, basculant quand le véhicule entama la descente.

Instinctivement, tous se tapirent et retinrent leur souffle.

En bas, trois des voyous gagnèrent en courant l'intérieur du hangar, pendant que Rubén, son frère et un troisième homme se dispersaient sur une ligne. Le camion, immatriculé au Mexique, s'arrêta à une vingtaine de mètres de la Mercedes. Le chauffeur et son coéquipier en descendirent. Ils avancèrent sans dire un mot vers les trois hommes et ce n'est qu'arrivé à une courte distance de Rubén que le chauffeur expliqua :

– On a eu un ennui mécanique qui nous a retardés.

Rubén acquiesça, visiblement sur ses gardes.

– L'essentiel c'est que vous soyez là. Tu peux peut-être baisser tes phares, dit-il au chauffeur en relevant légèrement son fusil.

– J'étais pas sûr de la route, répondit l'homme sans bouger.

Rubén secoua la tête. Il jeta un coup d'œil à son frère qui se déplaça à l'abri de la voiture. Leur compagnon recula en même temps.

Rubén resta seul face aux deux hommes qui ne paraissaient pas armés.

– Vous avez la came ?

– On est là pour ça, ricana le copain du chauffeur.

Petits et râblés, ils portaient des bandanas jaunes et étaient torse nu. Sur la poitrine du chauffeur s'enroulait un énorme serpent tatoué noir dont la gueule ouverte arrivait juste au-dessous de son cou.

– Nom de Dieu, un manieur de serpents, chuchota Cortez, accroupi derrière Ferrari.

L'agent spécial se retourna.

– Quoi ?

Mais Cortez lui fit signe de se taire.

– C'est dedans ? demanda Rubén en désignant le camion.

– Ouais. Dans le lait, répondit le chauffeur en éclatant de rire. Du sucre et du lait, reprit-il, pendant que son compagnon riait à son tour.

Ferrari vit que Rubén devenait de plus en plus nerveux. Les trois types dissimulés dans le hangar ne donnaient pas signe de vie.

Le chauffeur tatoué se rapprocha.

– T'as l'argent ?

– Dans la voiture, dit Rubén. Avec un gars. Sors ta came.

C'était toujours le moment le plus délicat de la transaction : montrer en premier la came ou le pognon. Les truands, depuis le temps, n'avaient jamais pu résoudre ce dilemme. Les Asiatiques avaient mauvaise réputation. Plus d'une bande s'était fait avoir, mais les Colombiens c'était pas mieux. Quant aux Mexicains, ils se taillaient la part du lion dans le genre déloyal. Mais comme tous avaient besoin les uns des autres ils continuaient de travailler ensemble, tout en sachant qu'à chaque transaction les « livreurs » ou les « coursiers » risquaient d'y laisser leur peau.

Les flics, qui le savaient, étaient plutôt prêts à les encourager.

– Montre le pognon, répondit le chauffeur.

Rubén fit un signe à son frère qui se pencha à l'intérieur de la Mercedes et en sortit une mallette en alu qu'il brandit à bout de bras.

– T'as d'autres gars ? demanda le tatoué.

– À l'intérieur, répondit Rubén en désignant le hangar. Et toi ?

– Dans la cabine.

– Montre-moi la came.

– Il faut ouvrir le camion par la trappe du haut et en sortir les sacs.

– T'attends quoi ? demanda Rubén.

Le tatoué ne bougea pas immédiatement, puis fit signe à son acolyte qui repartit vers le camion et parla à quelqu'un à l'intérieur.

Un type sortit de la cabine, côté conducteur, et grimpa sur la citerne. Arrivé en haut, il regarda le tatoué qui lui fit signe de commencer.

Rubén était sûr que le Colombien était armé. Personne ne venait nu à ce genre de rendez-vous. Mais vu ce qu'il portait sur le torse, cet enfoiré devait être du genre lanceur de poignard. Les « manieurs de serpents », à part leur cinglerie qui leur faisait attraper à pleines mains des crotales vivants pour honorer leur foi et leur Église de timbrés, boire, d'après c'qu'on disait, de la strychnine, et même réveiller les morts, étaient en plus des lanceurs émérites. Rubén était certain qu'il aurait à peine le temps d'armer son fusil avant que l'autre lui balance sa lame.

Pendant ce temps, le type sur la citerne sortait des paquets enveloppés de plastique qu'il posait près de lui. Il en compta cinq qu'il balança au gars resté au sol.

Sur le toit, Gardner se crispa et remua les jambes. Ferrari lui mit la main sur l'épaule en secouant la tête.

– Faut laisser la transaction se faire, et que les Rubén se mettent à l'abri, chuchota-t-il.

Derrière, Cortez, tendu, suivait toute la scène, les lèvres collées à son talkie, prêt à donner l'ordre de l'assaut.

– Alors où est le pognon ? reprit le tatoué.

– Amène la valise, ordonna Rubén à son frère.

C'était l'instant crucial et l'atmosphère se tendit davantage.

Ferrari perçut des mouvements dans la cabine. Il jeta un coup d'œil vers le hangar mais ne vit personne.

Le frère de Rubén ouvrit doucement le couvercle de la mallette et la fit pivoter vers le Colombien.

– Deux millions, fit Rubén, comme convenu. Mais pour l'instant, ce que je vois ne vaut pas plus de dix plaques.

Le Colombien regardait l'argent comme s'il le comptait mentalement. Enfin il aboya un ordre, et sur la citerne le type recommença sa pêche miraculeuse. Trois types sortirent à ce moment-là du camion mais restèrent à l'abri des portières.

Cortez murmura dans sa radio, et Ferrari vit sur le toit du hangar se dresser un policier armé d'un fusil de tireur d'élite qu'il pointa vers le groupe.

Gardner se redressa légèrement et appuya le canon de son arme sur le parapet.

Rubén tira son frère en arrière et recula vers la voiture, laissant la mallette sur place.

Le Colombien, surpris par la manœuvre du Mexicain, porta la main derrière sa nuque, et Rubén comprit que c'était là qu'il portait sa lame.

Son index se crispa sur la détente et il releva légèrement le canon, prenant la tête du Colombien dans sa ligne de mire.

– Qu'est-ce qui se passe ? demanda celui-ci, nerveusement.

– Le pognon est là, j'veux la came, répondit Rubén.

– La came, elle arrive.

Sur la citerne, le gars avait terminé la cueillette et amorçait sa descente. En bas, deux complices empilaient les sacs sur un diable.

– Tu vérifieras pendant que je compterai, dit le tatoué, la main toujours à hauteur de son épaule.

Ses hommes restés près du camion s'avancèrent à découvert. Tous trois étaient armés de fusils à crosse courte et à double canon scié, du genre à tirer des balles chemisées d'acier capables de pénétrer un mur de béton.

À cet instant, Cortez lança un ordre dans sa radio et deux bonnes douzaines de policiers surgirent et entourèrent les deux groupes. Cortez se redressa et cria dans un porte-voix :

– Ne bougez pas ! Vous êtes cernés. Lâchez vos armes ! Police de Juárez ! Lâchez vos armes et couchez-vous à terre !

Le temps que le Colombien réalise qu'il s'était fait avoir, que les hommes de Rubén le pigent aussi, tous, à l'exception de Rubén qui poussa violemment son frère à l'intérieur de la Mercedes en se catapultant à sa suite, se jetèrent au sol, ou à l'abri du camion, et commencèrent à canarder les flics, dont les premiers, malgré leurs gilets pare-balles, culbutèrent.

En un instant, l'endroit devint un champ de tir où les rafales rageuses des pistolets-mitrailleurs répondaient aux boum-boum lourds et graves des fusils. Une rafale toucha la calandre du camion dont le moteur prit feu aussitôt, obligeant à sortir ceux qui s'y protégeaient.

Sur le toit le tireur d'élite aveuglé par la fumée de l'incendie avait du mal à ajuster ses cibles. Ferrari, son Sig Hauser en main, surveillait les trois types du hangar toujours invisibles, qu'enfin il vit sortir arrosant devant eux tout ce qui bougeait. Il en prit un dans sa ligne de mire, tira et le dégomma ; visa le deuxième à qui il fit subir le même sort, pendant que le troisième, ahuri, ne sachant pas d'où venaient les tirs, levait en tremblant son arme au-dessus de la tête, et recevait au même instant à hauteur de la taille une rafale de fusil qui le coupa en deux.

Sans qu'il y eût rapport de cause à effet, la fusillade s'arrêta aussi soudainement qu'elle avait commencé.

Le silence, entrecoupé de cris et de gémissements, parut irréel. L'odeur de brûlé et de cordite faisait suffoquer.

Les flics se précipitèrent d'abord vers leurs collègues étendus, tandis qu'apparaissaient deux ambulances, sirènes hurlantes, qui stoppèrent devant les premiers corps.

Cortez dégringola à terre, courant vers ses hommes allongés, appelant sur son cellulaire la hiérarchie policière de Juárez, cependant que Ferrari faisait le tour des blessés.

Des sirènes des voitures de police percèrent la nuit.

Ferrari se rapprocha de la Mercedes et regarda à l'intérieur.

Couché en travers de la banquette, le frère de Rubén fixait de ses yeux vides l'enfer qui l'attendait.

Ferrari se redressa au moment où Cortez arrivait et regardait à son tour.

– Qui c'est ?

– Un des frères Rubén.

– Vous le connaissez ?

Ferrari eut un geste évasif. En dire le moins possible à la police locale. Déjà, Cortez s'était étonné de devoir épargner les deux hommes, et Gardner avait dû expliquer que la justice américaine avait lancé contre eux un mandat d'extradition pour les interroger comme témoins pour des crimes commis par la mafia mexicaine aux États-Unis. Cortez avait tiqué, pour finalement laisser tomber.

– Et l'autre ?

– Envolé. Vous n'avez pas retrouvé son corps ?

Cortez secoua la tête.

– Alors il a profité de la confusion pour se barrer, conclut Ferrari.

Cortez le fixa.

– Ça vous arrange, hein ?

– Pas vraiment. Rappelez-vous qu'il devait servir de témoin.

Cortez s'éloigna et croisa Gardner qui rejoignait la Mercedes.

– Où est Rubén ? demanda-t-il devant le cadavre de son frère. Putain, où est-il ?

– Il s'est tiré. On l'a dans l'os, Gardner. Les hommes de Djemal sont tous morts et ne parleront pas.

– Mais qui a tué son frère ?

Ferrari haussa les épaules.

– Une balle perdue.

Les ambulances repartaient avec les cadavres tandis que les flics piétinaient allégrement le lieu de la fusillade.

– S'ils font toutes leurs enquêtes de la même façon, ça ne m'étonne pas qu'on n'ait jamais retrouvé les assassins des femmes de Juárez, remarqua Ferrari.

Il s'interrompit en voyant Cortez revenir vers eux en compagnie d'un gradé.

– Commandant Armandariz, présenta-t-il, le chef de notre police.

Le nouveau venu était ventripotent et son teint tirait davantage sur le gris que sur le bronzé. Un enfoncement de la trachée indiquait une trachéotomie. Il serra la main des deux Américains.

– Gardner ? chuinta-t-il.

L'attaché opina.

– Le capitaine Cortez m'a appris que c'est à la suite d'une information que vous auriez reçue que vous l'avez prévenu de cette opération.

– C'est exact, commandant.

– Et vous, vous êtes de la CIA ? chuchota-t-il en se tournant vers Ferrari.

– Agent spécial Ferrari, envoyé par notre ministère de la Justice pour vous aider dans votre lutte contre les trafiquants de drogue, commandant. En étroite collaboration avec votre propre ministère.

Le flic hocha la tête.

– On peut savoir qui vous a informé ?

– Il est mort, commandant, intervint Gardner. Il ne devait pas être présent mais n'a pas dû avoir le choix. Il a été pris dans la fusillade.

Armandariz ne répondit pas. Son teint, la mauvaise graisse qui le couvrait, sa voix quasi inaudible indiquaient son état de santé aux deux Américains qui s'étonnèrent qu'un fonctionnaire de police qui paraissait si mal en point continuât d'exercer ses fonctions.

Armandariz jeta un regard circulaire autour de lui. Les ambulances étaient reparties, les voitures de police étaient restées.

– Je veux votre rapport demain matin sur mon bureau, chuinta-t-il vers Cortez. Vous notez tout. Ainsi que les demandes de monsieur Gardner.

Il se tourna vers l'Américain.

– Je pense que notre gouverneur sera désireux d'entendre votre version des faits, monsieur l'attaché.

– Je suis à sa disposition, commandant.

Armandariz le fixa un moment, puis tourna les talons, suivi de Cortez.

Le capitaine, avant de remonter en voiture, donna des ordres pour que deux policiers demeurent sur place pendant que des rubans étaient posés, isolant un large périmètre.

– Il est temps, murmura Ferrari, maintenant que tout a été piétiné.

– De toute façon les flics savent exactement qui est qui. Et pour les Colombiens, ils ne peuvent rien faire.

– Il y a eu des survivants ?

– Deux, d'après ce que j'ai appris. Le chauffeur du camion et un de ses hommes.

– Ils parleront ?

Gardner eut un mince sourire.

– Ça m'étonnerait qu'ils survivent à leurs blessures jusqu'à l'hôpital.

Rubén était pétrifié face à Djemal. Le Marocain venait de piquer une crise épouvantable dont son bureau gardait les traces. À ses côtés se tenaient ses deux hommes de confiance, Mohammed et Abdel.

Chacun connaissait l'histoire du trio. Venus du Maroc, ils avaient débarqué des années plus tôt en Espagne où ils avaient d'abord travaillé comme journaliers agricoles avant de choisir une voie plus lucrative en montant à Barcelone.

Recherchés par la police pour le meurtre de l'une des filles qui se prostituaient pour eux, ils étaient passés en France, dans le Midi, où ils avaient travaillé pour un proxénète russe pendant deux ans. Puis, leur patron ayant dû fuir suite à la saisie d'une cargaison clandestine de cigarettes, ils avaient gagné la Hollande où ils avaient monté leur propre affaire de drogue.

Djemal était leur chef naturel, déjà caïd dans son village. C'est là qu'à quatorze ans il avait perdu un œil. Une pierre pointue que lui avait lancée un garçon dont il avait égorgé l'âne suite à une sombre histoire de vol. Borgne, il avait mis le feu à la maison des parents, et s'était enfui à Rabat. Mohammed et Abdel l'avaient suivi, le craignant et l'admirant tout à la fois, tuant pour lui lorsque c'était nécessaire, et lui rabattant des filles pour ses besoins personnels. Mais trop de cadavres parsemaient leur route en Europe et ils avaient dû fuir en catastrophe jusqu'au Mexique où, après une halte à Baltimore où ils n'avaient laissé que de mauvais souvenirs, ils s'étaient installés et avaient prospéré.

Mohammed et Abdel n'étaient jamais à plus de distance d'une pièce de Djemal. Dans la villa, ils dormaient dans une chambre contiguë à celle de leur chef. Quand Djemal était avec eux, l'atmosphère devenait glaciale.

Le Marocain fixa sur Rubén un regard de dément.

– Deux millions ! glapit-il. Tu as abandonné nos deux millions !

Rubén ne répondit pas. Il avait déjà essayé à plusieurs reprises d'expliquer ce qui s'était passé. Bien qu'il n'en eût nul besoin. Les journaux de la région ne parlaient que de ça.

Deux policiers avaient été tués durant l'opération et trois, blessés. Les Colombiens venus livrer la drogue y étaient restés, dont deux blessés qui n'avaient pas survécu à leurs blessures. Du côté mexicain, cinq malfrats connus pour leurs rapports avec le milieu de Juárez avaient aussi perdu la vie.

Malgré la mort des policiers, l'affaire se soldait par un succès : un million et demi de dollars et une importante quantité de drogue avaient été saisis.

Rubén n'avait jamais vu Djemal dans cet état. Le Marocain semblait avoir perdu la raison.

– Deux millions ! vociféra-t-il. Pas un et demi ! Ces fumiers de flics se sont déjà servis !

– Mon frère est mort, tenta encore Rubén.

Djemal ne fit même pas mine de l'avoir entendu. Il s'approcha de lui. Du coin de l'œil, Rubén vit bouger la main d'Abdel. Il se raidit.

– Qui nous a dénoncés, Rubén, et pourquoi les flics avaient-ils ordre de vous épargner ?

Sa voix était tellement cassée à force d'avoir hurlé qu'elle n'était plus qu'un murmure.

– Je vous l'ai dit, répondit Rubén, la gorge nouée. Les Yankees voulaient nous faire passer la frontière. Pendant qu'on était là-bas, l'été dernier, la succursale d'une de leurs banques de Fresno a été attaquée par des amis à nous. Les flics du FBI en ont arrêté deux qui ont craché le morceau dans un deal avec eux. C'était l'occasion de nous mettre la main dessus.

Il jeta un coup d'œil sur Abdel. Il suffisait d'un geste de Djemal pour que l'un ou l'autre des deux Marocains le liquide.

– Comment le fumier qui nous a balancés savait-il que vous en seriez ce soir ?

Rubén respira entre ses lèvres serrées.

– Sûrement qu'il savait qu'on est proches de vous... et qu'on a déjà fait des coups comme ça.

– Ah ouais ? Cet argent n'était pas tout à moi, reprit Djemal comme on explique à un enfant. Tu étais responsable.

– Je n'ai rien pu faire, tenta Rubén. La fusillade s'est déclenchée alors que l'échange allait se produire. Mon frère avait laissé la mallette à terre.

– Pourquoi était-il dans la voiture ?

Cela faisait bien dix fois que Djemal posait la question.

– Je ne sais pas, patron, il a dû vouloir se mettre à l'abri. Ça tirait de partout !

– Il fallait reprendre cette putain de valise !

– Je n'ai pas pu, soupira Rubén en baissant la tête.

Il espérait que son jeu prendrait, tout en sachant que, même si Djemal le croyait, rien ne l'empêcherait de le tuer.

Le coup arriva sans qu'il le vît. Abdel, qui s'était rapproché, le frappa sur la bouche avec la crosse de son arme. Il tomba sur les genoux, crispé par la douleur, à moitié assommé. À peine à terre, il se sentit soulevé et plaqué brutalement contre le mur. Le visage d'Abdel était collé au sien et il frissonna au contact froid d'une lame contre sa gorge.

Djamel se planta devant lui.

– Jamais personne n'a osé me faire ça, cracha-t-il, la voix rauque.

– Je n'ai rien pu faire, gémit Rubén. Si j'avais pu faire quelque chose, j'aurais sauvé mon frère !

– Je me fous de ce tas de viande, t'entends ? S'il n'était pas déjà crevé je l'aurais tué moi-même ! Ton frère n'était qu'un putain de maricón ! une lope ! une putain de gonzesse, comme toi !

Rubén sentit la haine l'envahir et serra les poings en tentant de se dégager, mais Abdel lui appuya la pointe de son poignard sur la gorge, y imprimant une trace de sang.

– Qui va rembourser ? murmura Djemal en se rapprochant encore. Qui va payer ? Tu sais à qui était cet argent ?

La lame empêchait Rubén de bouger d'un centimètre sans risquer de s'embrocher. Il ferma les yeux. Jaime était mort pour rien. Il ne pourrait jamais les venger, lui et Rosa. Et c'était encore de la faute de ce putain de Marocain !

Il attendit que la lame s'enfonce. Il préférait mourir égorgé que torturé comme Djemal savait le faire. Comme il l'avait fait avec Rosa. Mais il sentit la pression se relâcher.

Il rouvrit les yeux. Abdel s'était éloigné et Djemal s'appuyait d'une main sur son bureau, lui tournant le dos.

– Tu me dois ta vie, Rubén. Mais avant de te la prendre tu dois faire ce que je t'ai demandé. Tue cette fille. Ensuite je ferai de toi ce que bon me semblera. Tu retrouveras celui qui nous a donnés et tu me l'amèneras. Et si tu réussis tout ça, peut-être que je te garderai en vie jusqu'à ce que je te tue.

Sur un geste de Djemal, Abdel empoigna Rubén et le traîna jusqu'à la porte. Il l'ouvrit et projeta le Mexicain dans le couloir, puis la claqua violemment derrière lui.

J'ai gâché une matinée avec ce crétin de Tapia.

Habillé comme un mafieux de Las Vegas d'un costume brillant bleu pastel et d'une chemise jaune poussin à grand col, il est venu me chercher à mon hôtel pour me faire rencontrer les barons de la drogue. Il m'a embarquée dans une Ford Mustang des années soixante-dix, deux tons, rouge et beige, du style Starsky et Hutch.

On a roulé un quart d'heure, ce qui dans cette ville correspond à deux pâtés de maisons, et il s'est arrêté devant une cantina pour touristes.

– Attendez-moi là, je vais vous ramener quelqu'un, m'a-t-il glissé en confidence.

J'ai poireauté une demi-heure devant un café-beignets, et au moment de m'en aller il s'est pointé avec une espèce de traînard coiffé d'un sombrero.

– Je vous présente mon ami. Appelons-le José.

Ledit José m'a tendu la main.

– Vous pouvez me faire rencontrer des narcotrafiquants ? lui ai-je demandé alors que lui et Tapia s'étaient lancés dans une conversation où il était question de femmes, de chevaux et de famille.

Il s'est interrompu, a pouffé, et a regardé Tapia comme si j'étais folle.

– Vous croyez qu'on les rencontre si facilement, ces barons ?

– Non, justement. Mais monsieur Tapia m'a dit que vous aviez vos entrées parce que vous travaillez pour les Rebels.

Il a lancé un regard noir à Tapia et j'ai compris à ce moment-là que je perdais mon temps.

– Monsieur Tapia parle beaucoup, a-t-il lâché.

Tapia a sursauté, mais ça n'a pas gêné le José en question qui a continué à dévorer les beignets comme s'il venait juste de débarquer du radeau de *La Méduse*.

J'ai commencé à ramasser mes affaires et Tapia m'a posé la main sur le bras.

– Où allez-vous ?

– J'attends un coup de fil à l'hôtel, ai-je menti.

– Je vous raccompagne, et après je vous emmène déjeuner dans un endroit de rêve, m'a-t-il dit avec un sourire radieux.

J'ai renoncé à lui renverser ma tasse de café sur la tête et je suis sortie. Par chance, à cet instant un taxi s'est arrêté, j'ai sauté dedans et j'ai filé.

J'en étais exactement au même point que lorsque j'étais arrivée, la confiance en moins.

Depuis plus d'une semaine, je n'avais pas avancé d'un pouce dans mon enquête. Je commençais à comprendre le fiasco de tous ceux qui m'avaient précédée. Officiels munis de mandats internationaux, de commissions rogatoires ou en mission, ils s'étaient heurtés à l'effrayante indifférence d'une ville et de ses responsables : des centaines de femmes tuées ou disparues en moins de dix ans sans que l'on cherche à savoir qui les a mutilées, violées, tuées.

Je repense à tout ça, allongée sur mon lit, les yeux au plafond, dégoûtée, déprimée. Pas seulement parce que je n'ai rien trouvé, mais parce que les abominations contre ces femmes vont continuer. Combien de Maria, de Rosetta, de Julieta, de Josefa, vont mourir la bouche remplie de sable, le corps en miettes, appelant la mort, elles qui ont tout juste l'âge de vivre ? Combien de salopards, de monstres, vont continuer de tuer pour satisfaire leur libido perverse ou leur goût du lucre ?

Mon cellulaire sonne, et je me lève à regret pour le cueillir dans ma poche. Je suis fatiguée comme si j'étais venue à pied de San Francisco.

– Sandra Khan ? Isabel Arvide.

Ma fatigue, d'un coup, devient moins pesante.

– Bonjour, Isabel.

– Bonjour. Vous êtes où ?

Classique.

– À mon hôtel.

– Je suis à la morgue de l'Hôpital général, pourriez-vous m'y rejoindre ?

– Bien sûr, mais pourquoi ?

– Deux cadavres identifiés : ceux d'un homme et de sa sœur, plus deux de femmes, non identifiés, viennent d'arriver.

– Oui...

– Je ne vous appellerais pas si c'étaient des accidents de la circulation, dit-elle d'un ton impatient. L'homme est connu pour être un des « soldats » d'une bande qui travaille pour les narcos dans leur fief de Quintana Roo. Il a été tué chez lui, et sa sœur a été retrouvée égorgée après un rapport sexuel brutal. Les deux femmes ont été découvertes dans une décharge. Elles avaient disparu depuis deux semaines. Ça vous intéresse ?

– J'arrive.

Je me précipite sur mon sac, attrape mon Leica et,

je ne sais pas pourquoi, vérifie que j'ai toujours dans ma sacoche ma matraque télescopique.

Un taxi attend devant l'hôtel, mais le temps que le chauffeur se sépare de son copain de l'autre taxi, j'aurais pu arriver à la frontière.

– Hôpital général, la morgue, s'il vous plaît.

Il me regarde, se met tranquillement au volant, soupire en hochant la tête, et demande avec l'intonation voulue en se retournant vers moi :

– Quelqu'un de proche ?

– Non. Mon mari.

Ses yeux s'agrandissent et il est prêt à reposer sa question, pensant que je n'ai pas compris, quand, avec un geste de la main, je dis :

– Vamos, rápido !

Il met en marche nerveusement. Comme veuve, je ne vaux rien.

La chaleur est accablante et les rues embouteillées. Ce n'est pas nouveau mais ça me pèse de plus en plus, et c'est mauvais signe.

Mes enquêtes me conduisent rarement dans des îles où le bleu de la lagune se confond avec le ciel, où les palmiers frissonnent sous le souffle d'un doux alizé, pourtant, même si la plupart du temps je fouille dans les poubelles puantes de l'espèce humaine, j'en ressors le plus souvent de quoi me consoler. Ici, rien. Une ville de merde, des gens qui s'en foutent, et total échec.

J'ai téléphoné la veille à Woody pour le préparer à un fiasco. Il m'a répondu conseil d'administration, actionnaires, et bilan négatif de l'année en cours.

– Je ne peux pas inventer des coupables, ai-je répondu, acerbe. Si je te dis que je ne touche pas une bille, c'est parce qu'il n'y a pas de billes.

Il a soupiré.

– C'est incroyable. Même toi tu ne trouves rien ? Tu ne peux pas dénicher un gars qui en voudrait au pouvoir en place, ou un voyou déçu par ses patrons... Je ne sais pas moi, je ne vais pas t'apprendre ton métier...

J'ai raccroché avant de devenir grossière. J'adore quand Woody me confie ses problèmes pécuniaires.

J'imagine les réunions de ces ventrus, cigare aux lèvres et calculette en bataille, disséquant les comptes et calculant leurs dividendes. Bon, je sais, je ne suis pas logique. C'est grâce à ces ventrus que la presse existe. Mais je n'ai pas de raison d'être plus honnête qu'eux.

À force de griller les rares feux rouges et de toréer avec les piétons et les voitures, mon taxi arrive à destination.

– Votre mari ? recommence-t-il d'un air accablé en me rendant ma monnaie.

Je ferme les yeux.

– Mon mari. Et sa maîtresse.

Il exorbite les siens. Ouvre la bouche et la referme.

– Oh !

Je cligne de l'œil et m'éloigne avec dignité.

L'Hôpital général est assez tartignol et aurait bien besoin d'un coup de peinture et d'un lino neuf. Une, puis deux infirmières m'indiquent le chemin de la morgue. Ici, pas d'espaces verts. Les malades se promènent dans les couloirs en compagnie de leurs perf' au milieu de containers débordant de linge sale.

Couloirs verdâtres, chers aux décorateurs de ce genre de lieu ; ampoules nues pendues à des fils électriques en tissu torsadé. Un court-circuit et les macchabées se retrouvent en barbecue. Adossée contre le mur vert céladon, Isabel Arvide me regarde arriver.

– Les corps sont là, pas encore autopsiés, attaquet-elle en m'indiquant de la main la salle où ils reposent. Et ils ne sont sûrement pas prêts de l'être.

– À cause ?

– Pénurie de personnel. Seulement deux légistes pour Juárez et le nord de l'État, aidés d'assistants pas très qualifiés. Nous sommes un pays pauvre, comme vous le savez sans doute. Nous sortons d'une longue période de parti unique où le népotisme et l'enrichissement de nos dirigeants leur servaient de politique. Nous sommes encore loin d'être à la hauteur de notre puissant voisin. Je n'ignore pas que mon pays doit trente milliards de dollars aux États-Unis et que votre Congrès hésite à en garantir le prêt.

C'est marrant cette manie de nous mettre en accusation, alors qu'elle vient de reconnaître la corruption du régime de son pays.

– Qui succède à un autre, consenti il y a six ans, répliqué-je, agacée.

– Qui a été remboursé.

– Qui faisait suite à un prêt, cinq ans auparavant. Cette obstination est un indice de notre folie, susurré-je avec le sourire le plus aimable dont je dispose.

Pourquoi me cherche-t-elle autant ? Si ce n'est que, depuis quelque temps, mon pays n'est pas en odeur de sainteté dans ces contrées, pas plus que dans d'autres, d'ailleurs, et que ceci peut expliquer cela.

Je ne parle pas du Pakistan d'où je reviens, parce que là, on sait pourquoi. Mais des amis partis en Europe sont revenus assez déconfits de ce qu'ils ont lu dans les médias ou entendu dans les dîners. Pour être honnête, une bonne partie de mes compatriotes en ont autant à leur service. Et tout ça me navre.

Une partie de moi est européenne : celle d'où je viens. Et si l'on dit que les peuples qui oublient leur passé n'ont pas de futur, ce n'est pas mon cas. Je suis le produit de l'Ancien et du Nouveau Monde. J'aime avec autant de force le violon de Menuhin que la trompette de Duke Ellington. Le gospel me tire des larmes, mais je renifle quand j'entends les mélodies d'Europe centrale. Je me régale d'un T.Bone steak, et me délecte d'une oie cuisinée à la juive. Tout ça pour vous expliquer qu'avoir le cul entre deux chaises n'est pas la meilleure façon de s'asseoir.

– On va les voir ? proposé-je.

Ici, pas de sas de décontamination. On rend visite aux cadavres dans ses vêtements de tous les jours. Et tant pis pour les bactéries.

Le préposé aux tiroirs arrive en traînant les pieds, un mégot de cigarillo coincé au coin des lèvres. Il néglige de demander l'autorisation signée par l'administration. Tant mieux, parce que Isabel m'a confié après qu'elle ne l'avait pas.

Il ouvre la porte et nous entrons à sa suite.

Et là, l'odeur. Je cherche la ventilation. Il n'y en a pas. La mort confinée, c'est d'abord l'odeur. Elle envahit, s'infiltre, fade, suffoquante. La mort, ce n'est pas un squelette armé d'une faux. La mort, c'est l'odeur.

– Nous voudrions voir les corps 32-33, s'il vous plaît, dit Isabel.

Il soupire ostensiblement de lassitude, tire un escabeau, y grimpe, et sort le tiroir 32. Qui ne descend pas.

Dans toutes les morgues, les tiroirs du haut descendent jusqu'à hauteur d'examen par un système de glissière. Pas ici. Ici, il faut se percher pour regarder.

Isabel se hisse et repousse le drap. Elle reste un moment sans parler, redescend et me fait signe de monter.

– C'est pas beau, souffle-t-elle.

C'est le moins qu'on puisse dire.

Le drap, rabattu jusqu'aux pieds, laisse apparaître un corps supplicié. Le visage paraît avoir été écrasé à coups de masse. Ainsi que le buste que les côtes, enfoncées, tirent vers l'intérieur. Le sexe a été mutilé profondément.

Le corps, mal lavé du sang qui a coulé de toutes ses plaies, semble trop petit, diminué, comme si, même dans la mort, il avait tenté d'échapper à la souffrance.

Je redescends. Je m'éloigne et m'appuie contre la porte. J'en ai vu, des cadavres. Des dizaines, sûrement. Des jeunes, des vieux, de tous les sexes. Des gentils, des salopards.

On ne s'y fait pas. Pour un tas de raisons, dont la plus probable, même si on ne l'avoue pas, c'est que l'on se voit à leur place. Ratatinés ou intacts, paisibles ou effrayés, c'est vous que vous regardez. Parce que vous saute à l'esprit qu'un jour, c'est vous que l'on viendra visiter.

La souffrance qu'a subie ce corps, je la ressens dans le mien. Mon visage est dévasté et mon corps écrasé. Chacun de mes nerfs vibre sous la douleur. La peur gravée au couteau sur elle, je la reconnais. Je revis son désespoir et l'atroce sensation d'abandon qu'elle a connue.

Isabel s'approche de moi et pose sa main sur mon bras.

– Moche, hein ?

J'opine.

– L'autre est pareille, dit-elle. Les seins en moins. On regarde les deux autres ?

25-26 sont en bas. Rosario Fante Pergo. Une entaille sous le menton qui va d'une oreille à l'autre. Un « soldat » mort au champ d'horreur ?

– Sûrement un règlement de comptes, explique Isabel. Profits et pertes. Sa sœur, ajoute-t-elle en tirant elle-même le tiroir.

Elle soulève le drap. Corps mutilé, acharnement de son assassin. Je relève les yeux. Le préposé a un regard trouble. Pompier pyromane, employé de morgue nécrophile ?

– Un des inspecteurs qui l'a trouvée a été infirmier et a eu la bonne idée de l'examiner et d'effectuer un prélèvement vaginal, indique Isabel.

– C'est normal comme procédure ?

– Non. Miraculeux. Il l'a même envoyé à El Paso au laboratoire du FBI.

– Pourquoi ?

– L'inspecteur m'a expliqué qu'ils étaient sur la piste de criminels venus des États-Unis, et que la hiérarchie aimerait bien qu'une partie des meurtres commis ici soit le fait d'Américains. Merci, dit-elle à l'employé qui ne va pas nous regretter et reprendra sa sieste interrompue.

On sort. Couloirs verts, ampoules nues, portes qui grincent. Hall encombré, fébrilité des urgences, énervement, engueulades. Et, à moins de cent mètres, quatre cadavres dont la mort a été pire que leur vie, qui, pourtant, n'a pas dû être drôle.

Dur, après ça, de s'énerver pour une fuite d'eau.

On quitte l'hôpital en zigzaguant entre les ambulances et les voitures particulières qui arrivent dans une cacophonie de sirènes et de klaxons.

– Qu'est-ce qui se passe, une catastrophe ? demandé-je à Isabel qui m'entraîne vers une cantina de l'autre côté du boulevard.

– Non... C'est comme ça tous les jours. Les Mexicains sont des gens anxieux.

On s'installe.

– Tequilas, commandé-je.

Après, on reste muettes jusqu'à ce qu'on ait avalé l'alcool. Mais ça ne change rien. J'ai toujours cette putain d'odeur dans le nez. Et cette saloperie de vision devant les yeux. Et ce goût de formol dans la bouche.

– On ne sait pas qui c'est, les deux femmes ?

– Non. Vu l'état, il va être difficile de montrer leurs photos aux collectifs des familles. On le fera, mais qu'est-ce que ça donnera ? On n'a pas de vêtements, pas de bijoux, rien. Quelles mères voudront reconnaître leurs filles dans ces corps torturés ? Elles préfèreront croire qu'elles sont encore vivantes quelque part.

– Vous avez une idée de qui a pu faire ça ?

Elle hausse les épaules.

– Je pense à des séances sataniques, des messes noires organisées dans les bunkers où vivent les narcos et les patrons locaux. Il suffit d'un groupe de dingues pour entraîner les autres. Les filles sont enlevées et retrouvées mortes, toujours. Pas de témoin.

– Et les deux autres, les Fante ?

– Dispute entre voyous. Fric, territoire, honneur... Les prétextes ne manquent pas.

– La sœur ?

– Une amourette qui aura mal tourné.

Je souris. Cynique, Isabel. C'est vrai que dans un coin pareil on a intérêt à s'armer.

– Donc, vous ne voyez pas de rapport entre les meurtres ?

Elle repousse d'un geste las une mèche sur son front.

– Je ne crois pas, je ne sais pas. Je n'en peux plus de voir ces cadavres, souffle-t-elle sans relever la tête. Jusqu'à quand ça va continuer ?

Que lui répondre ? Partout dans le monde, les

cadavres s'accumulent. Pas seulement à cause des maladies, de la vieillesse ou des accidents. À cause de nous. Nous et notre folie qui nous pousse à préférer la mort à la vie. Nous et notre désespoir d'être mortels. Ici, ce n'est qu'un épiphénomène.

Ferrari et Gardner s'installèrent devant le bureau du gouverneur. Armandariz était présent, ainsi que Cortez et Aguilar. La fine fleur policière du pays.

Ferrari se demanda si Gardner et lui n'auraient pas dû venir avec leur avocat.

Martínez sourit largement aux deux Américains.

– Eh bien, on n'a pas chômé la nuit dernière... Un peu plus d'un million de dollars, autant de coke et d'héroïne, nos ministres vont être contents. Et quand nos ministres sont contents... Il ricana... nous le sommes aussi.

Il alluma un cigare.

– Dominicain, pas cubain, reprit-il vers ses visiteurs. Nous respectons votre embargo. Dommage que nous n'ayons pas pu interroger les dealers...

Il tira une profonde bouffée de son cigare.

– Les réseaux colombiens vont devoir changer de stratégie. Et voyez-vous, dit-il brusquement en se penchant sur son bureau, c'est exactement ça qui nous ennuie. Que vont-ils inventer, à présent ? L'espace aérien est surveillé, les côtes sont sous contrôle, ce qui n'empêche pas la drogue d'arriver par la mer des Caraïbes, par courtes étapes, dans des embarcations qui partent avec un minimum d'essence et un maximum de poudre blanche. Il leur restait la route... Et la route n'est plus sûre. Si seulement un des livreurs avait survécu...

– Les deux Colombiens n'étaient que blessés, interrompit Ferrari, curieux qu'ils soient morts tous deux le temps d'arriver à l'hôpital.

Martínez se renversa dans son fauteuil et considéra l'Américain.

– Capitaine Cortez, qu'indique votre rapport ? demanda-t-il en s'enveloppant de fumée, sans quitter Ferrari des yeux.

Cortez se rapprocha du bureau.

– Juan Ribero et Francisco Martez travaillaient pour le cartel de Medellín. Ils étaient chargés de livrer pour deux millions de drogue à la mafia de Juárez, et...

– Pas deux millions, chuinta Armandariz, à peine plus d'un million de dollars. Les journaux ont exagéré, comme à leur habitude.

Il avança vers Martínez.

– La drogue a été entreposée au centre de rétention des substances illicites comme pièce à conviction, avant d'être détruite. Les dollars ont été remis à la Banque centrale de Chihuahua sur le compte gouvernemental. D'après le rapport du capitaine Cortez, et ce que j'ai vu, les bandits en question étaient mourants quand ils ont été emmenés. Ils avaient peu de chances de survivre. L'ambulance qui les a pris en charge n'était pas équipée en matériel d'oxygénation, et les deux hommes, touchés de plusieurs balles aux poumons, n'ont pas résisté.

– Et ce Rubén, demanda Martínez, qu'est-il devenu ?

– Nos services le recherchent, répondit Aguilar en faisant à son tour un pas en avant.

Ferrari avait l'impression d'assister à une représentation théâtrale où les acteurs sortiraient un à un des coulisses pour réciter leur rôle. Il s'appuya d'une main sur le bureau du gouverneur.

– Il travaille pour un trafiquant notoire, Abdallah Djemal. Il est probablement envisageable de le retrouver, et de nous le livrer.

– S'il n'est pas déjà mort, soupira Aguilar. Ici, on ne plaisante pas avec les incapables. Et il l'est sûrement aux yeux de son patron.

– Djemal ?

– Djemal ou un autre. Nous n'avons aucune preuve que ce ressortissant marocain soit un trafiquant de drogue. Il est associé dans plusieurs manufactures de pièces détachées et paye ses impôts comme n'importe quel citoyen mexicain. Qu'est-ce qui vous fait croire que ce Djemal a quelque implication dans cette histoire, agent Ferrari ?

– Nos services le pistent depuis un séjour qu'il a fait chez nous et où il a laissé derrière lui quelques cadavres. Nous avons demandé plusieurs fois son extradition, mais votre gouvernement l'a refusée sous le prétexte qu'il risquait la peine de mort. Nous savons qui il est, commandant.

Martínez agita la main.

– Nous ne pouvons rien faire contre notre Constitution. Rechercher des preuves contre cet homme, c'est tout ce que nous pouvons entreprendre. Il sera interrogé et jugé s'il est reconnu coupable par une cour d'assises de notre pays. Il n'est pas citoyen américain.

– Un mandat international a été lancé contre lui par Interpol, intervint Gardner. Vous devrez le livrer, monsieur le gouverneur. Nos deux pays ont des accords d'extradition.

– Tss, tss, tss, monsieur l'attaché. Tout ce que nous ferons, c'est l'interroger sur les méfaits qu'il a commis chez vous. Chez nous, jusque-là, nous ne pouvons rien lui reprocher. J'ai chargé le commandant Aguilar de lui délivrer une assignation de devoir se présenter à ses services pour l'informer de ce mandat international.

– Quoi ? s'exclama Ferrari en se dressant. Vous lui avez envoyé une assignation ? De quelle manière ?

– Par un capitaine habilité, qui la lui a remise.

– Il y a combien de temps ?

– Oh, une semaine, à peu près. On ne vous a pas attendu, agent spécial Ferrari, sourit Martínez.

– Et il s'est présenté ?

– Pas encore, intervint Aguilar. Je comptais me rendre chez lui pour l'interroger en présence de ses avocats.

– Et il va vous attendre ? grinça Ferrari.

– À notre connaissance, il est toujours là.

Ferrari se tourna vers Gardner qui regarda ostensiblement ailleurs.

– Je vous fais raccompagner, dit Aguilar.

Il ouvrit la porte et appela un planton.

– Et encore merci pour vos précieux renseignements, agent spécial Ferrari.

– Y a pas de quoi, marmonna Ferrari, négligeant la main que l'autre lui tendait. Y a vraiment pas de quoi.

Rubén se tassa instinctivement derrière son volant. La cible venait de surgir d'un taxi qui s'était arrêté devant l'hôtel, aussi brusquement que si on l'avait poussée de l'intérieur.

« Drôlement nerveuse », pensa-t-il. À un autre moment, il aurait pu être sensible à son charme, bien qu'elle lui parût un peu trop masculine. Pour lui, étaient masculines toutes les femmes qui ne semblaient pas soumises ou dont l'attitude générale était assurée. De toute façon, il ne s'intéressait plus à grand-chose. La mort de son cadet survenant moins d'un an après celle de sa sœur adorée lui avait ôté toute joie de vivre, ne lui laissant qu'une exigence de vengeance.

Elle disparut à l'intérieur et il descendit de sa voiture. Le Monaco était un hôtel typiquement pour touristes dont l'unique qualité était d'être placé en centre-ville, contrairement aux hôtels de luxe qui se situaient davantage dans la périphérie ou dans les riches quartiers du nord.

Les hôtels de Juárez n'étaient jamais que des étapes pour les voyageurs. Nul n'aurait eu l'idée de s'attarder dans cette ville bâtie de manière anarchique, sans souci esthétique, dont les quartiers s'étalaient comme une lèpre au fur et à mesure que débarquaient les nouveaux arrivants, se consolidaient en s'intégrant à la ville, ou disparaissaient au gré des migrations.

Si l'on exceptait le centre commercial compris entre l'avenue de Las Americas, l'avenue de la Raza, la P.E Calles ou l'avenue Lopez Mateos, les quartiers résidentiels du nord avec le parc Chamizal et l'espace consacré à Benito Juárez, la ville ne présentait aucun intérêt pour les touristes, sauf ceux de l'autre côté de la frontière à qui depuis peu des agences de voyages aussi habiles que sans scrupules proposaient des tours qui incluaient la visite des sites répertoriés comme scènes des crimes.

Rubén pénétra dans le hall de l'hôtel encombré d'Italiens d'un voyage organisé, et se dirigea vers le comptoir.

– Excusez-moi...

L'employé releva la tête, mais replongea aussitôt vers son ordinateur.

– Excusez-moi, répéta Rubén, plus sèchement.

L'employé le regarda, mal aimable.

– Il vient d'entrer une jeune femme américaine, il y a cinq minutes. Une rousse, jolie, sourit Rubén avec un clin d'œil envers l'homme. Elle a laissé un paquet dans mon taxi, est-ce que je pourrais avoir le numéro de sa chambre ?

En même temps, il glissait sur le comptoir un billet de cinquante pesos.

– 329, lâcha l'homme en faisant disparaître le billet.

– Merci, dit Rubén avec un nouveau clin d'œil.

Le gars hocha la tête avec un sourire entendu et replongea dans son registre.

Rubén repéra l'ascenseur, mais lui préféra l'escalier. Il n'avait aucun plan. La fille ne conduisait pas, donc l'accident de la route était exclu. Elle paraissait ne voyager qu'en taxi, d'où la difficulté à faire croire à l'agression d'un rôdeur dans la rue. Ne restait que l'hôtel.

Aucune marque, avait exigé Djemal. Aucun indice.

Il arriva devant la 329 et continua jusqu'au bout du couloir. La chambre de la fille se trouvait en plein milieu, loin des escaliers et de l'ascenseur.

Ouvrir la porte ne présentait aucune difficulté, mais comment se débarrasser d'elle sans alerter la moitié de la clientèle de l'hôtel ? Repartir rapidement et discrètement serait aussi problématique. Il revint sur ses pas, enregistra les détails et redescendit.

Il attendit pour ressortir que l'employé de l'accueil soit occupé, et en même temps comprit qu'il avait fait sa première erreur. Si par malchance une enquête était ouverte, l'homme parlerait certainement de ce Mexicain qui lui avait demandé le numéro de la chambre.

Il regagna sa voiture et s'assit au volant pour réfléchir. Il n'avait pas le choix de refuser ce contrat, quel qu'en soit le prix ou la difficulté.

Il avait tué de nombreuses fois, de bien des façons et pour différents patrons. Tuer ne lui avait jamais posé problème. C'était le seul moyen, pour un garçon né pauvre, de fuir la misère. Donner la mort n'était qu'une façon d'accélérer le destin des victimes, puisque tout le monde mourrait un jour. Ignacio, qui savait passablement lire, en tout cas mieux que lui, l'avait conforté dans cette idée le jour où, dans un journal, il avait lu un article sur la guerre que les talibans menaient en Afghanistan. Ces hommes ne craignaient pas la mort puisqu'il fallait bien mourir un jour, pour cette raison, entre autres, ils se sentaient invincibles.

Jaime était mort, Rosa était morte, il ne restait plus que lui de la famille Rubén. Il y avait longtemps que ses parents avaient disparu emportés par la misère. Il ne craignait pas la mort.

Il s'était trompé en croyant qu'en dénonçant Djemal et son trafic de drogue aux Américains, il précipiterait sa chute.

Le Marocain était trop puissant, trop protégé par ceux-là qui auraient dû le perdre. Il n'y avait que lui pour venger sa fratrie. Et pour cela, il devait rester en vie.

Maria Lopez Urbina, accompagnée de son chargé de mission, entra d'un pas vif dans le bureau du chef de la Police fédérale préventive.

– Madame la procureur, salua un Aguilar déférent.

– Bonjour, commandant, renvoya la procureur, nous espérons ne pas tomber dans un mauvais moment.

– Actuellement, tous les moments sont mauvais, soupira Aguilar, mais votre venue, Madame la procureur, nous redonne de l'espoir. Puis-je vous prier de vous asseoir ainsi que monsieur...

– Raul Fanguy, se présenta le chargé de mission.

Un jeune homme déjà presque chauve, habillé de gris triste.

– Avez-vous fait bon voyage, êtes-vous bien logés ?

– Très bien, coupa la procureur d'un ton bref. Nous venons de rencontrer le chef de la police judiciaire, le commandant Armandariz, qui nous a fait part de la dernière opération effectuée avec succès par vos services contre les trafiquants de narcotiques. Nul doute que le gouvernement central sera ravi de cette importante prise.

– Je vous remercie, Madame la procureur...

Maria Lopez Urbina tendit la main vers la lourde serviette que tenait son falot chargé de mission.

– Pourtant, commandant, si nous sommes là, c'est parce que nos services ont relevé, après enquête, quatre-vingt-un manquements des services publics de Chihuahua, concernant des juges, agents ministériels et judiciaires, des fonctionnaires de la police scientifique, pour de graves omissions concernant vingt-neuf enquêtes pour lesquelles une cinquantaine de demandes d'analyse avaient été demandées par les inspecteurs chargés des investigations. Omissions dues pour la plupart à des pièces égarées, ou non recevables devant un tribunal parce que mal protégées, et qui concernaient des indices tels que des traces de sperme, de sang, des cheveux, retrouvés sur certaines victimes, et qui auraient sans doute permis de confondre les coupables.

– Dès que nous avons reçu votre ordre de mission, Madame la procureur, nos services ont immédiatement entrepris une enquête approfondie qui devrait nous révéler à quel étage des responsabilités ces fautes professionnelles ont été commises. Mais il faut aussi que le gouvernement central tienne compte de la situation particulière de notre région.

» Notre frontière commune avec les États-Unis d'Amérique génère un trafic comparable à nulle part ailleurs dans le monde. Armes, drogues, filles, substances chimiques interdites, voire pire, immigrés clandestins qui passent et repassent sans cesse la frontière, délinquance juvénile en constante augmentation, déracinement d'une population venue des territoires du Sud et ayant gardé ses traditions, et qui se trouve confrontée à un modernisme qu'elle refuse parce qu'elle ne le comprend pas.

La procureur se pencha sur son dossier.

– Je ne nie pas cette explication qui est une partie de l'ensemble. Je ne suis pas venue chercher les causes de ces homicides, mais plutôt tenter de comprendre pourquoi tout n'a pas été fait pour retrouver les auteurs de ces crimes.

– Nous avons actuellement en prison, dont certains pour des peines allant jusqu'à la perpétuité, une douzaine d'individus condamnés pour avoir participé à ces meurtres.

– Qui n'ont pas cessé pour autant.

Aguilar leva les bras dans un geste de détresse.

– On n'éradique pas le mal aussi facilement, Madame la procureur, vous le savez mieux que personne.

Maria Lopez Urbina se leva brusquement. Son chargé de mission, surpris, la suivit avec un temps de retard.

– Je reste une dizaine de jours avant de retourner à Mexico, commandant, je compte repartir avec un dossier expliquant ces manquements graves et donnant le nom des responsables. Notre président, Vicente Fox, a annoncé devant l'ampleur de ce drame national, une augmentation de quatorze millions de pesos pour cette année qui devront aider à résoudre cette épidémie de meurtres. Il a repris à son compte le slogan inscrit à l'entrée de votre ville : NO MÁS UNA.

– Sachez, Madame la procureur, que nous faisons depuis toujours notre possible pour enrayer ces atrocités, mais nous nous heurtons à tellement d'obstacles. Croyez cependant que ces quatorze millions sont les bienvenus et seront employés au mieux des intérêts de nos concitoyens.

– J'y compte bien, commandant, et M. le Président Fox, aussi. J'attends de vos nouvelles.

Ce soir je dîne avec Isabel Arvide. C'est en sortant de la morgue qu'elle me l'a proposé.

Il est remarquable que la confrontation avec la mort et la souffrance suscite toujours un tel élan vital chez les vivants. Les hôpitaux sont les couveuses où éclosent le plus d'histoires sexuelles, le plus de désir de vivre. Toujours est-il qu'elle et moi étions tellement secouées qu'elle m'a regardée par-dessus son verre et dit :

– Ça tient toujours votre invitation à dîner ?

Voilà pourquoi je suis en train de me pomponner dans ma salle de bains et choisis des vêtements avec soin. Ce qui se résume à un jean propre, une chemise noire en lin et des baskets. Mon uniforme. Je laisse tomber ma besace, mais garde la matraque. Cette ville est effrayante, et si je vous le dis, c'est que c'est vrai.

J'ai connu l'Union soviétique quand elle est devenue la Russie. Chaos, assassinats. La seule différence entre les deux époques était que les assassinats n'étaient plus des crimes d'État.

J'ai visité la Bosnie quand les peuples qui y vivaient depuis soixante ans, en plus ou moins bon voisinage, ont décidé chacun de garder tout l'immeuble pour eux seuls.

J'ai parcouru les pays islamiques en tant que représentante, à double titre, du Grand Satan, comme femme et comme Occidentale, et mené diverses enquêtes criminelles dans mon propre pays contre des types gravement jetés, dont le délassement était de découper leurs concitoyennes en petits morceaux.

Mais ici c'est la rue, les murs, le bruit ou son absence, l'air même qu'on y respire qui sont dangereux. Une ville où l'État de droit a disparu.

Où ceux qui la gouvernent le font de bunkers protégés par leurs milices, et édictent leurs lois en se passant du Parlement. Des hommes qui n'ont pas besoin de la guerre pour devenir des bourreaux. Des hommes uniquement guidés par leurs instincts de prédateurs, protégés par la puissance de leur argent et la haute conscience de leur virilité.

Une ville où ont pu disparaître en moins de dix ans des centaines de femmes sans que les autorités s'en émeuvent.

Imaginez une capitale comme New York, Londres, Rome ou Paris, où autant de cadavres torturés auraient été retrouvés sur Park Avenue, Piccadilly Circus, via Veneto ou les Champs-Élysées. Inimaginable ? Ici, non.

Isabel m'attend dans un petit appartement, qu'elle loue à l'année et partage avec un autre journaliste. Absent, ce soir.

Elle a décidé de me faire connaître le meilleur restaurant coréen de la ville. J'apprécie moyennement, d'autant, m'a-t-elle dit, qu'il jouxte quasi le terrain vague où en novembre 2001 huit cadavres de femmes ont été découverts juste en face de l'immeuble de l'AMAC.

Difficile de flirter avec un tel voisinage.

Un taxi attend devant l'hôtel. Je lui tends le papier où Isabel a inscrit son adresse.

Il paraît perplexe et sort un plan plus déchiré que la

banquette sur laquelle je suis assise. Son doigt suit des lignes, revient, cherche. J'attends.

Enfin il pousse un grand soupir de soulagement, et se tournant vers moi avec un sourire qui me permet d'apercevoir une bouche quasi vierge de dents :

– Là, dit-il en tapant énergiquement sur son plan. Là !

On démarre. On roule. Il chante. À tue-tête. Je pourrais écrire un livre sur les chauffeurs de taxi. Chacun est le fidèle reflet du pays où il vit.

En Israël, on a l'impression d'avoir affaire à des tankistes, qu'ils sont peut-être d'ailleurs. Ils semblent partir en guerre dès qu'ils prennent le volant.

En Italie, ils se considèrent comme des virtuoses qui rouleraient sur des circuits de formule 1.

À New York, ils découvrent la ville en même temps que vous et portent, hiver comme été, des chemises hawaiiennes bariolées qu'ils ne se décident pas à quitter parce que c'est un cadeau de leur mère.

À Paris ils sont moroses, parce que mécontents de leur sort en permanence, et vous confient comment ils gouverneraient s'ils étaient le Premier ministre.

On pourrait chroniquer notre époque pour les temps futurs en éditant les mémoires des chauffeurs de taxi.

Pour l'instant, le mien enfile avenue sur avenue, rue sur rue, traverse des places animées ou désertes, sans cesser de chanter. Le trajet me semble long. Je me penche vers lui.

– Il y en a encore pour longtemps ?

Il lève le pouce, d'un air triomphant.

– Là !

Il freine en catastrophe contre le bord du trottoir et tourne le compteur avant que j'aie pu lire.

– Dix dollars ! clame-t-il.

– Et en pesos ?

Il hausse les épaules. D'accord.

Je lui tends mon billet qu'il lisse soigneusement avant de le mettre dans sa poche. Entre-temps je suis descendue, et il redémarre comme si les troupes de Maximilien étaient à ses trousses.

Je regarde autour de moi. C'est sinistre. Des bâtisses, ou ce qu'il en reste, sont plantées comme des dents déchaussées de chaque côté de la rue. J'aperçois des lampes à pétrole derrière les rares fenêtres éclairées.

Quartier sans lumière municipale. Ça m'étonnerait qu'Isabel Arvide habite ici. Je relis l'adresse sur le papier : calle San Marino, 387.

Je marche jusqu'au coin de la rue, déserte, en regardant attentivement autour de moi. J'ai l'impression d'avoir débarqué dans un coupe-gorge.

Sur la baraque qui fait le coin une pancarte presque effacée indique le nom de la rue : cal... Salina... Qu'est-ce que ça a à voir avec calle San Marino ? La ruelle perpendiculaire où s'épaulent des échoppes de guingois aux fermetures à moitié défoncées n'a pas de nom.

Bon sang ! cet abruti m'a larguée n'importe où. Et quand je dis n'importe où, je suis modeste ! Je tire mon cellulaire de ma poche pour appeler Isabel. Ça ne passe pas. En réalité, je me demande à quoi servirait un relais dans ce quartier.

Revenir en arrière ? Pour me retrouver où ? Pourtant, pas question de continuer. Devant moi, c'est le grand désert obscur. Et à part cette ruelle anonyme, pas d'autre issue. Frapper à une porte pour demander à téléphoner ? N'importe où, je l'aurais fait. Mais ici ?

Je tente de calmer ma trouille, car c'est bien de ça qu'il s'agit. Ça y est, je l'ai attrapée. Parano du grand complot. Le taxi était dans le coup.

Des yeux, je fouille l'obscurité. Rien ni personne. Je respire lentement pour calmer les battements désordonnés de mon cœur, me morigène par la même occasion, et reprends le chemin par lequel nous sommes venus. Je marche collée au mur.

Devant moi la rue s'allonge sans obstacle, bordée de baraques en semi-dur, de terrains vagues et de palissades déglinguées, et j'évite de penser à ce qu'elles cachent. Les trottoirs et la chaussée sont gravement défoncés, et dans un trou je reconnais le cadavre d'un chaton. On a dit que le Christ s'était arrêté à Eboli, je crois qu'il ne connaît même pas Juárez. Je m'arrête pour m'assurer que mon téléphone est toujours muet. Il l'est. Et en profite pour vérifier que ma matraque est facilement accessible.

Au moment où tourbillonnent ces pensées optimistes, j'entends une cavalcade. Je m'adosse à une porte. Les cris d'une femme et d'hommes, qui courent. Encore des cris. D'où viennent-ils ? Je sors ma matraque, appuie sur la gâchette qui libère ses soixante centimètres de souple plomb torsadé, et la tiens fermement en main.

Et soudain ils me tombent dessus. Une femme surgie de nulle part se précipite vers moi comme une folle. Derrière elle, trois hommes qui la poursuivent. Je me pétrifie parce que je pressens ce qui va se passer.

Déjà, l'un des types est à portée de main de sa proie qui hurle de terreur. Les autres, plus lourdauds, l'encouragent de la voix.

La femme perd ses forces à hurler et à sangloter. Elle se tord les pieds dans un trou, s'affale, l'homme est sur elle. Les autres vont les rattraper. Je sors de mon encoignure.

Le premier, le véloce, ne m'a pas encore vue. Les

autres, si. Ils s'arrêtent comme devant une apparition. Dommage que je ne sois pas vêtue de voiles blancs, ils m'auraient peut-être confondue avec la Vierge de Guadalupe.

Ils crient en me désignant. Le type qui a enfoncé son genou dans le dos de la fille relève la tête. Nous sommes à moins d'un mètre l'un de l'autre.

La femme, qui ne s'est aperçue de rien, continue de crier. Sa voix cassée, secouée de sanglots de peur, résonne dans la rue.

– Qu'est-ce que c'est que ça ? demande l'un des hommes.

J'agite ma matraque.

– Et vous, qu'est-ce que vous faites là ?

Archétype de la question idiote. Ils sont là pour violer et peut-être tuer. Et ils se sont dégotté en prime une seconde victime potentielle.

Le silence est plombant. J'« entends » les rouages de la violence et de la concupiscence se remettre à tourner dans leurs têtes. Trois contre deux, dont une à terre.

Celui qui est à genoux se relève, et pour plus de commodité, sans doute, maintient sa proie avec le pied. Elle pourrait se redresser. Ne le fait pas. Déjà morte dans sa tête.

– Foutez le camp, ou j'appelle mes amis qui sont dans la maison !

Quelle maison ? Je suis adossée à une palissade. Ils se concertent, me reluquent. Se parlent si vite que je ne comprends pas. À terre, la femme s'est tue, comme pour se faire oublier.

– Qui es-tu, puta ? qu'est-ce que tu fais là ? Tu cherches un homme ?

Ils rient. De ce rire qu'ont dû entendre toutes les femmes tombées dans l'épouvante de cette situation.

Un rire gras, satisfait. Un rire qui terrorise, écrase, lapide. Qui vous fait vous rétracter comme si réduire son corps pouvait le sauver, empêcher l'irréparable. Un rire qui vous vide de vos forces et vous donne envie de vous traîner à leurs pieds, implorer leur pitié.

Et tout à coup, mémoire, inconscient, instinct de survie, rage, que sais-je ? l'image de Joan, ma première compagne, violée et tuée loin de moi. Poids de ma culpabilité de ne pas avoir été là. Vague soulagement d'avoir tué son violeur. Là-bas, à Boston, au siècle dernier.

Même genre de rue déserte et noire. Bruit de mes pas s'accordant aux siens. Son regard qui se dirige vers moi et s'étonne. Sa tête qui se penche, cherchant à comprendre. Son cerveau qui refuse qu'une femme qu'il pensait avoir « levée », selon l'expression consacrée, comme les braconniers relèvent les pièges qui mutilent leurs proies, se soit détachée des dents d'acier et retournée contre son prédateur.

Tout me revient pêle-mêle. Le cadavre de Joan à la morgue, ma douleur sans fin, ma rage de tuer son assassin.

– Barrez-vous, bande d'ordures !

Je marche vers eux, matraque dressée et tourbillonnante.

Ils sont mains nues. Si méprisants qu'ils ne pensent pas avoir besoin d'armes pour réduire leurs proies.

– ... Tirez-vous ou je vous éclate la gueule !

Le type relève son pied de sur la femme, recule, les autres aussi.

– Puta ! crache-t-il. Puta de tu madre ! puta de tu familia !

Il lève le poing, mais continue de reculer. Ils crachent tous les trois des insultes. En espagnol, puis, doutant, en anglais. Reviennent d'un pas. Me menacent du menton, des pieds. Balancent de longs glaviots sur le sol et dans ma direction. Mais reculent.

Je ne réponds pas, me contentant de les menacer de ma matraque que je fais siffler.

Enfin ils tournent le dos et s'éloignent en continuant de nous insulter, moi et toutes les femmes. Celles qu'ils méprisent et celles qui leur font peur. Les mêmes.

La femme s'est redressée. Elle a tourné la tête et m'a regardée mais je ne suis pas sûre qu'elle m'ait vue. Elle s'est hissée sur ses genoux et a défroissé sa robe. Elle a réenfilé ses chaussures qui l'avaient lâchée, et est demeurée un moment incertaine sur ses jambes.

Je l'ai regardée à mon tour sans savoir si elle avait vingt ou quarante ans, parce que le temps ne se dépose pas sur tous de la même façon, et que sur certains que la vie broie depuis toujours il double les années comme pour se débarrasser d'eux plus vite.

Elle a eu un faible geste de la main qui pouvait passer pour un merci, et s'est éloignée. J'ai entendu longtemps ses pas résonner dans la nuit.

Un peu plus tard, une voiture de patrouille s'est arrêtée. Ils m'ont dit avoir été prévenus par un coup de téléphone anonyme signalant une agression calle Salina de Bahía.

Quel rapport mon chauffeur a-t-il établi entre la calle San Marino et la calle Salina de Bahía, je ne le saurai jamais. Mais ce soir, la grande Duduche en noir avec sa faux était occupée ailleurs.

J'ai refusé de suivre les policiers au poste. Ils avaient des gueules de bandits mexicains. Ils m'ont ramenée à mon hôtel en me priant de venir le lendemain matin au commissariat pour signer ma déposition.

Tu parles ! ils n'ont même pas fait semblant de rechercher les trois crapules ! Pas davantage que la victime. Pourtant, sur place, je leur ai fait une description des deux.

Je suis montée dans ma chambre et, avant de m'écrouler sur le lit dans la position de l'homme de Manpower, j'ai appelé le portable d'Isabel et suis tombée sur sa boîte vocale. Je lui ai dit que j'avais eu un empêchement et que je la priais de m'excuser. Sur la table de nuit, la chambrière avait posé un message indiquant que Nina avait téléphoné trois fois et me demandait de la rappeler.

Je ne pouvais pas. Pas plus que dormir une minute cette nuit-là. J'avais mal dans tout le corps comme si j'avais été battue par les trois brutes. Mes cuisses étaient endolories à force de les avoir serrées. Je revoyais le visage de Joan. Sa douleur devenait mienne. Je croyais voir penché sur moi celui de Latimer, son assassin, avec sa grosse bouche molle, ses yeux fous et ses mains tueuses.

J'ai tué Latimer. Mais ce soir j'en ai rencontré trois autres. Et les cris de la femme étaient ceux de Joan. Et sa terreur était la sienne. Et moi, je n'avais pas été là pour elle.

– Agent Ferrari ?

L'Américain se retourna brusquement. Depuis un moment il avait l'impression d'être suivi. Le capitaine Cortez sortit de derrière un mur.

– Vous étiez derrière moi, dit Ferrari.

– Exact, mais je connais la ville mieux que vous. J'ai vu que vous m'aviez remarqué et je me suis dit que d'autres pouvaient aussi l'avoir fait.

– Quels autres ?

Cortez eut un geste évasif de la main. Il était en civil et fumait une cigarette, ce qui le rajeunissait. Il regarda autour de lui.

– Qu'est-ce que vous faites dans ce quartier ? Ce n'est pas le plus agréable de la ville.

– Je n'en ai pas encore trouvé qui le soit.

Cortez eut un petit rire.

– C'est vrai que les urbanistes ne se sont pas donné beaucoup de mal. Je voulais vous parler.

– De quoi ?

– De vous.

– À quel sujet ?

– Je peux vous emmener chez moi, j'habite à côté.

– Quelle coïncidence !

– Vous pouvez le dire. Je vous file le train depuis que vous avez quitté votre hôtel.

– Allons-y.

– Suivez-moi dans une minute.

Cortez s'éloigna, apparemment détendu, mais Ferrari comprit qu'il ne cessait de surveiller la rue.

Il attendit qu'il disparaisse au coin suivant pour se mettre en marche. Comme partout, d'immenses terrains vagues la bordaient. Déchetteries sauvages où s'accumulait tout ce dont une ville se débarrasse. Montagnes malodorantes où des gosses jouaient en même temps qu'ils fouillaient. Symboles d'une ville en état de déréliction, d'autorités en voie de désintégration.

L'Américain vit Cortez entrer dans un immeuble de quatre étages en assez bon état. Il attendit un moment et traversa la rue. Cortez le surveillait sur le palier du second. Il le précéda dans l'appartement.

– Installez-vous, l'invita-t-il. Café, tequila ?

– De l'eau fraîche, ça ira.

Ferrari regarda autour de lui pendant que le policier s'affairait derrière le comptoir d'une cuisine à l'américaine.

– Vous êtes bien installé.

– Ça peut aller.

Cortez revint avec un broc d'eau glacée où nageaient des tranches de citron. Il servit son invité et s'assit à son tour.

– J'ai eu votre dossier entre mes mains, commença-t-il, vidant son verre d'un trait.

Ferrari ne broncha pas.

– Ça ne vous étonne pas ? Si je l'ai lu, les autres aussi.

– Vous ne m'avez toujours pas dit qui sont ces « autres ».

Cortez se renversa sur sa chaise et alluma une cigarette.

– Ça ne vous gêne pas que je fume ? Je sais que les Américains n'aiment pas ça.

– Je suis un gentil Américain.

Cortez resta un moment à fumer en silence.

– Est-ce que vos chefs vous ont envoyé ici parce que votre famille fait partie de la mafia ? demanda-t-il. Parce que si c'est ça, ça serait le moment de s'en servir.

– Ma famille ne travaille ni avec l'Amérique centrale ni avec la Colombie.

– Ah, dommage.

Il écrasa son mégot et se resservit un verre d'eau glacée.

– J'en ai marre de ce qui se passe ici, dit-il brusquement en relevant la tête. Marre et marre ! Vous savez ce qu'est la corruption ?

Ferrari hocha la tête.

– Je crois.

– De toute une région ? de tout un pays ? Vous savez ce qui se passe ici avec les femmes, celles qu'on assassine ?

– Je suis là aussi pour ça.

– Comme la journaliste de San Francisco ?

– C'est une coïncidence.

– Je veux vous aider.

– Pourquoi ?

– Ma nièce a été assassinée en 1998. Silvia Arce, dix-sept ans. Kidnappée avec une amie qui reste aujourd'hui la seule rescapée. Elle vit cachée, depuis. Je n'ai jamais pu la retrouver. Quand les autorités ont appris nos liens de parenté ils m'ont intimé l'ordre de laisser tomber. Comme les autres mères, ma sœur n'a pas pu avoir accès au dossier de sa fille. Elle est presque devenue folle. Elle fait partie d'un collectif mis en place pour aider psychologiquement les familles. Mais moi, je veux retrouver son assassin.

– Si mes souvenirs sont bons, on a dit que c'était l'adjoint du commandant de la police judiciaire de l'époque qui les avait kidnappées.

– Exact. Mais qui sont les gens derrière lui ?

– Et surtout, pourquoi agissent-ils ainsi ?

– Nous savons qu'il existe dans cette ville une mafia criminelle qui tue pour le plaisir et est protégée par le pouvoir politique et financier de cet État. Cette impunité invraisemblable attire les cinglés de partout ! Ils savent qu'ils peuvent tuer, torturer, violer, sans être inquiétés.

Ferrari ne répondit pas. Tout dans cette affaire réveillait en lui des souvenirs. Il n'avait jamais retrouvé les assassins de sa femme et de ses enfants, même si on les connaissait.

Le monde occidental, à l'époque, vivait et mourait au rythme d'un terrorisme qui s'était juré de le détruire. Un homme, Ahmed Fawzill, qui se disait descendant du Vieux de la Montagne, le chef d'une secte d'assassins du XIe siècle, avait pris la tête de cette croisade en fédérant autour de lui les autres mouvements terroristes. Ferrari et des agents occidentaux s'étaient battus contre eux, et tous y avaient laissé leur vie, sauf lui, à qui, du fond de son tombeau, Fawzill avait réservé un sort plus atroce que la mort.

Alors que Ferrari attendait les siens venus le rejoindre, une entité venue du néant où les combattants israéliens avaient précipité Fawzill avait anéanti sa famille. Il revivait sans cesse le moment où le maire et le gouverneur de New York s'étaient avancés vers lui, l'avaient regardé sans un mot, et au lieu de lui remettre la médaille du Congrès lui avaient appris la mort des siens [1].

Le monde, pour lui, s'était arrêté ce jour-là. Depuis cet instant, son existence s'était transformée en une nuit sans fin.

À Juárez, ce n'étaient pas des Fous de Dieu mais des fous tout court que protégeait leur énorme fortune tirée de la drogue.

– Comment comptez-vous m'aider ?

– Pour l'instant, nous combattons en ordre dispersé. Les avocats des familles de leur côté, les journalistes, les associations, comme par exemple Nuestras Hijas, qui dénombre une disparition par semaine ; ou cette professeur de collège, Marisela Ortíz, qui s'est lancée dans le combat après l'assassinat d'une de ses élèves, et qui, menacée de mort, est surveillée depuis jour et nuit par deux policiers fédéraux.

– Ça ne me paraît pas lourd contre un système solidement établi.

– Pas lourd du tout.

Cortez se leva et alla à la fenêtre.

– Venez voir, regardez, contre l'arbre, il y a un type qui me suit depuis un moment.

Ferrari se leva et le rejoignit.

– Le gars en pantalon jaune ?

– Oui.

– Vous croyez qu'il s'habillerait en jaune pour vous filer ? Pas très discret.

– Ils veulent nous faire peur, nous faire savoir qu'ils sont au courant.

Ferrari grimaça. Ce bled était l'un des plus dingues qu'il ait jamais visités. Il se prit à penser que, dans une telle ambiance, il avait peu de chances de mener

1. *Les Cercles de l'enfer*, *op. cit.*

sa mission à bien. Quelle pression exercer contre des criminels protégés par ceux-là mêmes qui devaient les combattre ? Même le tout-puissant gouvernement américain, capable de modifier les politiques des pays, de faire et défaire des alliances au gré de ses intérêts comme l'Angleterre et la France aux siècles précédents, était ici sans pouvoir. On pouvait menacer de mesures de rétorsion, d'embargos, de difficultés douanières, des États, pas des mafias. Elles avaient leurs propres frontières et se moquaient des douaniers. Leur richesse et la terreur qu'elles inspiraient garantissaient la loyauté de leurs alliés.

– Que proposez-vous ? demanda-t-il à Cortez.

– Avec des amis on veut mettre en place une milice parallèle.

– C'est-à-dire ?

– Qui ne dépendrait pas de l'État.

Ferrari ne répondit pas et regarda de nouveau à l'extérieur. L'homme en jaune avait disparu.

– Une espèce de bande de justiciers ? Il se retourna et fixa Cortez : Sans moi.

– Vous ne l'auriez pas fait pour votre femme et vos enfants ?

Ferrari enfonça les mains dans les poches de son pantalon.

– Je ne vois pas le rapport.

– Il est cependant évident. Depuis cette histoire vous avez changé, agent Ferrari. C'est noté dans votre dossier. Vos chefs disent que vous êtes devenu incontrôlable et vous lancent dans des missions impossibles, comme celle du Nouveau-Mexique. Pourquoi croyez-vous que vous êtes là ?

– Pas pour abattre des hommes sans jugement.

– Ils ne seront jamais jugés. Que vous ont dit mes chefs au sujet de Djemal ? Ils savent pourtant qu'il est derrière cette livraison de drogue qui a capoté. Mais Djemal les tient tous. Comment ? pourquoi ? C'est facile à comprendre. La cocaïne est ici un produit national au même titre que le piment.

– Excusez-moi, dit Ferrari en se dirigeant vers la porte, mais c'est votre guerre, pas la mienne. Je n'ai pas reçu pour ça d'ordre de mission.

– On a besoin de gens comme vous, Ferrari. Je ne vous crois pas lorsque vous dites ne pas connaître les parrains d'ici. Ils sont tous de la même famille. Celle du crime.

Ferrari ouvrit la porte.

– Peut-être, mais j'ai perdu ma seule famille, l'autre ne compte pas.

– Je vous en prie, asseyez-vous. Vous êtes journaliste, m'avez-vous dit ?

– De San Francisco. Le *Chronicle*. Je suis chargée de la rubrique criminelle.

– Je lis vos journaux. Pas toujours tendres avec nous.

– Mais le plus objectifs possible.

– Peut-être. Quoique l'objectivité soit une notion à géométrie variable. Que puis-je pour vous ?

Je n'ai pas eu trop de difficultés à obtenir un rendez-vous avec ce procureur envoyé par Mexico, Isabel Arvide ayant été un intermédiaire efficace.

– Je crois savoir que le ministère de la Justice s'inquiète du manque de résultats des enquêtes menées par les autorités de Juárez concernant les crimes commis contre les femmes, Madame la procureur.

Maria Lopez Urbino pince les lèvres qu'elle a peintes d'un rouge franc.

– Contre les femmes et contre les hommes, chère madame. Savez-vous que près de cinq cent soixante-dix homicides ont été perpétrés contre des Mexicains sur une période de moins de huit ans, dans le seul comté de Juárez ?

– Ah oui ? Mais peut-être pas pour les mêmes raisons.

– L'État de Chihuahua est un creuset pour les criminels de tous horizons. C'est une tour de Babel où se confondent non seulement les langues, comme dans la Bible, mais les intérêts croisés de tout un continent. On ne peut s'étonner que le taux de criminalité soit supérieur à celui d'une région qui ne serait pas traversée par cette migration incessante.

– Une vraie poudrière. Pour en revenir à ce qui me préoccupe, Amnesty parle dans son dernier rapport de la disparition de plus de mille femmes pour ce seul comté. Ça ne vous semble pas excessif ?

– Très excessif. Pour vous donner un exemple de ce que l'on peut faire dire à des chiffres, la Brigade financière spéciale, mise en place par notre président Vicente Fox en personne et qui s'entraîne depuis un an avec le FBI américain, avance le nombre de trente-quatre femmes disparues en quelques années. Les chiffres, ça se manipule. Cette brigade patrouille toutes les nuits dans les quartiers chauds de cette ville, contrôlant, et arrêtant au besoin les suspects qui sont interrogés par des enquêteurs spéciaux. Le président Fox prend très au sérieux cette affaire, puisqu'il a octroyé une somme de quatorze millions de pesos à la police de cette ville.

– Diriez-vous, Madame la procureur, que la légitime inquiétude des organisations féministes, de l'ONU, des experts criminologues, des mères, des avocats, de certains policiers et juristes, des journalistes étrangers et nationaux, est excessive, voire déplacée ?

– Ni l'une ni l'autre, chère madame. Même cent victimes sont de trop. Et nous comprenons l'inquiétude de certaines instances. Hélas, la violence fait désormais partie de tous les paysages urbains. Le président Vicente Fox m'a justement chargée de lui rendre compte de la situation préoccupante de la région. Je m'y emploie et, dès que j'en saurai davantage, soyez certaine que vous en serez informée, au même titre que nos propres journalistes. Voilà, j'ai été ravie de vous recevoir, chère madame Khan.

Qu'est-ce que vous faites, vous, quand on vous fiche à la porte ? Vous sortez. C'est ce que j'ai fait.

Puis je me rends finalement au commissariat.

Le poste est calme. Une fille somnole dans une des cellules, et un poivrot est affalé sur une couchette. Un flic absorbé dans sa lecture est planté derrière le comptoir de l'accueil.

Sur les murs caca-d'oie piqués de chiures de mouches, des affiches jaunies promettent des carrières de rêve dans la police à de jeunes gars qui jubilent déjà, et d'autres, tout aussi jaunies, les feux de l'enfer aux utilisateurs de drogues et à ceux qui les fournissent. Le portrait de l'actuel Président trône derrière le comptoir, et son sourire semble dire qu'il a déjà compris sa douleur.

Derrière des portes, on entend des conversations et des sonneries de téléphone sans éclat. On se croirait dans une administration provinciale qui réglerait les problèmes de cadastre après les heures ouvrables.

– Bonjour, dis-je en m'approchant du comptoir.

– Bonjour, répond l'autre en relevant juste le regard.

– Je voudrais parler au commissaire. Je viens porter plainte au sujet d'une agression dont j'ai été victime hier soir.

Il reste impavide, je continue :

– Des policiers sont intervenus, ont pris ma déposition et m'ont demandé de passer aujourd'hui voir le commissaire.

– Quel commissaire ? demande-t-il d'un ton las.

– Je ne sais pas son nom. Je ne sais même pas s'il

est commissaire. Je m'appelle Sandra Khan et je suis journaliste, et...

– Si vous savez pas son nom, comment j'peux vous l'appeler ? demande-t-il dans un soupir excédé.

Je souris et le regarde de côté. Il n'en a rien à faire parce qu'il s'est replongé dans sa lecture et je vois qu'il s'agit d'un journal sur le foot. Je me penche pardessus le comptoir.

– Si vous regardiez dans vos registres...

– Vous voulez quoi exactement ?

Il a redressé les épaules, fait frémir son balai sousnasal et planté son regard dans le mien.

– Rencontrer les policiers qui ont enregistré ma plainte, souris-je derechef.

Il hésite, soupèse mon importance. Américaine, journaliste, donc dangereuse. Tout au moins pour sa tranquillité. Il pose sa revue, farfouille, dégotte le registre, suit du doigt une colonne, et dit :

– Ouais, c'est bien ce que je pensais... il est pas là.

– Ah bon, c'est qui ?

– Inspecteur Ordez.

– Il sera là quand ?

Il hausse les épaules et exhale l'air de ses poumons.

– J'en sais rien, c'est pas moi qui fais le planning.

– Non, vous, vous êtes chargé de la communication. Eh bien, je vais l'attendre.

Et je vais m'asseoir sur le banc crado qui ceinture l'endroit, quand un couple fait irruption. « Fait irruption » n'est pas la bonne expression. La porte sur la rue s'est ouverte lentement, et un homme avec une femme accrochée à son bras est entré dans le commissariat sur la pointe des pieds. Sans se lâcher, ils se rapprochent du comptoir en jetant des coups d'œil inquiets autour d'eux.

– S'il vous plaît, murmure l'homme au planton, planté.

Qui ne les regarde pas.

L'homme répète son « s'il vous plaît » un ton à peine plus haut. Je me lève.

– Ouais ? lâche, rogue, le préposé, sans interrompre sa lecture.

Ils ont tous deux entre quarante ans et plus, mal habillés, le teint foncé. Elle porte une robe d'Indienne aux couleurs passées, et lui, un pantalon retenu par une lanière de cuir et une chemise rapiécée mais propre. Il a ôté son chapeau qu'il tient timidement entre ses mains.

Ils regardent le policier mais restent muets. Je me lève et m'accoude à leurs côtés.

– Nous venons chercher des nouvelles de notre fille, se décide l'homme du bout des lèvres.

– Votre fille ? Quelle fille ?

– Maria.

– Maria quoi ?

– Maria Frida Rivarez.

– Et alors quoi, Maria Frida Rivarez ?

– Nous sommes venus la visiter, s'interpose la femme. Elle n'est pas chez elle et elle n'est pas allée travailler de plusieurs jours.

– Et qu'est-ce que j'y peux ?

Je me rapproche d'eux.

– Madame et monsieur Rivarez...

Ils se tournent vers moi et je reçois le double choc de leur angoisse.

– Expliquez-moi ce qui se passe.

Le flic veut protester mais je le fixe, et il s'absorbe dans la contemplation du mur derrière moi.

– Notre fille, commence l'homme avec hésitation, a disparu. On ne sait pas où elle est. Alors on est venus voir la police. C'est ce que nous a dit son patron, dans l'atelier. « Il faut aller voir la police. »

– Disparue depuis quand ?

La femme regarde le flic et je comprends qu'elle ne parlera pas devant lui.

– Je les emmène, dis-je.

Il hoche la tête et replonge dans le décompte des penalties.

On va dans une cantina en face du poste. Ils ne disent rien, se tiennent la main et ne touchent pas aux consommations. J'attends que la serveuse s'éloigne.

– Monsieur et madame Rivarez, je suis journaliste et je suis là pour enquêter sur ces disparitions.

Elle regarde son mari qui hoche la tête, et elle commence de raconter.

Sa fille Maria Frida est venue à Juárez travailler dans un atelier où elle mettait sous plastique des petites pièces d'elle ne savait pas quoi. Depuis un an, ses lettres, écrites par une collègue, racontaient qu'elle était contente et qu'elle allait bientôt faire venir son petit frère pour l'aider à gagner des pesos.

Son père et sa mère, inquiets de la savoir sans surveillance dans une grande ville, ont profité du camion d'un voisin pour venir la voir. Ils sont allés chez elle et ont attendu toute la journée, et le lendemain ils se sont rendus à l'usine où on leur a dit que Maria n'était pas venue travailler depuis plus d'une semaine. Et le patron leur a dit d'en parler à la police parce que Maria était une fille sérieuse qui ne l'aurait pas laissé en plan, lui qui avait eu la gentillesse de lui fournir un travail.

Son espagnol est chaotique, mêlé de mots que j'ignore, mais l'histoire n'est pas difficile à reconstituer. Quand elle a fini de raconter, la femme se tait, le regard fixé devant elle, son mari garde la tête baissée.

– Allons chez elle, dis-je. Peut-être des voisins pourront-ils nous renseigner.

Ils ne réagissent pas davantage que si je n'avais pas parlé. Leur détresse est telle qu'ils semblent ne plus rien attendre de personne.

– Je vais téléphoner à une amie, dis-je. On va retrouver Maria.

Le mari hoche la tête et prend entre ses doigts un beignet qu'il émiette.

J'appelle Isabel et lui raconte ma rencontre avec les Rivarez. Je lui demande de nous rejoindre chez leur fille et lui donne l'adresse qu'ils me tendent inscrite sur un petit bout de papier.

J'arrête un taxi et on y grimpe. Pour une fois le taxi est propre et presque confortable, et Mme et M. Rivarez s'assoient sur la pointe des fesses. En chemin, j'apprends qu'ils habitent une région très au sud et qu'ils sont en route depuis quatre jours, ayant profité de la mort du patron du mari pour venir voir leur fille.

– Elle vivait seule, ici ?

– Oui, et je n'aimais pas ça, répond son père. Il n'est pas bon que les filles soient sans surveillance. Mais elle voulait nous aider. Nous sommes pauvres.

Ils regardent à travers les vitres l'agitation de la ville et je vois leurs mains se crisper sur la banquette. Ils prennent conscience de ce que leur fille a vécu et ça leur fait peur. Ce bruit, cette chaleur suffocante, cette frénésie routière, si éloignés sans doute de leur univers.

– Elle avait des amis ?

Ils haussent les épaules en signe d'ignorance et je me rends compte de leur décalage avec la réalité. À les voir, on les dirait sortis d'un autre siècle. Leurs habits, leurs manières, leur stupeur face à ce qu'ils découvrent, me donnent une idée de ce que ressentaient les filles lorsqu'elles débarquaient de leurs lointaines provinces.

Le 1387, avenue Juárez, fait partie de ces immeubles délabrés dont les différentes pièces qui les composent semblent près de s'écrouler. Les Rivarez se plantent devant la porte pendant que je règle le taxi.

– C'est là ? Allons-y.

– Nous n'avons pas de clé, dit la mère.

– On verra.

Nous grimpons, moi la première, les trois étages aux murs lépreux, aux paliers sombres et si encombrés qu'on peut penser qu'ils servent d'annexes aux locataires.

– Là, dit la mère, désignant une porte plus étroite et plus basse que les autres.

Le troisième et dernier étage de l'immeuble est celui des greniers.

Je regarde la porte : l'ouvrir ne posera aucun problème. Une targette la maintient fermée qu'il suffit de forcer un peu pour la faire sauter.

Je l'ouvre. Une espèce de couloir de moins de deux mètres de large sur autant de long. Un lit, un évier, un réchaud et un petit buffet constituent l'ameublement. Pas de fenêtre. Rien. Pour avoir de l'air il faut laisser la porte ouverte.

Je me pousse pour laisser entrer Mme Rivarez.

Une robe et un manteau sont accrochés à un piton planté dans le mur. Un pantalon est étalé sur le lit avec un chemisier froissé. Maria, avant de sortir, a dû se changer.

J'entends des pas dans l'escalier et regarde par-dessus la rampe. Isabel Arvide grimpe les étages en se tenant éloignée des murs.

– Par ici, hélé-je.

Elle relève la tête et nous rejoint. Je fais les présentations.

– Que vous est-il arrivé hier soir ? me demande-t-elle. Je vous ai attendue plus de deux heures avant d'aller me coucher. J'étais inquiète et j'ai téléphoné aussi à votre hôtel.

Elle a le bon goût de ne pas m'engueuler pour le lapin posé avant d'entendre mes explications.

Je les lui fais courtes et dédramatisées, en lui promettant davantage de détails plus tard. En réalité, je m'aperçois que je suis en train d'occulter ce qui s'est passé. Je commence à comprendre l'importance du soutien psychologique dans ce genre d'agression. Comme si elle subodorait mon malaise, elle n'insiste pas et se contente de me serrer contre elle.

Je demande aux parents la permission de fouiller la pièce à la recherche d'un quelconque indice, mais à part le peu de biens nécessaires à une vie de démunie je ne trouve rien qui explique la disparition de la jeune fille.

Sur le palier, les parents se tiennent figés. La mère serre contre elle le dernier chemisier que sa fille a dû porter.

– Il est arrivé quelque chose à Maria, dit le père d'une voix cassée.

Isabel me lance un coup d'œil.

– Monsieur, je suis journaliste, comme madame, et nous menons une enquête sur ces jeunes filles qui ont eu des problèmes. Nous allons la rechercher.

– Nous aussi, dit la mère.

– Mais comment ? demandé-je. Où allez-vous habiter ?

– Ici.

– Dans ce cagibi ? À deux, vous ne tiendrez pas.

– Ma fille y a vécu, nous aussi.

Isabel me presse le bras. Il est inutile d'insister.

– Comme vous voulez, dit-elle. Voilà nos numéros de téléphone. Je vous donne aussi celui d'une association de parents. Allez-y, ils vous aideront. En revanche, connaissez-vous le nom de l'amie de Maria qui écrivait les lettres à sa place ?

– Violeta, dit sa mère. Violeta García Barrio. Elle travaille dans la maquiladora avec notre fille.

– Merci. Nous reviendrons vous voir. Avez-vous de l'argent ?

– Nous sommes pauvres mais pas des mendiants, répond M. Rivarez.

– La vie est chère ici, insiste Isabel. Laissez-moi vous prêter quelques centaines de pesos que vous me rendrez une fois revenus chez vous.

– Nous n'en avons pas besoin, madame, répond doucement la mère. Merci, vous êtes très généreuse. Tout ce que nous voulons c'est retrouver Maria. Ses frères et ses sœurs l'attendent. Nous l'attendons.

On redescend et j'ai le cafard. Je suis sûre que leur fille est morte, ou a été expédiée dans un bordel, ou violée et torturée par des sadiques. Peut-être même qu'on a déjà vendu son foie ou ses yeux.

– Qui ?

– Violeta García Barrio.

Le contremaître fait la gueule sans qu'on en comprenne la raison.

– Elle est rentrée chez elle.

– Et c'est où ?

Il regarde autour de lui comme s'il allait nous confier un « Secret Défense ».

On est dans l'atelier de la maquiladora et je dois dire que je suis assez surprise de son aspect : vaste, clair et aéré. Des femmes, assises en rang devant des comptoirs, empaquettent des petites pièces métalliques à une vitesse olympique. Elles sont coiffées de bonnets en plastique transparent et portent des blouses blanches. Un vague air de musique enveloppe le tout.

– C'est pour quoi ?

– Qu'est-ce qui se passe ? s'énerve Isabel. Nous sommes des amies et nous voulons la voir. Quel est le problème ?

Il se renfrogne.

– Je vais voir le fichier, j'ai pas tout en tête.

– C'est ça.

J'aime bien Isabel. Elle ne ferait pas carrière dans la diplomatie, mais au moins on sait où on va. Elle m'a un peu parlé d'elle en m'expliquant qu'elle a divorcé d'un avocat de Veracruz avec qui elle est restée sept ans, avant de s'apercevoir qu'elle s'ennuyait avec lui comme un rat mort. Depuis, son opinion sur les hommes ne s'est pas arrangée, et ce qui se passe à Juárez l'a décidée à se battre.

L'autre tache revient avec l'adresse de Violeta Barrio.

– Voilà, mais je vous préviens, le patron n'aime pas beaucoup les journalistes.

Tiens, il est moins con que je ne pensais.

– Pourquoi vous dites ça ? demande Isabel d'un ton innocent qui ne tromperait pas un débile profond.

– Ouais..., fait l'autre d'un air entendu.

On prend congé et on sort en même temps que l'équipe de cinq heures, pour s'apercevoir que ces jeunes femmes s'égayent comme une volée de moineaux, plaisantent, rient, et prennent d'assaut les bus mis à leur disposition par la direction.

– Elles n'ont pas l'air stressées ni si malheureuses que ça, constaté-je avec surprise.

– Oui, ça m'a étonnée aussi, la première fois où je suis venue, dit Isabel. J'avais tellement entendu dire qu'elles étaient exploitées, presque maltraitées, que je pensais trouver des femmes révoltées par leurs conditions de travail, ou au moins voulant les améliorer. Et je me suis heurtée à une totale incompréhension quand je leur ai parlé de luttes syndicales et de revendications concernant leurs conditions de vie. Je me suis aperçue que la plupart avaient une famille à entretenir, que leur souci était que leurs gosses soient chaussés de Nike, et qu'avoir un toit sur la tête, même en tôle, leur suffisait.

» La vie est tellement difficile dans les campagnes que travailler ici est une promotion. Vous avez vu aux alentours de la cathédrale les hommes tourner dès le matin pour se faire embaucher ? Ici ce sont les femmes qui travaillent, et à cause de ça il y a pas mal de types au chômage. Ça ne doit pas non plus leur faire plaisir que les femmes prennent leurs places.

J'arrête un taxi.

– Posada Pompa, dis-je.

– C'est à l'autre bout !

Il tourne son compteur et démarre en maugréant.

– Ils ont des sales caractères dans le coin, remarqué-je.

– Ça vous plairait de passer votre vie dans cette ville ? me rétorque Isabel.

– J'ai connu pire. Le problème, c'est qu'on en a pour des heures à se trimballer d'un point à un autre.

– Parce que la ville s'est construite de façon horizontale autour des maquiladoras. Une usine, ou deux, un centre commercial et un bidonville. Juárez est faite de triangles emboîtés qui s'étalent loin dans le désert.

Après une course de plus de trois quarts d'heure, le taxi nous arrête dans un quartier normal. C'est-à-dire que les trottoirs ne sont pas transformés en décharges ou envahis par l'herbe, et qu'il y a même plus loin un espace vert où jouent des gosses.

Le 165 est un immeuble de briques rouges de quatre étages, à la façade agrémentée de trois petits balcons superposés avec des barres d'appui en fer forgé.

– C'est une héritière, dis-je.

On entre et on cherche son nom sur la boîte aux lettres. Elle habite au deuxième, appartement B.

On frappe. Elle ouvre la porte. Brune, élancée, vêtue d'un jean noir et d'un débardeur de même couleur. Très jolie malgré une expression revêche.

– Violeta García Barrio ? s'enquiert aimablement Isabel. Pardonnez notre intrusion. Je m'appelle Isabel Arvide et voici mon amie Sandra Khan. Nous sommes journalistes, moi à Mexico et Sandra à San Francisco.

Nous enquêtons sur les disparitions de femmes de Juárez et nous avons appris que l'une de vos amies avait disparu. Nous aimerions vous parler.

– Je n'ai rien à vous dire.

C'est une manie. Juárez, ville des sourds-muets. J'avance d'un pas.

– Nous venons de rencontrer les parents de Maria Frieda Rivarez, vous écriviez les lettres qu'elle leur envoyait. C'était votre amie, nous ont-ils dit. Ils n'ont que vous pour comprendre ce qui lui est arrivé.

– Maria était une collègue pour qui j'écrivais des lettres comme pour les autres. Ces filles sont à moitié analphabètes et ont de grandes difficultés. Je ne connaissais pas Maria plus que ça. C'était une fille sérieuse et gaie. Elle voulait faire venir son petit frère et croyait en l'avenir. Et elle aurait épousé un gars aussi paumé qu'elle, ils auraient eu une ribambelle de gosses et se seraient enfoncés dans leur misère. Voilà ce que je peux dire sur Maria Frieda Rivarez.

Du coup, Isabel et moi ouvrons des yeux comme des soucoupes. Qu'est-ce que cette fille fait dans une maquiladora ?

– Serait-il possible que l'on se parle à l'intérieur ? dis-je avec mon sourire le plus doux. Question de confort.

Elle ne bronche pas. Ne sourit pas. Côté amabilité, les Mexicains sont loin d'être top niveau.

– Entrez, se décide-t-elle après avoir pris le temps de convoquer le Congrès.

Semblable étonnement à l'intérieur. Joli appartement, bien meublé. Des livres partout, des aquarelles sur les murs, la tête de Freud par Ralph Steadman, celle d'Andy Warhol par Andy Warhol.

– Je vous écoute.

Et elle se plante devant nous, bras croisés sur la poitrine.

Sans nous concerter, Isabel et moi nous asseyons sur les deux canapés qui se font face.

– Nous voudrions savoir comment Maria a disparu, commence Isabel. Je mène une enquête depuis trois ans et j'ai été incarcérée deux fois pour avoir mis en cause le procureur Solis. Cela pour que vous compreniez que nous ne sommes pas des journalistes qui cherchons le « coup ».

Violeta la fixe, et insensiblement se détend.

– Elle a disparu un soir, un samedi, commence-t-elle. Elle avait rendez-vous avec une de ses collègues au Nuevo, une espèce de cabaret assez minable. Elle n'y est jamais arrivée. Le lendemain après-midi, comme elle n'avait toujours aucune nouvelle, son amie est venue me trouver, et toutes les deux nous avons refait son itinéraire. Puis elle m'a lâchée parce qu'elle avait la trouille.

– De quoi ? demandé-je.

– Nous avons appris par un marchand ambulant qu'une voiture s'était arrêtée et l'avait embarquée. Il a vu qu'elle se débattait et machinalement a retenu l'immatriculation de la voiture. Contre cent pesos il me l'a donnée. C'est à ce moment-là que sa copine a laissé tomber.

– Pourquoi ?

– Parce que le marchand a aussi reconnu l'un des hommes qui l'ont kidnappée. Il travaille pour le Marocain Djemal, un caïd de la drogue doublé d'un sadique.

– Comment savez-vous tout ça ? m'étonné-je.

Elle ne répond pas et prend une cigarette dans une boîte posée sur une commode.

– Parce que ça m'intéresse.

Isabel me regarde. On pense la même chose.

– Excusez-nous, mais vous n'avez pas le profil à travailler dans une maquiladora, dis-je. Que faites-vous dans la vie, si je puis me permettre ?

Violeta souffle sa fumée et me rejoint sur le canapé.

– En fait, je suis étudiante en sociologie et j'habite Mexico où vit ma famille. Par suite... d'un différend avec mes parents, j'ai décidé de venir ici et de travailler sur ces filles qui quittent leur milieu rural pour devenir ce sous-prolétariat urbain. Je me suis fait embaucher dans une maquiladora et ai vécu la vie des ouvrières, enfin presque, dit-elle en regardant autour d'elle. Mes parents m'ont obligée à prendre cet appartement, ajoute-t-elle d'un ton d'excuse.

– Si vous savez qui a enlevé votre amie, pourquoi ne pas l'avoir dit à la police ? demandé-je.

– Avec quelles preuves ? J'ai demandé au marchand s'il voulait m'accompagner chez les flics pour dire ce qu'il avait vu. Il a refusé, et le lendemain il avait disparu.

– Vous a-t-il donné le nom du type qu'il avait reconnu ?

– Contre cent nouveaux pesos. Un certain Rubén. Un homme de main, une brute chargée des basses besognes des trafiquants.

– Mais pourquoi les narcos enlèvent-ils toutes ces filles ?

Elle hausse les épaules et écrase sa cigarette.

– Pour s'amuser, les vendre, que sais-je.

– Vous n'avez pas peur ?

– Si.

– Alors pourquoi ne pas retourner à Mexico ?

– Parce que je n'aime pas les échecs. Je veux écrire mon mémoire sur la précarisation des femmes. Et ici, c'est le meilleur terrain que l'on puisse trouver.

– Et s'ils vous enlèvent ?

– Ma famille est amie avec le gouverneur de cet État. Les narcos le savent et me fichent la paix. Enfin, espérons...

– Pourriez-vous nous faire rencontrer ce Djemal ?

Elle me regarde et nos yeux s'aimantent. Je ressens une douce chaleur au creux de la poitrine.

– Je peux essayer, lâche-t-elle. Mais ça mènera à quoi ?

– Moi non plus je ne veux pas repartir sur un échec.

– Où puis-je vous trouver ?

– À l'hôtel Monaco.

– Je vous ferai signe.

Martínez vit arriver le parrain et ne put s'empêcher de se raidir.

Rodríguez lui avait donné rendez-vous dans une très luxueuse hacienda située sur la route 2 qui filait vers le sud, entre les villages d'El Gato et El Lobo. Plus d'une heure de route à travers des zones industrielles pourries, puis d'une pampa desséchée qui s'avachissait jusqu'à l'horizon. Cette hacienda appartenait au Cartel et était pour les trafiquants un endroit rassurant où ils aimaient donner leurs rendez-vous.

Le bar où était assis le gouverneur avait ses murs recouverts de palissandre et d'acajou du sol au plafond. Une fortune, dans cette région dépourvue de ces essences. Un immense comptoir en cuivre martelé, cerné d'une ligne continue de tabourets en cuir rouge, coupait la salle en deux, et derrière, appuyées contre des miroirs bistre, des étagères surchargées de bouteilles vénérables, véritable rêve de soiffard.

Martínez regardait approcher Rodríguez qui lui fit penser à un phoque. Son gros corps se dandinait sur des jambes obèses et courtes, et ses mains s'agitaient comme des nageoires. Il se leva et attendit, un sourire crispé aux lèvres.

Rodríguez le salua d'un bref signe de tête.

Un de ses gardes du corps tira un fauteuil. La salle

était vide. Un homme vint s'asseoir à côté du parrain et Martínez reconnut le cousin Aldo.

Suivant le rite, il attendit que le parrain parle le premier. Celui-ci n'y semblait pas décidé. Il regardait autour de lui comme s'il venait là pour la première fois.

Martínez aperçut dans la cour la limousine blindée de Rodríguez et la Cadillac noire des gardes du corps. Plus loin, la Range Rover aux vitres teintées attachée à l'établissement était lavée par un garçon maigre comme un clou.

Enfin, Rodríguez tourna la tête en soupirant vers le gouverneur.

– Sale affaire, Martínez... Martínez serra involontairement les mâchoires. Sale affaire.

– Nous avons récupéré une grande partie de l'argent..., balbutia le gouverneur.

Rodríguez secoua imperceptiblement la tête. Ses yeux étaient si fermés qu'on aurait pu croire qu'il dormait.

– On m'a dit qu'une femme procureur était arrivée de Mexico ?

– Oui.

– Qu'est-ce qu'elle veut ?

Martínez eut un geste qu'il voulait négligent.

– Affaires internes à la police, ce n'est rien.

– Vous pensez rembourser comment ?

Martínez, qu'une violente douleur cervicale gagnait, fit pivoter rapidement la tête de droite à gauche pour soulager ses vertèbres. Rodríguez attendait avec l'air patient et affamé d'un chat guettant une souris.

– Pour l'instant, la somme est sous scellés...

– Les journaux ont parlé d'un million et demi. Dans quelles poches sont passés les cinq cent mille dollars ? murmura Rodríguez.

Martínez eut encore ce geste de chasser un insecte.

– Ce n'est pas un problème. Les deux millions réapparaîtront.

– Quand ?

Le truand se pencha brusquement vers lui et l'attrapa par le revers de sa veste.

– Quand, Martínez ? Pensez-vous que les Colombiens vont s'asseoir sur la perte de deux millions de drogue ? Qui a prévenu les flics, Martínez ? Que faisaient là les Américains ? Pourquoi Armandariz n'a-t-il rien dit ?

– Il a été prévenu au dernier moment.

– Par qui ?

– Le capitaine Cortez en charge de la brigade des stupéfiants.

– Normal, comme procédure ?

Martínez avala difficilement sa salive et voulut se dégager, mais Rodríguez le crochait ferme.

– C'est-à-dire... Cortez a toute latitude pour agir comme il veut... Il avait prévenu sa hiérarchie.

– Ce Cortez... il aurait pas été de mèche avec l'Arabe pour me doubler ?

– Non. Et Djemal a aussi perdu...

– Trois cent mille dollars, pour ainsi dire, rien.

– Djemal, d'après ce que j'ai su, était fou furieux. Il a failli tuer Rubén.

– Ouais...

Rodríguez lâcha enfin Martínez et se réinstalla confortablement dans son fauteuil.

– Ça ne va pas, tout ça, Martínez, pas du tout. Je veux récupérer mon fric et que les Colombiens soient contents.

Martínez acquiesça vigoureusement.

– Tout se déglingue, Martínez, depuis que ces deux gringos ont débarqué, hein ?

Martínez soupira en hochant la tête.

– Je crois qu'il va falloir nous débarrasser des deux..., convint-il.

– Je le crois aussi.

– Je vais demander à Djemal, s'empressa Martínez. Il a les hommes qu'il faut.

– L'Arabe doit déjà faire quelque chose pour moi. Vous devrez vous occuper de l'homme.

Martínez releva la tête.

– Vous êtes fou !

Il se rendit compte de ce qu'il venait de dire et se mordit les lèvres.

– Je veux dire que je ne peux pas charger mes hommes de supprimer un agent de la CIA en mission officielle !

Rodríguez se pencha une nouvelle fois vers Martínez qui reçut son haleine aillée.

– Vous me devez deux millions, Martínez, et je veux la peau de cet homme. C'est clair ?

Martínez se releva si brusquement qu'il fit tomber le verre de cognac encore à moitié plein du trafiquant.

– Vous êtes trop nerveux, Martínez, dit doucement le mafieux, trop nerveux. Il faut vous reposer. (Il fixa le gouverneur). Mes clients de l'Est ont besoin de différents articles pour leurs chirurgiens. Je compte sur vous pour m'en trouver. Ne passez pas par la case Djemal, filez directement à la clinique.

Martínez pâlit. Ce n'était vraiment pas le moment. Rodríguez devenait trop dangereux.

– C'est impossible, lâcha-t-il à contrecœur. Impossible.

– C'est un mot que personne n'a jamais prononcé devant moi, murmura le parrain.

Je mets la dernière main à mon papier avant de l'envoyer à Woody. Il va être frustré. Nina aussi, à qui j'ai promis de revenir très vite.

Notre coup de téléphone de la veille au soir a été rien moins qu'urbain. Bref, je n'ai pas le moral. Jamais je ne me suis sentie aussi démunie. Une guêpe qui bourdonne et se cogne aux parois d'une bouteille. Une bille que l'on se renvoie. Une inutile.

Un frottement devant ma porte me fait relever la tête de ma bécane. Le bruit incessant de l'hôtel a dû s'arrêter une seconde. Jamais connu un hôtel aussi bruyant. J'entends mes voisins quand ils mangent leurs biscottes le matin.

Ça ne dure pas. Dans la chambre voisine l'aspirateur se remet à vrombir si fort qu'il doit décoller le parquet. Je me relis.

Je ne sais pas pourquoi je m'acharne. Ce que j'envoie est nul. Je vais me retrouver au chômage, à mon retour. Je fais du remplissage.

Le 747 d'à côté s'arrête. J'entends chantonner la soubrette. Tournant la tête, j'aperçois une ombre par l'interstice sous la porte. Quelqu'un veut entrer ?

Je me lève, légèrement crispée, et à pas de loup m'en approche. Je colle l'oreille dessus, façon Comanche, et l'ouvre d'un coup.

Rien, bien sûr. Juste le rideau de la fenêtre du fond du couloir qui bat.

Rageuse, je referme violemment le battant. C'est le moment de prendre un bain et de m'y noyer, au besoin.

Je repars demain, c'est décidé. Sans appel. Peuvent aller se faire foutre les Mexicains ! D'ailleurs je les ai jamais aimés. Ils sont bruyants et mal embouchés. Ils nous détestent parce qu'ils viennent travailler chez nous ! Dans dix ans, a dit je ne sais plus quel linguiste, l'espagnol sera la première langue aux States, ben merde !

Je tourne, je vire, arrache mon peignoir et vais dans la salle de bains pour faire couler un bain. Je sors le séchoir à cheveux. Balance des flocons bleus dans la flotte qui goutte façon asthmatique.

Je repasse dans la chambre et appuie sur la touche « envoi mail ». Boum dans les gencives, le Woody ! et s'il est pas content...

Un coup d'œil vers la porte. Une ombre est passée. Et alors ! Je suis seule à occuper l'hôtel ? Je vais refermer la fenêtre. C'est vrai, c'est connu qu'il existe des Mexicains volants !

Je retourne vérifier que la porte est fermée à clé. Je dégote l'écriteau « Do not disturb ». Je rouvre et l'accroche à la poignée. La fenêtre du couloir a été refermée.

Je passe dans la salle de bains et agite la main dans les flocons. D'habitude, je ne prends jamais de bain, juste une douche. Ma volupté, c'est de recevoir l'eau chaude sur la tête en chantant.

Je m'engloutis dans la mousse et ferme les yeux comme dans les films. D'ailleurs, je m'en repasse un. Le dernier en date, celui où j'ai failli me faire avoir par ces trois abrutis décidés à faire la fête à cette malheureuse. Bon sang ! j'ai eu chaud sur ce coup ! Heureusement que ce n'étaient que trois patates. De vrais mauvais, et j'y passais ! Je me raidis rétrospectivement. Puis me reviennent les photos des cadavres des filles. Une galerie de l'horreur ! Je suis tombée chez les vampires !

Bike considéra José d'un air inquiet.

– On y va ? proposa-t-il.

José regarda devant lui, les yeux vagues.

– J'suis fatigué.

Bike serra les lèvres.

– Moi j'le sens bien, ce coup !

José soupira. Il se sentait très las. Las au point de ne pas vouloir bouger de son lit.

– Vas-y tout seul.

– Non. On est toi et moi. On est une équipe.

José ferma les yeux.

Au début, quand ils s'étaient connus à l'armée, ça avait tout de suite marché entre eux. Ils étaient en phase. En peu de temps ils étaient devenus inséparables. Depuis, ils s'étaient quasi pas quittés. L'un remorquant l'autre, pas toujours le même.

Un soir, José avait du mal à l'évoquer, alors qu'ils s'étaient tirés de l'armée, Bike, en cafard, l'avait rejoint dans son lit.

– Qu'ess-t'as ? avait demandé José.

– J'me sens pas bien, avait geint Bike.

José s'était poussé pour lui laisser de la place mais Bike s'était rapproché.

– Qu'ess t'as ? avait redemandé José.

– J'voudrais qu'tu m'touches.

Il en était resté comme deux ronds de flan.

– T'es dingue !

– J't'en prie, j'ai froid.

Il s'était retenu de le cogner et l'avait brutalement renvoyé. Mais quand Bike était revenu le lendemain, il l'avait accueilli. Après, quand l'un ou l'autre se sentait cafardeux, quand ils ne dégotaient pas de filles ou simplement quand ils en avaient envie, ils passaient un moment ensemble.

– Il faut voir ce type, insista Bike.

– OK, va chercher la tire, soupira José en se redressant.

Bike eut un grand sourire et sortit rapidement. José, fallait qu'il ait un projet. Pouvait pas rester à glander. Sinon il déprimait.

– C'est où ? demanda José en s'installant dans la camionnette.

– Au nord, chez les richards.

Ils traversèrent la ville. Bike chantonnait en jetant de fréquents coups d'œil sur son copain renfrogné dans son coin.

– D'après c'qu'on m'a dit, fit-il, y aurait du pèze à s'faire, avec ce mec.

– On verra, marmonna José.

Sur l'initiative de José ils étaient retournés au café où ils avaient connu Fante. Fallait être gonflés, avait glapi Bike.

José avait haussé les épaules.

– Y nous a dit qu'on recherchait des gars comme nous pour bosser. Qui va imaginer qu'on reviendrait là, si c'était nous qu'avaient crevé l'autre connard et sa frangine ?

Bike en était convenu. Bien leur en avait pris parce

qu'une fois l'émotion passée de la mort du « soldat », son boss avait été drôlement content de trouver deux tordus de leur taille.

– Pour l'instant, avait-il dit, on travaille pour un caïd qui s'appelle Djemal. Un crouille, mais qui casque correct. Il a perdu du monde récemment et embauche. Allez-y de ma part, le pauvre Rosario m'avait parlé de vous et semblait vous avoir à la bonne. Si ça marche pas avec le Djemal, revenez me voir.

– On a retrouvé celui qu'a fait le coup à notre copain ? avait innocemment demandé José.

– Pas encore, mais on trouvera, t'occupe ! Et quand on aura mis la main dessus... ici, ça peut durer dix ans, mais tu payes toujours !

– Prévenez-nous quand ça arrivera, on veut en être, avait affirmé Bike.

Ils eurent du mal à trouver la maison du caïd, n'ayant jamais traîné dans les quartiers chic. Le luxe ostentatoire des demeures les impressionna. Des villas de rupins avec de magnifiques pelouses vertes alors que, partout ailleurs, les sols ressemblaient à des paillassons. Des mastards cadors qui vous laissaient même pas les zieuter. Des voitures de police qui patrouillaient dans les rues et dont les occupants vous fusillaient du regard quand vous les croisiez. Des types armés qui, derrière les grilles de la plupart des maisons, en interdisaient l'approche.

– Mords-moi ça ! C'est quoi ce putain de coin ? aboya Bike.

Il se rendait compte qu'ils faisaient tache avec leur camionnette pourrie.

– C'est où, c'te putain de baraque ? vociféra-t-il.

– Là, dit José.

Effectivement, ils arrivaient juste devant. Des murs de forteresse qui s'étalaient en tournant sur deux rues, fermés par une grille haute de trois mètres gardée par deux vigiles armés.

– Pas mal, siffla Bike.

Il désigna au travers des grilles, au bout d'une allée plantée de cyprès, une villa haute de deux étages, aux murs ocre garnis d'incrustations de céramique sur la façade, cernée d'une véranda couverte d'où s'échappait une profusion de plantes, et percée de hautes fenêtres à l'espagnole avec des encorbellements brodés de sculptures arabesques.

– Bon, on y va ? s'impatienta José.

Bike se pencha vers le vigile à l'abri derrière la grille.

– Eh, salut, on a rendez-vous !

L'autre le regarda avec autant d'intérêt que s'il était un poisson mort.

– On a rendez-vous avec ton patron ! grinça Bike qui s'agaçait vite.

Le premier vigile s'approcha tandis que le second restait en arrière. Il ouvrit la grille, le fusil pointé sur la camionnette qu'il considéra avec un dégoût visible.

– T'as rendez-vous pour quoi ? Vidanger les chiottes ?

José posa la main sur le bras de Bike.

– Doucement, murmura-t-il.

Il se pencha à son tour.

– Écoutez, on s'appelle José et Bike et on doit voir un certain Ignacio. Pour du travail.

Le vigile eut une grimace qu'il estimait significative et revint vers la grille où il décrocha un téléphone.

– Ici, l'entrée, monsieur, y a deux types qui disent

avoir rendez-vous avec Ignacio pour du travail... Bon, je vous les envoie.

Il raccrocha et appuya sur un bouton. Les deux parties de la grille glissèrent silencieusement sur leur rail.

– Laissez votre tas de boue ici, et remontez jusqu'à la maison. On vous attend.

Rubén posa sa main sur la poignée qui résista. Aucun bruit ne venait de l'intérieur mais il savait qu'elle était là. « Do not disturb ». Il sourit.

Le couloir était vide et silencieux. C'était l'heure du dîner. Il inséra la tige d'acier et entendit le déclic. Il tourna la poignée et ouvrit la porte avec précaution.

La lampe de chevet était allumée, la chambre vide. Il aperçut de la lumière par la porte entrouverte de la salle de bains.

Sur la table, un ordinateur envoyait sa tache laiteuse. Une paire de chaussures traînait près du canapé, des vêtements étaient éparpillés sur le lit. Il pénétra plus avant et poussa la porte derrière lui.

La fenêtre était fermée et le climatiseur bourdonnait comme un essaim d'abeilles. Il avança sur la pointe des pieds. Où était-elle ? Dans la salle de bains, sûrement. Mais pourquoi ce silence ? Une femme qui se prépare ça bouge des flacons, ça fait du bruit. Il longea le mur jusqu'à la porte, fit jouer ses doigts et repoussa légèrement le battant pour capter l'intérieur de la pièce dans le miroir mural.

Il y eut un bruit d'eau et il s'immobilisa avec un vague sourire. La cible lui offrait l'opportunité de mourir « accidentellement ».

Nerveux, il essuya ses mains sur son pantalon. Il

n'avait pas l'habitude d'agir de cette façon. Les « exécutions » ne demandaient pas un tel luxe de précautions, mais cette fois l'enjeu était de taille. Sa survie dépendait de sa réussite.

Le miroir était trop petit pour qu'il voie toute la pièce. La baignoire était probablement contre le mur perpendiculaire et devant lui se trouvait le lavabo jouxtant une petite armoire. Si elle n'était pas devant le lavabo, elle était dans la baignoire.

Il poussa brutalement la porte.

Je ne l'ai pas entendu, je l'ai senti. L'air s'est rétréci autour de moi, collé sur mes joues. Je me suis relevée sur mes avant-bras et suis sortie de la baignoire.

C'est à ce moment-là qu'il est entré.

On s'est regardés, et j'ai eu le réflexe le plus imbécile qui soit. Il était habillé et j'étais nue, alors j'ai attrapé la serviette pour me protéger. Et il s'est jeté sur moi.

Ses doigts ont crocheté mon cou et j'ai suffoqué. J'avais la peau mouillée et couverte de mousse et ses doigts ont dérapé, mais la douleur m'a paralysée. J'ai mis du temps à réagir avant de lancer ma main et de lui attraper l'entrejambe. Il m'a lâchée aussitôt en grognant et s'est reculé.

Mais moi, comme une conne, je tenais toujours ma serviette, et sûrement qu'à cause de ça je n'avais pas tiré assez fort, parce qu'il s'est redressé avec un cri de rage et m'a balancé son poing dans la tête.

Il était beaucoup plus lourd que moi, et il m'a projetée contre le mur où j'ai fini de m'assommer. Puis il m'a saisie à la gorge et fait basculer dans la baignoire.

J'ai repris un peu mes esprits et on a lutté férocement avant qu'il m'enfonce la tête sous l'eau, et j'ai su que j'allais crever.

Jusque-là je n'avais pas réalisé. Maintenant que

l'eau envahissait mes poumons je comprenais que c'était foutu. Il était fort comme un bœuf et je sentais mes bras et mes jambes m'abandonner.

Puis la pression a cédé légèrement, et j'ai réussi à sortir la tête de l'eau et à happer un peu d'air. Il essayait d'attraper le séchoir sur la sellette, et dans un effort insensé j'ai pris appui sur un pied.

Il s'est retourné et a voulu raffermir sa prise sur mon bras, mais sa main a de nouveau glissé. Me rejetant en arrière j'ai dégringolé hors de la baignoire et me suis affalée par terre.

Il s'est précipité mais a dérapé sur le carrelage mouillé. Il s'est rattrapé à mes cheveux et m'a soulevée d'une main. La pièce était si petite qu'on luttait collés l'un contre l'autre. Mais la lutte était trop inégale parce que je n'arrivais pas à reprendre mon souffle. Les coups que j'essayais de lui porter arrivaient dans le vide, et il m'a tapé la tête contre le mur.

Il a encore glissé, et son pied chaussé a écrasé le mien. J'ai tendu le bras au hasard derrière moi et ma main a rencontré un objet froid et métallique sur lequel elle s'est refermée. J'ai vu son poing arriver et j'ai lancé ma main en avant de toutes mes forces.

D'abord, il ne s'est rien passé. Puis son bras appuyé sur ma gorge s'est relâché, et je suis tombée en même temps qu'il glissait au ralenti et m'entraînait avec lui.

Je me suis retrouvée par terre, face à lui, tombé à genoux. Sortant de sa gorge il y avait les deux ouïes d'une paire de ciseaux que je lui avais enfoncée sous le menton et qu'il cramponnait à deux mains. Un jet poisseux a jailli de sa gorge et giclé sur mes joues sans que je pense à l'essuyer.

On s'est regardés fixement comme au début, lui avec sa gorge déchiquetée, moi forçant mes poumons avec un bruit de forge pour recracher cette saloperie d'eau savonneuse.

Puis il a basculé, les mains toujours accrochées aux ciseaux. Ses yeux se sont révulsés et il s'est tassé sous le lavabo comme s'il voulait se cacher.

Alors moi, c'est là que j'ai tourné de l'œil.

Je suffoque, la sensation est atroce. Je vais mourir. Mes yeux sont en feu. Je les ouvre et suis aveuglée par un jet brillant et glacé. Une ombre s'approche.

– Elle se réveille...

J'ouvre la bouche et respire goulûment. Le brouillard se dissipe. Un homme est penché sur moi.

– Bonjour. Ça va ?

Une autre tête la remplace.

– Ne bougez pas votre bras, vous avez une perfusion.

Je ne comprends rien.

– Comment vous sentez-vous, Sandra ?

Je le regarde sans répondre mais je l'ai reconnu. Ferrari, l'autre Américain.

– Qu'est-ce que vous faites là ? croassé-je.

Je tourne la tête de l'autre côté parce qu'on vient de me saisir le bras. Un type en blouse blanche me tient le poignet en souriant et en regardant sa montre. Pas besoin d'explication.

– Où je suis et qui m'a amenée ?

Ferrari me tapote l'autre main.

– On reprend vite pied, hein ? Vous vous souvenez de ce qui s'est passé ?

Un large sourire fend sa belle gueule de mauvais garçon.

– Je me suis fait attaquer dans ma salle de bains.

Je suis étonnée de ma voix rauque et veux porter la main à ma gorge mais elle est retenue par la perf.

– Exact, dit Ferrari. Et vous avez eu une sacrée chance.

– Ne la fatiguez pas, dit le toubib.

Je le fusille du regard.

– Je ne suis pas fatiguée et je veux sortir, caqueté-je.

Ils pouffent tous les deux.

– Bientôt, répond l'homme en blanc. Dix minutes, dit-il à Ferrari.

Je me tourne vers lui.

– Qu'est-ce que vous faites ici ?

Il s'assoit sans façon sur mon lit.

– Agent spécial Michael Ferrari, de la CIA. Vous vous souvenez de Violeta García Barrio ?

Sur le coup, le nom ne me dit rien et je secoue la tête.

– C'est elle qui vous a trouvée dans la salle de bains. Elle venait vous dire qu'elle vous aiderait dans votre enquête. Votre enquête, c'est bien de savoir pourquoi et qui tue des femmes à Juárez, n'est-ce pas ?

– Et vous ? renvoyé-je de ma voix cassée.

– Moi, je suis là pour la drogue.

– Et pourquoi c'est vous qui êtes ici ?

– Parce que la charmante Violeta, après avoir appelé la police et les secours, a eu l'intelligence de prévenir le consulat.

Je digère la nouvelle. Et ça me revient en pleine poire comme un boomerang.

Le type qui fait irruption dans ma salle de bains. La bagarre, la noyade, l'atroce impression d'asphyxie ; les coups, la peur panique, la douleur que je sens maintenant dans chacun de mes muscles et qui m'arrache malgré moi des gémissements.

Lui, avec les ciseaux plantés dans sa gorge jusqu'à la garde, et son regard quand il a compris qu'il allait mourir. Je le revois tomber doucement comme s'il s'endormait, et je me crispe, revivant la sensation de mon effroi.

Tuer un homme en l'égorgeant, même pour se défendre...

Je me sens trembler et je suffoque. Ferrari se penche vers moi.

– Qu'est-ce qui se passe ? demande-t-il, inquiet.

– Il... Il est mort ?

– Qui ?

– Le type...

– Ah oui... mais ne regrettez rien. C'était lui ou vous.

Je ne regrette pas mais je tremble au point de secouer mon lit. Ferrari pose sa main sur mon bras. S'il croit que ça va me calmer. Mais ça me calme.

– Je le connaissais, dit-il. Une fripouille absolue. Maintenant il faut vous reposer, après on parlera. Parce que je pense qu'il faut que vous repartiez chez vous. J'en suis même certain.

Il sourit comme un crétin d'agent de la CIA qu'il est. Paternaliste de mon cul, depuis quand on donne des ordres à la presse ? Violeta García, je lui dois une fière chandelle à cette fière hidalgo. On dit hidalgo pour une femme ? Pense pas. Hidalga ?

Mes yeux se ferment. Juste avant, je porte la main à mon cou et je sens qu'il est emmailloté comme un nouveau-né.

Djemal, renversé dans son fauteuil, examine d'un œil critique les deux types plantés devant son bureau que vient de lui amener Ignacio.

S'il doit embaucher sur la sale gueule, c'est tout bon. Ils ont les yeux boueux et fuyants des tocards intégraux et la bouche tordue dans ce qui semble un rictus permanent. Le crâne rasé, et pas de moustaches. Rare, par ici.

– Vous venez d'où ?

L'un d'eux, le plus grand, désigne du pouce pardessus son épaule.

– L'aut' côté de la frontière.

– Pourquoi vous êtes là ?

– S'cusez, on avait les fédés aux fesses rapport à quelques bavures avec des gringitas.

– C'est-à-dire ?

José se tait, gêné. Bike reprend la parole :

– Ben... que'qu'fois, mon pote et moi... c't'à-dire... heu... ben, c'est arrivé qu'on s'énerve avec une fille... enfin, voyez c'que j'veux dire...

– Et qui vous envoie ? coupe Djemal.

– Heu... ben... on a connu un pote... mais il a pas eu de chance... y nous avait proposé... comme ça... qu'on travaillerait ici... avec lui... alors nous on est allés voir son boss et y nous a dit de voir avec vous...

Bike grimace un sourire niais à la fin de son explication laborieuse, sûrement pour réclamer l'indulgence de Djemal.

S'il est aussi embarrassé, c'est qu'il n'est pas sûr du tout que les potes de l'autre enflé de Fante vont pas à un moment faire le rapprochement entre le fait que lui et José l'ont raccompagné chez lui et qu'on les a retrouvés, ce soir-là, lui et sa sœur, noyés dans leur sang. Pour peu que la madre s'aperçoive de la disparition du magot, et c'est plus que probable, ça va leur sauter à la tête comme un morpion affamé sur un pubis.

– Et qu'est-ce que vous savez faire ?

Les deux tordus prennent des airs de vierges effarouchées.

– Ben... tout c'que vous voulez, ânonne José.

Djemal se lève et fait le tour du bureau. Il se plante devant lui.

– Vous savez c'que j'fait ?

– Plus ou moins, hoche José.

– Ouais... vous savez quoi ? Faut qu'j'm'assure de votre loyauté...

À ce moment, Abdel déboule dans le bureau. Il est blanc et agité.

– Patron...

– Qu'est-ce qui y a ?

– Faut qu'j'vous parle.

– Reste avec eux, ordonne-t-il à Ignacio en suivant son homme de confiance à l'extérieur.

– Rubén a été dessoudé, attaque Abdel, aussitôt la porte refermée.

– Hein ? Par qui ? comment ?

– On sait pas. C'est les flics qui m' l'ont appris.

Djemal se raidit. Il a depuis quelque temps la fâcheuse impression qu'on lui en veut. Le chargement de drogue, ses hommes tués, le pognon des Colombiens et de ses amis, et maintenant un de ses meilleurs soldats descendu. Mais par qui ?

– Tâche d'en savoir plus, dit-il à Abdel.

– Ouais, patron. Je sais qu'il avait décidé d'en finir avec la journaliste. Y voulait pas vous fâcher.

– Ouais. C'est quand même pas elle qui l'a eu !

Abdel hausse les épaules.

– J'vais m'renseigner, patron. Alors qu'est-ce qu'on fait des deux mecs dans vot' bureau ?

Djamel fait quelques pas dans le couloir en réfléchissant. Pas le moment de jouer les difficiles, ses effectifs s'amenuisent. Juste quand, avec Carillo, il voulait passer à l'offensive contre le parrain.

– Fais-leur faire un truc pour voir s'ils sont fiables.

– Comme quoi ?

– Tu trouveras.

Violeta est assise sur la chaise près de mon lit. Je me remets plus vite que ne l'imaginaient les toubibs. Ils n'ont pas compris, avec les bleus dont j'étais couverte et ma gorge cisaillée par les pattes de gorille de l'autre taré, que je m'en tire sans casse.

J'ai juste l'impression d'être passée dans une moissonneuse-batteuse. Ce qui n'a pas attendri les deux moustachus, l'un en uniforme, l'autre en civil, que m'a envoyés Aguilar le lendemain de mon admission.

L'œil sombre sous des sourcils rapprochés, le civil m'a interrogée sur l'agression dont j'ai été victime en me donnant l'impression que la victime c'était l'autre, celui qui est mort.

Ce qui, à première vue, peut sembler logique. Sauf si l'on admet le concept de légitime défense. Cependant je me suis déjà aperçue que dans les pays où la violence fait partie du mode d'expression naturel, ce qui est « légitime », c'est l'attaque. Ouvrez vos journaux et vous ne me contredirez pas.

Bref, l'entretien ne s'est pas déroulé dans une ambiance de franche camaraderie, et les deux moustachus (dans ces pays ce n'est pas l'homme qui fait la moustache, c'est le contraire) sont repartis franchement agacés. J'attends la suite.

– Vous avez eu de la chance, dit Violeta.

Elle est plus aimable que la première fois où l'on s'est vues.

– C'est comme les ivrognes, il y a un dieu pour les journalistes.

Elle ne répond pas tout de suite.

– Vous savez, dit-elle enfin, ce Rubén, celui qui vous a attaquée, c'est aussi lui qui a enlevé Maria.

– Celui qui travaillait pour ce Djemal ?

– Entre autres. C'était aussi un homme de Ramón Carillo.

– Il faut que je rencontre ces deux-là.

Elle se met à rire.

– Vous croyez qu'ils vont se confesser ?

– Non. Mais je peux leur faire croire que je veux une interview d'eux pour mon journal. Soft, voyez, hommes d'affaires et tout.

– Sandra (elle prononce mon nom si gentiment que je lui souris malgré moi), ces hommes sont non seulement des tueurs sans pitié mais des hommes d'affaires aguerris. Ils ne vous laisseront pas les approcher.

Impatientée, je repousse mes couvertures.

– Aïe, bon Dieu ! crié-je en allongeant mes jambes.

Elle se lève, me les prend délicatement et les repose dans le lit.

– Qu'est-ce que vous fabriquez ?

– Je veux sortir d'ici !

– Vous êtes en petits morceaux, restez tranquille.

N'importe qui, j'aurais protesté, mais Violeta... je la regarde et constate que ses yeux et son sourire sont à présent en harmonie. Amicaux tous les deux... davantage qu'amicaux. Sans se rendre compte, sûrement, elle a posé sa main sur mon bras, et sauf si une mère crotale surgissait brusquement de sous le drap pour défendre sa progéniture, je ne bougerais pour rien au monde.

– Si vous le désirez, vous pouvez habiter chez moi, du moins quelque temps. J'ai une seconde chambre.

– Je ne voudrais pas...

– Ça me ferait plaisir. Ce qui vous est arrivé c'est parce que vous gênez nos ennemis. C'est la moindre des choses qu'une Mexicaine vous aide... Les médecins vous laisseront sortir d'ici un jour ou deux. Les seuls soins sont des applications de pommade sur vos hématomes et avaler des analgésiques. Vous avez vraiment eu de la chance.

– De la chance que vous arriviez au bon moment, minaudé-je. Au fait, vous veniez pour quoi ?

– J'ai réuni un certain nombre de faits qui me font penser que les tueurs appartiennent tous au même groupe. Peut-être des rejetons de trafiquants qui font de la surenchère virile pour s'imposer.

– Ça ne nous avance pas.

– Il suffirait que l'un d'entre eux prenne peur et dénonce toute la troupe.

– Mais qu'est-ce qui pourrait leur faire peur ?

Elle se lève et fait quelques pas dans la chambre.

– Que l'on en kidnappe un, de préférence important.

À ce moment le téléphone sonne. À contrecœur, je décroche.

– Sandra, chérie, où es-tu ? Comment vas-tu ?

– Mais...

– Au consulat ils m'ont dit qu'on avait cherché à t'étrangler, que tu étais à l'hôpital !

– Nina, tu les connais les gratte-papier, affolés pour rien. Je sors aujourd'hui, je me sens en pleine forme. Nina chérie, je te rappelle.

– Tu vas bien, c'est sûr ?

– Je te parle, ça devrait te rassurer.

Je l'entends renifler à l'autre bout.

– Tu rentres quand ?
– Le temps de finir une interview. Te bile pas.
– Fais attention, dit-elle encore.
– Je te rapporterai un sombrero.
On finit sur des bruits de baisers et on raccroche.
– Excusez-moi, dis-je à Violeta.
– Vous rentrez ?
– Heu... non, c'était pour rassurer ma... cousine.
– Je vais demander au médecin quand vous pourrez sortir. Je viendrai vous chercher. Comment s'est passé le rendez-vous avec les deux abrutis d'Aguilar ? Ils ont commencé une enquête ? Faites attention qu'ils ne se servent pas de la mort de ce Rubén pour vous expulser.
– J'étais en état de légitime défense !
– Sandra, nous sommes dans l'État de Chihuahua, au Mexique. Gardez un profil bas avec eux. Ici, ce sont les victimes qui sont coupables.
Elle se rapproche de moi et pose un baiser sur mon front en serrant mes doigts dans sa main.
– Reposez-vous bien. Je vais m'occuper de vous.

Bike et José étaient contents. Ça n'avait pas traîné. Ils avaient été présentés à tout le monde. Une bande de tordus comme ils les aimaient.

D'abord, ils se saoulèrent. Une biture gigantesque. Après, Ignacio les avait amenés dans une partie de la villa qu'on atteignait par une galerie aux murs entièrement recouverts de miroirs. Ils étaient arrivés dans une salle meublée de trois rangées de fauteuils, comme au cinéma. Un grand écran recouvrait la moitié d'un mur.

– Qu'esse qu'on va voir ? avait pouffé Bike que les tequilas et les mojitos servis sans radinerie avaient cassé.

– Bouge pas, mon pote, tu vas te régaler !

Ignacio, son second, Pablo, et deux types répondant aux noms de Ramón et Diego s'étaient assis, après qu'Ignacio était allé dans la cabine allumer le projecteur.

– Putain, le pied ! s'étaient exclamés Bike et José, alors qu'Ignacio et les autres les observaient en riant.

Là, sur l'écran, deux filles, des adolescentes avec de longs cheveux noirs dont elles se servaient pour se cacher pudiquement la poitrine, entraient dans une pièce où trois hommes nus les attendaient. Effrayées et désemparées, elles marchaient de côté, à petits pas furtifs, une main sur leur pubis, l'autre bras plaqué au travers de leurs petits seins déjà bien formés comme les ont les filles de ces pays qui, dès que pubères, possèdent des corps de femme avec des cœurs d'enfant.

Elles pouvaient avoir entre treize et quinze ans, et les trois hommes ventripotents qui les attendaient, et qui auraient facilement pu être leurs grands-pères, les examinaient avec gourmandise, les détaillant sans vergogne, riaient du plaisir anticipé, et Bike rit aussi, et envoya un coup de coude à José qui semblait fasciné.

– Vise-moi les niñitas, c'qu'elles vont s'prendre !

Les malheureuses gamines furent brutalement séparées par les trois hommes qui les obligèrent à s'accroupir devant eux. Armés de badines, ils frappaient leurs fesses de plus en plus fort au fur et à mesure que montait leur plaisir.

Dans la salle, les spectateurs, hypnotisés, ne quittaient pas l'écran des yeux.

La scène évolua quand entra un homme habillé en pirate, avec un foulard noué sur la tête, des bottes qui emprisonnaient une culotte collante qui moulait un sexe exhibé dans une coquille géante, et un gilet de cuir sans manches ouvert sur une poitrine velue.

Bike et les autres firent des plaisanteries sur la pseudo-taille du sexe, pendant que sur l'écran les trois gros s'allongeaient sur des matelas, et que le « pirate » obligeait l'une des deux jeunes filles à attacher sa compagne avec une corde en nylon.

– Serre ! criait-il. Serre, salope !

La pauvre gamine sanglotait en passant la corde selon les indications de l'homme, sous les bras, derrière le dos, pour redescendre sur les jambes jusqu'aux chevilles et les ligoter aussi.

Quand la jeune fille fut immobilisée, il la saisit et la plaça sur un chevalet malgré ses cris de détresse et ses pleurs, pendant que son amie était entraînée par l'un des hommes sur son matelas, où sous les rires et les plaisanteries des deux autres il la força à des caresses perverses pendant qu'il la fouettait, lui arrachant des cris de douleur, encouragé par ses complices.

– Putain, le pied ! répéta Bike qui fourra sa main dans son pantalon.

Pendant ce temps, le pirate, après avoir attaché la fillette sur le chevalet, se saisissait d'un fouet et la frappait violemment, traçant des sillons sanglants au travers de son buste, son ventre, ses jambes, tandis qu'elle se tortillait en hurlant de souffrance.

Dans la salle, les hommes ne quittaient pas des yeux la suppliciée dont les longs cheveux mouillés de sueur retombaient sur sa poitrine ensanglantée.

– Putain..., hoqueta Bike.

Puis le pirate invita les trois hommes à s'approcher, prit dans un étui un poignard qu'il montra à la caméra sous divers angles, ce qui permit aux spectateurs de constater que sa lame, effilée comme un rasoir, était enchâssée dans un manche en or, puis il s'empara de la seconde fillette qu'il attacha sur une chaise, à la droite du chevalet où gisait son amie, fit signe à la caméra d'approcher pour un gros plan, lui releva la tête pour bien montrer son visage ravagé, et la courba pour mettre en évidence son dos lacéré par la badine.

Enfin, lui maintenant d'une main la tête tournée vers sa compagne évanouie, il tendit le poignard à l'un des vieillards qui, gêné, se tourna vers ses complices qui riaient moins fort à présent et reculaient à demi, tandis que le « pirate » encourageait le sacrificateur de la voix et du geste à se rapprocher du chevalet.

– Allez, vas-y ! criaient ses compagnons, soulagés peut-être de seulement regarder.

Comme on se jette dans une eau que l'on sait trop froide, le vieillard leva brusquement son poignard au-dessus de la fillette suppliciée.

L'écran s'éteignit et la lumière revint dans la salle.

– Ben quoi ! hoqueta Bike.

Ignacio revint de la cabine.

– Ben quoi ? singea-t-il. T'en as pas assez vu pour ton argent ?

Les autres s'esclaffèrent.

– Y voulait la totale ! s'écria celui qui répondait au nom de Ramón et était habillé comme un ranchero.

La porte s'ouvrit alors devant Abdel, et les rires s'éteignirent. L'Arabe était maigre, et son veston noir serré sur un pantalon tuyau de poêle à revers comme on les portait dans les années soixante, son visage si émacié qu'on devinait sans peine le squelette qu'il serait un jour ; ses yeux au regard fixe, ses gestes économes, figèrent l'assistance.

Ignacio l'invita.

– Bonjour, Abdel.

L'Arabe ne répondit pas. Il se planta devant la première rangée de fauteuils laissés libres et regarda les nouveaux arrivants.

– Bike et José, c'est ça ?

Et sa voix avait l'acidité de la craie sur un tableau noir.

– C'est ça. Bike c'est lui, indiqua José, désignant du pouce son copain.

L'Arabe alluma une cigarette sans les quitter des yeux.

– Qu'est-ce que vous avez pensé du film ?

– Super ! s'exclama Bike. De première bourre !

– Ça se vend cinq mille dollars la cassette. Tu vois la masse de pognon que représentent les copies ? Votre premier boulot consistera à aller avec Ignacio cueillir une fille. Lui sait tenir une caméra. Vous, vous devrez vous occuper de la fille. Vous toucherez mille dollars chacun pour une copie impeccable. Vu ?

– C'est banco, dit José. Vous en aurez pour votre pognon, camarade.

Abdel déplaça ses yeux sur lui.

– On verra... « camarade »... on verra.

Je suis installée chez Violeta depuis hier. J'ai téléphoné à Nina pour lui dire que j'étais enfin sur une piste. Elle m'a répondu avoir peur pour moi. Pour nous. Qu'elle ne pourrait plus supporter très longtemps cette inquiétude qui lui rongeait la vie. Qu'elle n'était pas femme de marin et qu'il faudrait que je choisisse. Elle me l'avait déjà dit, mais jamais comme ce soir.

Pourquoi faut-il que la vie ne soit qu'un choix entre des renoncements ? Je me souviens d'un film admirable tourné dans les années cinquante et qui s'appelait *Nous avons gagné ce soir.* L'histoire d'un boxeur minable qui avait refusé de « se coucher » parce que sa femme, lasse de le voir humilié, l'exhortait à abandonner ce métier. Il avait tenu les dix rounds et s'était fait ensuite tabasser par les books qui avaient parié contre lui. La dernière scène le montrait ensanglanté entre les bras de sa femme, incapable de plus jamais boxer, souriant, tandis qu'elle caressait ses mains brisées.

Je m'étais demandé à l'époque quel avait été son destin après qu'il lui eut cédé. Sa dernière et inutile victoire l'avait-elle consolé de sa vie d'échecs et de coups, ou en avait-il voulu à celle qui l'aimait d'avoir dû abandonner pour lui démontrer qu'il n'était pas le minable qu'elle croyait ? Notre vie doit-elle toujours être un combat qu'on livre contre soi ou contre l'autre ?

Le capitaine Cortez est assis à une table dans un des box qui garnissent le fond du bar où il nous a donné rendez-vous. Il fait un signe de la main à Violeta en l'apercevant.

Ils se connaissent depuis la disparition de Maria. C'est lui qui a pris sa déposition. Puis ils se sont revus pour en parler et ont compris qu'ils étaient du même bord.

Violeta tire une chaise et s'installe à sa table.

– Je vous présente Sandra Khan dont je vous ai parlé.

– Bonjour, dit Cortez, en me désignant l'autre chaise. Prenez place, je vous en prie.

C'est un type encore jeune, la petite quarantaine, fin de visage et de corpulence, assez brun de peau, banal en somme, si ce n'était la flamme de colère qui brille dans ses yeux.

Il a choisi un bar près du Collège militaire où l'on risque moins, d'après lui, de se faire remarquer en raison des allées et venues des cadets. Les militaires y ont établi une ambiance virile à base de jeux de fléchettes et de portraits de héros de films de guerre, mais aussi de femmes dans des poses suggestives comme on en trouve dans les camions des routiers. Le blason de l'équipe de foot de l'École voisine avec le portrait de Cuauhtémoc, le dernier empereur aztèque qui symbolise la « race de bronze », le passé indien avant l'arrivée des Espagnols et la lutte contre les envahisseurs.

À cette heure de la matinée le bar est à moitié vide. Un groupe de quatre hommes habillés de treillis kaki discutent à une table. Les insignes sur leurs manches indiquent qu'ils appartiennent au régiment du Génie. Deux bidasses boivent un café au comptoir d'un air morose. Ils ont le visage brouillé des jeunes qui ne dorment pas assez, et leurs voix et leurs gestes indolents témoignent de leur fatigue.

Depuis la veille, un vent chaud et tourbillonnant venu du sud étouffe la ville sous une poussière blanche et sèche qui s'infiltre jusque dans les vêtements. Les voitures doivent actionner leurs lave-glaces pour débarrasser les pare-brise de ces millions de grains de sable agglutinés qui forment une croûte sous les pieds. Les rares fontaines publiques sont prises d'assaut par des gosses à moitié nus qui disputent la place aux adultes venus remplir des récipients, en prévision des coupures de distribution d'eau, habituelles dans ce cas.

– Sale temps, grogne Cortez. Qu'est-ce que vous prenez ?

– Une Desperado. À vrai dire il m'en faudrait un tonneau pour me rafraîchir. Ça arrive souvent ce genre de tempête ?

– Au moins dix fois par saison, répond Cortez d'un ton désabusé. On est habitués.

– Une Desperado, aussi, commande Violeta.

Je me suis donc installée chez elle où elle m'a laissé sa chambre, elle dormant sur un des canapés du salon. Vous vous doutez bien que cet arrangement ne s'est pas fait sans discussion. On a longuement négocié et nous sommes arrivées à un accord. Dès que je me sentirai vraiment bien, je retourne à l'hôtel, en attendant j'ai droit au lit.

Ce n'est pas le seul point qui me trouble. Je me suis vraiment disputée avec Nina. Elle a fait preuve d'une mauvaise foi effrayante. Ce n'est pas le premier accrochage que nous avons à cause de mon métier.

À part les discussions politiques avec ses étudiants et ses collègues à Berkeley, sa vie est relativement cosy. Chairwoman de son département de droit international, les nombreuses publications qu'elle signe dans les meilleures revues juridiques la mettent à l'abri d'un quelconque souci d'emploi. Chef de file de divers mouvements féministes et homosexuels, si elle est souvent invitée dans des émissions de télé et de radio le seul danger qu'elle court est de ne pas surmonter son trac.

Moyennant quoi, elle supporte très mal les risques auxquels me confronte ma profession de grand reporter. Et il faut admettre que, par un fait exprès inexplicable, depuis que nous vivons ensemble j'ai été exposée à des situations si périlleuses qu'être encore de ce monde me ferait croire au petit Jésus.

Mais c'est ma vie. Mon oxygène. Je ne vais pas traiter dans le *San Francico Chronicle* de problèmes de santé ou de couple. Ce que j'aime c'est le tête-à-tête avec la folie des hommes. Les psychopathes, les pervers, les tordus, les prévaricateurs, les corrompus. Tout ce qui nous différencie, nous les humains, du monde animal.

Ces hommes nés comme les autres de la rencontre de deux sources, et qui un jour, à un moment de leur vie, à la suite d'on ne sait quel accident de leur parcours qui aurait laissé de marbre la plupart d'entre nous, ont décidé que le Mal et le Bien tels que nous les définissons ne leur évoquent rien. Notre morale, notre conscience, notre culture, ce qui fait de nous des êtres pouvant partager le même espace vital, des individus plus ou moins civilisés qui, à défaut de s'aimer, se supportent, sont pour eux lettre morte.

Allez faire comprendre ça à une femme qui vous aime et tremble de ne jamais vous revoir. Parce que le nombre de journalistes tués en service commandé pourrait remplir plusieurs pages de l'annuaire de la profession.

Bref, tout ça pour vous dire que je suis un peu dubitative sur l'avenir de notre couple, et que la présence de cette Violeta si jolie qui se bat pour un combat qui n'est pas vraiment le sien, hormis qu'elle est femme et mexicaine, mais si c'était une raison elles seraient plusieurs millions à le faire, cette Violeta-là ne me laisse pas indifférente.

Cortez attend que nous soyons servies pour se tourner vers moi.

– Vous avez eu une sacrée chance avec ce Rubén, commence-t-il. Vous savez qui il était ?

Je hausse les épaules.

– On me répète que j'ai beaucoup de chance de me sortir de ce genre de situation. Je ne sais pas. Chance ou détermination... ? Qu'est-ce qui fait qu'une situation peut se retourner quand elle est désespérée ? qu'est-ce qui fait que de tels êtres existent si ce n'est parce qu'on les laisse exister ? Le manque de rage, de révolte, d'intuition ? ou notre indifférence plénière à l'égard de ce qui ne nous atteint pas personnellement ? Sinon comment expliquer que, dans un pays comme le vôtre, placé au milieu d'un continent pas vraiment à l'abri des regards du monde, on a pu laisser massacrer sans réagir des centaines de femmes ?

Je vois Cortez se rembrunir, et je me dis une fois

de plus que j'ai bien fait de choisir le journalisme plutôt que la carrière diplomatique.

Violeta semble gênée. Bravo, ma vieille, tu t'es débarrassée de deux alliés potentiels ! T'as pas envie de réussir ton reportage ? tu veux avoir raison de clamer à tous les échos que tu vas faire chou blanc sur ce coup ? Si c'est ça, t'as tout bon. Voilà ce que je me dis, à peine terminée mon apostrophe à Cortez.

Mettons ça sur le dos du vent fou !

Mais Cortez est un homme sensé. Son attitude me le montre.

– Vous avez raison. J'étais en poste à Acapulco quand les assassinats ont commencé. Je n'ai pas réagi, même pas quand ils m'ont muté ici. Il a fallu la tragédie de ma nièce pour que je prenne conscience du drame. Sentiment d'impuissance ou indifférence ? peut-être un peu des deux. Mais maintenant, j'ai la rage.

On se sourit. On s'est compris.

– Vous connaissez l'agent de la CIA, Ferrari ?

J'acquiesce :

– Je l'ai revu à l'hôpital. On s'est un peu accrochés parce qu'il me conseillait de partir après ce qui m'était arrivé. Je l'ai envoyé... promener.

– Vous m'étonnez, sourit Cortez, ironique. C'est un monsieur... assez légaliste.

– Pourquoi dites-vous ça ?

– Parce que lorsque je lui ai demandé de nous aider... par des voies parallèles, il a refusé.

– Voies parallèles ?

Il sourit à ma voisine.

– Vous lui avez expliqué, Violeta ?

Je fronce les sourcils.

– Nous voulons kidnapper le chef des narcos et lui promettre la vie sauve si la mafia s'engage à cesser de tuer.

Je les regarde, légèrement ahurie.

– C'est du Tarantino. Joli scénario. Vous avez Harvey Keitel dans le rôle principal ?

Cortez balance la tête.

– Harvey Keitel, c'est moi. Violeta est l'appât. Trois de mes hommes complètent l'équipe.

– Et moi ?

– Vous raconterez.

Ignacio est installé au volant de sa Mercury marron, née aux alentours des années quatre-vingt. Comme beaucoup de ses compatriotes il l'a agrémentée d'accessoires en chrome qui lui confèrent l'air d'un tank de bazar.

À côté de lui, José se cure les dents en scrutant la sortie de l'école Sainte-Marie-de-l'Assomption d'où devrait surgir dans quelques minutes une volée d'écolières piaillantes. Sur la banquette arrière, Bike se gratte l'entrejambe.

Dans la boîte à gants Ignacio a placé à côté de son magnum à crosse d'argent une caméra vidéo numérique sur laquelle il veille comme sur la prunelle de ses yeux.

La cloche de quatre heures sonne, et les portes s'ouvrent, poussées par une lame de fond. Un flot de gamines, moitié bimbo, moitié jupes plissées sages, se répand sur le trottoir. Les trois hommes se tendent.

Ignacio jette un coup d'œil sur la photo qu'il tient entre ses doigts. José se penche pour la regarder.

– Pas mal, dit-il. Pourquoi elle ?

Ignacio hausse les épaules.

– Elle fait un bout de chemin toute seule.

– Je sors, dit José en ouvrant la portière, j'vais jamais la reconnaît'e.

– Fais gaffe ! conseille Ignacio.

Derrière, Bike glousse d'excitation.

Les fillettes s'arrêtent sur le trottoir pour discuter, forment des groupes, chahutent, ricanent, se bousculent. De plusieurs voitures garées sortent des parents venus chercher leur progéniture. Depuis que les meurtres de filles sont tombés dans le domaine public, nombreux sont ceux qui accompagnent leurs enfants à l'école. Chez les plus pauvres on opère par roulement. Et s'il n'y a pas de parents pour les attendre, elles se déplacent à deux ou trois.

– C'est elle, dit Ignacio en sortant à son tour et en désignant une gamine du menton.

– Qui, elle ? demande José.

– Celle avec le jean noir et la queue de cheval.

La fillette semble jeune, moins de quinze ans. Elle est grande pour son âge mais son visage rond trahit sa jeunesse. Elle porte un sac à dos rose avec des lapins rigolards. Ses cheveux sont serrés dans un chouchou doré tressé de fils d'argent. Elle est habillée d'un débardeur turquoise orné d'une grosse fleur sur la poitrine.

Elle s'arrête près d'un groupe et se met à discuter avec une fille qui ouvre son sac et lui tend un cahier qu'elle feuillette. Elle embrasse sa camarade et fourre le cahier dans son sac à dos. Puis elle embrasse encore deux filles et s'éloigne en sautillant.

Elle marche maintenant vers la station de bus placée un peu plus loin et où attendent d'autres élèves.

– Elle prend le bus ? s'alarme Bike en se penchant par-dessus la banquette.

Ignacio ne répond pas. La fille le quitte à plus de trois cents mètres de chez elle. Trois cents mètres, c'est plus qu'il n'en faut.

Le bus arrive en brinquebalant et est pris d'assaut

par la douzaine de mômes qui bousculent un peu les autres voyageurs.

– On y va, dit Ignacio qui se remet au volant pendant que José regagne sa place.

L'un suivant l'autre, les deux véhicules démarrent. Bike, penché sur le dossier, paraît s'amuser comme un petit fou.

– Putain, elle est mignonne, glousse-t-il.

– Calmos, lâche Ignacio sans se retourner.

C'est lui le chef de l'expédition, lui le responsable et le metteur en scène. Faudrait pas que les deux peigne-culs l'oublient.

À chaque station le bus régurgite une partie de sa cargaison. Il cahote maintenant vers le quartier de Cerro Bola, bordé d'usines presque mitoyennes. Le coin est très animé et Ignacio colle au bus pour éviter d'en être séparé par des voitures. Des scooters aux moteurs trafiqués se faufilent comme un nuage de sauterelles frénétiques entre les voitures, soulevant des murs de poussière.

– Merde, si elle descend, on va pas la voir, grogne José.

– T'occupe, répond Ignacio, laconique.

Il s'arrête en même temps que le bus qui maintenant est à moitié vide. Par un coup de chance la fille qu'ils suivent s'est assise sur la banquette du fond et ils peuvent apercevoir sa nuque par la fenêtre crasseuse.

Le bus quitte le Cerro Bola pour s'engager dans une avenue qui mène au cimetière.

– Putain, elle habite loin de son école, cette môme, s'étonne Bike.

Le bus cahote sur le macadam défoncé. Les immeubles ont laissé la place, comme toujours dans les quartiers excentrés de la ville, à des maisons dont beaucoup tiennent de la cahute. On peut deviner la situation sociale des occupants par le nombre de vitres remplacées par des feuilles de carton, ou l'amoncellement d'ustensiles empilés dans les cours.

Le bus s'arrête et la fillette descend en même temps que d'autres voyageurs, puis chacun prend une direction différente et l'écolière se met à suivre le trottoir.

Le vent, qui s'était légèrement calmé pour une raison connue de lui seul, en remet une couche, et des piliers de poussière ocre et de sable tourbillonnent comme des minicyclones. La rue est quasi déserte à cause de la tempête, et les rares passants marchent tête baissée comme s'ils enfonçaient l'air de leurs épaules.

Ignacio laisse s'éloigner la fille avant de repartir.

Elle suit la bordure du trottoir, marche à cloche-pied, saute comme si elle jouait à la marelle.

Soudain Ignacio appuie sur le frein, donne un coup de coude à José.

– J'y vais ! dit-il en sortant en trombe. Réceptionne.

Il se précipite derrière la fillette qui vient de tourner dans une petite rue. Il a en main un tissu noir. Il se rue sur elle, enfourne sa tête dans la capuche, la soulève dans ses bras en évitant ses violentes ruades, court vers sa voiture où José et Bike s'en emparent à leur tour avant de la balancer sur la banquette arrière où Bike se couche tranquillement sur elle pour étouffer ses cris.

À cent mètres à peine de la maison où Matilda Vásquez a passé les douze premières années de sa vie, à l'instant où sûrement Dieu regardait ailleurs, trois prédateurs à peau d'homme viennent de changer le cours de son destin.

Je suis dans le lit de Violeta, ou plutôt elle m'a rejointe dans le sien.

Après notre rendez-vous avec Cortez on est revenues chez elle en discutant âprement. Leur projet d'enlever un trafiquant me paraît du délire. Et d'abord, lequel ? Ils sont des centaines dans cette ville, peut-être des milliers, à la mettre en coupe réglée.

Je suis allée la veille au soir près de la cathédrale où fonctionne un marché permanent, pas seulement de mangues ou de goyaves, mais de toutes les sortes de drogues. Ce lieu est très dangereux parce que de nombreux enlèvements de filles se sont déroulés là. Cortez m'a parlé d'un magasin de chaussures dans la rue Velarde, toute proche, dont le propriétaire serait sous la protection de la police, et d'où plusieurs filles auraient disparu. Je l'ai mis en garde contre ce genre de rumeur.

Des dizaines de bars entourent la place où on peut négocier le dernier fusil américain qui tire des mini-obus ou des balles de 16 grosses comme des moineaux, aussi bien que de la brune de Colombie, de la blanche de Birmanie, en passant par toutes les nuances de crack, poudre de rêve et autres. Sans oublier les vaillants bataillons de prostituées travaillant sous l'œil aiguisé de leurs macs.

Bref, s'introduire dans ce marigot relève pour le moins de la gageure, au plus de l'irréalisme. Les chefs sont au chaud dans leurs villas-forteresses et ceux qui grenouillent dans la rue ont moins de valeur pour eux que le lacet qui leur sert de cravate.

– Enlever un des leurs est le seul moyen de les atteindre, s'est entêtée Violeta.

J'ai haussé les épaules en levant les yeux au ciel et elle m'a servi un cognac espagnol de cent vingt-cinq degrés qui m'a définitivement cautérisé la gorge. N'empêche, au bout du second que j'ai partagé avec elle, j'ai vu les choses sous un autre angle.

Effectivement, pourquoi elle et moi, aidées de Cortez et de ses trois valeureux, hésiterions-nous, tant qu'à faire, à nous emparer du plus puissant des trafiquants du coin, le señor Rodríguez en personne, au milieu de sa cour de tueurs à gages coupeurs de têtes, dans sa villa aussi protégée que la Banque mondiale de Washington, pourquoi ferions-nous preuve de pusillanimité ?

Au troisième cognac, mes yeux et les siens se sont troublés, elle s'est rapprochée de moi sur le canapé, a passé ses bras autour de mon cou et m'a embrassée suffisamment longtemps pour être placée d'urgence sous tente à oxygène.

Je connaissais les Argentines, mais je peux vous certifier que, dans le domaine de l'amour, les Mexicaines n'ont rien à leur envier. Enlacées comme si nous devions résister au vent qui soufflait dans le désert alentour et nous hurlait sa ritournelle par tous les interstices des murailles, nous avons titubé jusque sa chambre où nous nous sommes laissé tomber sur le lit sans nous défaire.

Cognac, vent, peur, solitude, beauté sauvage de Violeta, engueulade avec Nina, que sais-je, toujours est-il que j'ai aimé cette femme à en perdre le souffle, à oublier contusions et meurtrissures, à inventer avec elle des caresses qui nous ont menées au bord de la déraison, tandis qu'elle m'attirait en elle, toujours plus fort, toujours plus loin, murmurant des mots hachés, mélangeant ses cris et sa volupté, entremêlant nos jambes, nos bras, nos bustes et buvant nos corps brûlant de sueur.

Et quand j'ai repris souffle, quand chaque cellule de mon corps, chaque centimètre de ma peau a eu son content de plaisir, quand au milieu du lit ravagé ma main a cherché à tâtons la sienne abandonnée, qu'elle a collé sa jambe contre la mienne et que nous sommes restées sans parler, plongées toutes deux dans un monde où n'existeraient ni victimes, ni bourreaux, ni pleurs, ni souffrances, ce monde que chacun cherche à sa façon, j'ai senti que déjà il m'échappait, parce que je pressentais que ce qui avait enflammé notre désir était la proximité de la mort.

Matilda regarde entre ses paupières gonflées de pleurs les silhouettes qui errent autour d'elle.

Elle sent au travers de ses vêtements la rudesse du sol sur lequel elle est couchée. Elle ne sait rien d'autre, sinon qu'après avoir roulé dans cette voiture qui sentait la sueur et le tabac, avec cet homme qui la tenait serrée contre lui et dont les mains ignobles ne cessaient de la tripoter, ils se sont arrêtés, et qu'elle a été soulevée et portée dans cette cabane après qu'ils ont dû lutter contre le vent mauvais qui entravait leurs jambes, les faisant trébucher et jurer.

Autour d'elle, mur et sol tremblent sous l'impact de l'air devenu fou. Mais elle s'en moque, Matilda, la terreur qui la paralyse l'empêche de penser. Dans son cerveau vidé par la peur elle a oublié jusqu'au regard aimant de sa mère qui se morfond, écrasée d'angoisse comme toutes les mères qui reviennent dans une maison vide.

Matilda sait ce qui l'attend. Les journaux en parlent, les mères mettent en garde leurs filles, les pères, quand ils sont encore là, serrent les poings de colère. Matilda sait et ne sait pas.

Que peut-on savoir à douze ans quand on est une écolière qui lit en cachette les journaux des plus grandes, aime le cinéma quand il montre l'amour vainqueur, et dont le souci majeur est de dégotter le jean pas cher qui ressemble tellement à celui que porte Britney Spears ? Que peut-on savoir et craindre de la vie ?

Elle ferme les yeux quand approchent les lourdes chaussures de l'un de ses ravisseurs. Elle veut encore croire que ceux-ci ne sont que ces garçons, violents, grossiers, mais qui désirent seulement prouver qu'ils sont des hommes.

Elle se sent soulevée comme un paquet et plantée sur ses jambes qui se dérobent. Elle ne doit PAS ouvrir les yeux, elle ne doit PAS les reconnaître, sinon ils seront forcés de la tuer. C'était comme ça dans le dernier film américain qu'elle a vu au Palace. Mais la fille était sauvée parce que la police arrivait à temps.

– Allez, ouvre les yeux, ma poule, regarde comme on est beaux !

On la secoue, on la bouscule, elle n'ouvrira pas les yeux.

– Bordel, c'est quoi cette tarée !

Plusieurs voix, même ton dur.

– Attends, j'vais t'la réveiller, moi !

Une affreuse douleur entre les jambes. Une main vient de violemment la saisir, là où c'est si tendre, là qu'il faut défendre. Elle crie, et sous la souffrance ouvre grand les yeux.

Ça y est, elle a perdu. Trois affreux l'entourent et la contemplent. Trois visages comme dans les films. Et leurs mains la pincent, la touchent comme si elle n'existait pas. Trois visages qu'elle reconnaîtra.

Elle hurle :

– Je ne dirai rien, je ne dirai rien !

Mais les larmes qui l'étouffent noient ses cris, noient son souffle.

Les hommes rient, la caressent, et leur odeur si proche, si forte, la fait suffoquer.

– Qu'est-ce qu'on fait ? demande l'un d'eux, qui ricane.

On la jette à terre. Elle se recroqueville dans les bras de sa mère. Ils discutent avec des mots durs, des mots d'hommes qu'elle lui interdit. Elle entend s'ouvrir la porte de la cabane et le vent s'engouffrer en hurlant. Elle ne regarde pas. Elle ne veut pas quitter le monde dans lequel elle s'est réfugiée.

Maintenant l'image de sa mère s'impose avec force et elle pense que tant qu'elle sera là, elle ne risque rien. Elle se dit qu'elle s'est inventé ce cauchemar, qu'elle est rentrée chez elle et s'est installée pour faire ses devoirs sur la table de la salle à manger. Mais qu'après avoir déplié livres et cahiers pour le cas où sa mère reviendrait plus tôt, elle a allumé la télé pour suivre le feuilleton de six heures.

– T'as vu cette putain de tempête ?

– Ta gueule !

Elle repense à l'épisode de la veille. Quand Sue Helen surprend J.R. avec sa belle-sœur. Elle laisse errer sa mémoire sur les images de richesse. J.R., avec son rire faux. Elle le déteste. Sa mère aussi. Elle aime le frère cadet. Le brun si mignon... tiens, son nom lui échappe, pourtant elle le connaît bien.

– Bordel, tu parles d'un patelin !

Ils referment la porte et le bruit s'atténue sans pour autant disparaître, parce qu'à présent le vent frustré s'enveloppe autour de la cabane et la secoue du toit au plafond. Si elle voulait s'échapper il lui faudrait affronter la tempête. Mais elle se cacherait sous un rocher où ils ne la trouveraient pas. Ils la cerneraient et elle verrait en tremblant le bout de leurs bottes. Elle entendrait leurs voix toutes proches, leurs jurons, mais ils ne la trouveraient pas.

– Alors, qu'esse qu'on fait ?

Bruits de chaises que l'on traîne sur le sol. Elle a froid. Sent la glace s'insinuer dans ses os. Serre davantage ses bras autour d'elle. Elle arrive chez elle. Sa mère la voit ouvrir la porte. Ses bras se tendent vers sa fille chérie. Elle pleure de joie et de soulagement. Matilda, Matilda, ma fille, mon amour !

– On va pas se planter là toute la nuit !

– Merde, je réfléchis !

Odeur de tabac.

– Y a quèque chose à croûter, ici ?

– Un cactus.

– Quoi ?

– Tu sais pas c'que c'est ?

– J'pige pas.

Soupirs.

– Un putain de cactus cierge. T'attaches ta prisonnière à un cactus. Tu vois le topo ?

– Les épines ?

– Ouais, les épines.

– Et alors ?

– Et alors, tu la bourres. Tu vois juste le mouvement du mec. La fille est clouée au cactus. Tu vois le topo ?

– Putain... !

– Bon. Dans la cabane, tu vois un cactus ? Y sont dehors les cactus. Mais dehors tu peux pas y aller. OK ? Alors, faut trouver aut' chose.

– Quoi ?

– C'est à ça que je réfléchis, ducon !

Une autre voix :

– Parle pas comme ça à mon pote.

Silence.

– Pourquoi, c'est ta femme ?

Silence.

Rire. Différent des autres. Moins franc.

– Qu'esse t'as dit ?

– Laisse tomber.

Raclement de chaise que l'on repousse. Bruit de pas bottés sur le sol. Un pied qui la tourne sur le dos.

– Faudra la maquiller, la coiffer. L'arranger, quoi !

– Faut pas qu'elle fasse trop vieille.

– Tu parles !

La porte s'ouvre encore une fois.

– La tempête s'est calmée.

– Tu parles !

Nouveaux bruits de pas. Elle serre les paupières. Bobby. Il s'appelle Bobby, le frère de J.R.

– Tu vois un cactus, toi ?

– Y en a partout. Il en faut un assez grand. Tu vois, qu'il dépasse de la tête.

– Tu commences à filmer quand ?

– Comment ça ?

– À quel moment tu commences les prises de vues. Au moment où je la bourre, ou avant ?

– Pourquoi ? tu crois qu'c'est toi qui vas la bourrer ?

– Alors tu filmes quand ?

– Quand on l'attache au cactus. Elle crie, se débat, on la pousse contre le tronc. Le sang coule. Douleur, douleur. Elle hurle. Je tourne.

– Putain !

– T'excite pas. Y fait pas assez clair. Trop de vent... Bon, il aurait fallu attendre un meilleur éclairage.

Ignacio aime bien employer des mots de professionnel. Il a lu des revues techniques qu'il n'a pas toujours comprises, mais il connaît les mots.

– Faut un clair-obscur pour l'ambiance. Mais dans clair-obscur, il y a clair. Tu piges ?

– J'croyais qu'avec ces nouveaux machins on f'sait c'qu'on voulait. T'appuies, là, c'est pour le jour. T'appuies encore, c'est pour la nuit !

– Eh... *(C'est l'autre. Celui qui a le moins parlé jusqu'ici. Elle ne sait pas lequel exactement.)* Quand vous aurez fini vos salades, faudra peut-être prendre une décision.

– Faut rentrer !

– Où tu veux qu'on l'emmène ? À l'hôtel ?

Celui qui a répondu semble le chef. Peut-être le plus vieux. En tout cas, le plus autoritaire. Les autres lui demandent son avis. Elle ne sait pas lequel c'est. Elle n'a pas fait attention. Elle a trouvé qu'ils se ressemblaient tous les trois. C'est vrai qu'elle ne pourrait pas les reconnaître. Mais comment leur faire comprendre ? Et c'est quoi cette histoire de cactus ? Si elle s'en sort, qu'est-ce qu'elle va avoir à raconter ! Non. Elle ne pourra rien dire. Les filles violées ont trop honte. C'est quoi, violée ? Y en a parmi ses copines qui savent. Toujours les mêmes, celles qui jouent les délurées. Elles dessinent sur leurs cahiers les zizis des garçons, et elles se moquent. C'est avec ça qu'ils violent ou autre chose ? Violer, c'est quoi ?

– On la ramène chez Djemal ?

– Vous me faites chier !

– Eh, c'est pas nous ! C'est ta putain d'idée à la con ! Ton cactus de mes deux ! on tourne ici, dans c'te cabane, et c'est classe !

C'est la voix grinçante de celui qui rouspète sans cesse. On sait pas trop si c'est la voix d'une fille ou d'un garçon.

La porte qui s'ouvre.

– Maintenant y fait nuit. Et merde !

La porte qui se referme violemment. Il vient vers elle. La pousse du pied. La maintient sur le dos de la pointe de sa botte. Elle crispe encore plus les paupières. NE PAS LE REGARDER. Elle a déjà oublié qu'elle les a vus.

– Bon... on va s'casser ! Alors c'est vous qui la prenez ?

– Ben, ouais, pisque tu peux pas.

– Attention, les mecs, j'la veux opérationnelle...

– Tu rigoles ! On n'est pas des clowns !

– C'est ça.

On la soulève. Elle suffoque sous la cagoule qu'on lui a enfoncée sans douceur et qui sent les cheveux sales.

– Attachez-lui les pognes.

Elle sent une corde autour de ses poignets. La douleur la fait gémir.

– Desserre, elle va pas s'envoler.

La corde se relâche un peu.

– Allez, hop, on embarque, grouillez !

Elle est à moitié soulevée et poussée dehors ; elle trébuche parce qu'elle ne voit rien.

Un coup sur l'épaule. Sec.

– Fais gaffe, connasse, merde !

Une portière s'ouvre, elle est jetée sur la banquette. Elle n'ose pas y croire, ne moufte pas. Ils la ramènent chez elle.

– Vous n'arriverez à rien, soupire Gardner avec une grimace. Ils n'oseront jamais seulement l'interroger.

Le consul Timothy Robinson reste les yeux obstinément fixés sur son sous-main. Ferrari allonge ses jambes et défait sa veste.

Dehors, l'air est beige. Beiges les trottoirs, les gens. Les immeubles de l'autre côté de la rue sont invisibles. De violentes bagarres ont éclaté la nuit précédente dans le Barrio Chino. Les nerfs sont à bout. Le vent étouffe, fait mourir les cardiaques, déchaîne les rancœurs, exacerbe les jalousies.

– Ils ont envoyé à Djemal une assignation à comparaître, lâche Ferrari.

– Et alors ? demande le consul en relevant la tête.

– Alors, rien.

– Djemal c'est un sous-fifre. Le patron c'est Rodríguez.

– On sait.

– Notre Drug Enforcement Agency a demandé à Interpol de lancer contre lui un mandat international, précise le consul.

C'est un grand type maigre à la quarantaine entamée, aux cheveux roux soigneusement coiffés en arrière. Il a débarqué à Juárez avec femme et enfants un an plus tôt. Son prédécesseur, qui fréquentait assidûment les bordels de la ville, est mort d'une hépatite C. Du coup, Washington a envoyé un consul fondamentaliste chrétien.

– Je suis là pour quoi ? grogne Ferrari.

Robinson écarte les mains. Gardner hausse les épaules. Le silence s'épaissit.

S'il y a une chose que déteste Ferrari c'est quitter New York. C'était un des seuls points de friction avec Ana Maria qui voulait à chaque congé des enfants les emmener « respirer dehors », comme elle disait.

« Et ici on respire pas ?

– Si, de la saleté ! Les enfants ont des poumons plus fragiles. Tu n'entends pas tousser les gosses de New York ? »

Tousser, les gosses de New York ! Lui qui y a passé sa vie a des poumons d'astronaute !

– Vous voulez rentrer ? hasarde le consul.

– Si je ne peux rien faire, oui.

– Faut prévenir Langley, intervient Gardner qui se recroqueville aussitôt sous le regard glacé que lui lance Ferrari.

– Ça vaut peut-être le coup de retourner voir le gouverneur, suggère le consul.

Personne ne répond. Gardner parce qu'il craint d'être douché par Ferrari, et Ferrari parce qu'il n'a pas envie de parler. Pourtant, l'attaché voudrait bien montrer son importance. Il n'a pas oublié ce que lui a dit Ferrari en arrivant. Son destin est en quelque sorte lié aux résultats. Et les résultats, jusque-là, balpo !

Ferrari se dresse d'un coup de reins, rattache sa veste, vérifie son nœud de cravate, se penche vers le consul à qui il tend la main.

– Monsieur le consul, je serai à mon hôtel jusqu'à la fin de la semaine. Si d'ici là rien ne s'est passé, je pars.

Le consul lui prend la main, se lève aussi, fait le tour de son bureau. Gardner n'a pas encore bougé. Le consul lui dit :

– Voudriez-vous montrer à l'agent Ferrari les différents procès-verbaux que nous avons reçus de Langley concernant Abdallah Djemal ?

Gardner, comme si on l'avait surpris les doigts dans le nez, se redresse vivement.

– Entendu, monsieur.

Les visiteurs prennent congé et Gardner veut entraîner Ferrari vers l'étage des archives. L'Italo-Américain le prend par le bras.

– Pas la peine, Gardner, je connais le dossier par cœur. Jusqu'à la couleur de ses slips. C'est pas ça qui le ramènera.

– Alors quoi ? rétorque Gardner légèrement vexé.

– J'ai peut-être répondu un peu vite à un gars d'ici qui n'était pas dépourvu de bonnes idées.

– Quelles bonnes idées ?

– Je vous tiendrai au courant. Le bonjour chez vous.

Gardner, déconfit, se retrouve seul devant le bureau de l'appariteur qui l'examine avec curiosité.

Le silence, ça n'a l'air de rien, ça peut même être angoissant. Mais se réveiller dans le silence alors que, depuis des lustres (quatre jours), dès l'œil entrouvert vous sentiez vibrer les fenêtres sous l'impact du sable et les maisons trembler sous les coups de l'autre furieux qui a parcouru, d'après les spécialistes, plus de mille kilomètres à travers les déserts pour venir s'écraser contre la frontière américano-mexicaine, ça fait du bien.

D'autant que, quoique remise, je ne suis pas retournée à l'hôtel. J'ai appelé Nina. Elle m'a aussitôt demandé si je rentrais, et devant ma réponse ampoulée mais néanmoins négative m'a raccroché au nez. J'ai rappelé deux fois et suis tombée sur sa boîte vocale. Je l'ai suppliée de me répondre, qu'on ne devait pas rester sur ce malentendu, que c'était le genre d'idiotie entêtée qui pouvait coûter un amour.

D'autant que Violeta, qui se pointe à l'instant avec le plateau du petit déjeuner, n'a pas chômé. Ni de jour ni de nuit.

– Cortez nous attend chez lui ce soir, m'annonce-t-elle en posant sur mes genoux le plateau chargé de café, de fruits pelés, de petits pains et d'œufs brouillés.

Elle s'installe à côté de moi, me pique les lèvres d'un baiser et commence à se tartiner ses petits pains.

– Il craint d'être surveillé. Il n'a pas tort. À chaque fois qu'une rafle est prévue par la Brigade financière, celle qui travaille avec votre FBI, les bars qu'ils visitent sont propres comme des sous neufs. Pas un gramme de coke, pas une arme, que des clients gentils et bien élevés. Cortez se méfie de tout le monde. Si les politiciens n'en croquaient pas, crois-tu que la mafia serait devenue un État dans l'État ? Du temps du PRI, le Parti révolutionnaire institutionnel, on savait la corruption qui régnait. En soixante-dix ans, ils avaient eu le temps de s'installer. Te rends-tu compte que Fidel Velásquez est resté cinquante ans à la tête de la Confédération des travailleurs mexicains... largement le temps de nouer des alliances et de se remplir les poches. Depuis, on a le PAN, le Parti Action nationale, et qu'est-ce que ça change ? On prend les mêmes et on recommence.

– Bon, dis-je en dégustant les meilleurs œufs brouillés de ces dix dernières années, c'est pas spécial à ton pays. Ne mélangeons pas les problèmes, querida. C'est l'impunité dont ils jouissent depuis des années qui les fait agir.

Le téléphone sonne dans la pièce d'à côté, et Violeta se lève pour répondre. Elle revient quelques minutes plus tard.

– Isabel Arvide. Elle veut nous voir.

– Qu'est-ce qui se passe ?

– Elle n'a pas dit mais elle semblait bouleversée. Elle nous attend chez elle.

Michael Ferrari, après avoir quitté le consulat, se dirige vers le quartier de la cathédrale. Il a besoin de réfléchir. La veille, il a prévenu sur sa ligne protégée par le STU3, le brouilleur mis en place par la CIA, le chef des Opérations de secteur à Langley de la difficulté à faire agir les autorités du comté de Chihuahua contre les narcotrafiquants de la région.

– Nous le savons, a répondu Forrest Taylor, en charge de l'Amérique centrale et du Sud. On le savait avant de vous y envoyer, Michael. On voulait juste qu'ils sachent qu'on ne fermait pas les yeux sur leur inertie, et que, s'ils ne bougeaient pas, aucune carte verte ne serait plus délivrée à leurs ressortissants, et que les conditions privilégiées assorties à l'Alena risquaient de changer.

– De vous à moi, Forrest, je suis sûr que les types que j'ai rencontrés s'en contrefoutent.

– Je n'en sais rien, et vous non plus. À partir de là c'est politique et ça change de maison. Ceux du Commerce extérieur n'ont qu'à s'emmerder avec.

– Alors je peux rentrer ?

– Pas tout de suite. Il faut trouver le moyen de les baiser. Une idée ?

– Ici, ils sont tous de mèche et leur grand trip actuel est l'assassinat des femmes toujours pas résolu.

– C'est pas votre problème. D'autres s'en occupent. Les consignes changent ici d'heure en heure. On vient d'intercepter à San Diego un cargo, le *Caridace,* affrété au Venezuela depuis que les ports colombiens sont trop surveillés. Il était chargé officiellement de machines-outils, mais en réalité bourré de trois mille six cents kilos de blanche très pure, qui devait être débarquée à Portland. Notre équipe basée à Carthagène nous avait prévenus il y a six mois de cette opération qui devait porter sur cent millions de dollars. La prise de cette drogue est une catastrophe pour les narcos mexicains chargés de la passer aux États-Unis. Ils vont être obligés de bouger. Les Mexicains touchent entre trente et quarante pour cent de commission sur la valeur de la cargaison. Sur ce coup, ce sont trente millions de dollars au bas mot qui s'envolent.

– Ouais. Et où sont nos gars ?

– Repliés sur Santiago. Mais deux d'entre eux y sont restés. Bon, on fait pas d'omelette sans casser des œufs, seulement c'est le moment de s'accrocher. Vous allez quitter Juárez où vous êtes bloqué, et remonter sur Tijuana.

– Pourquoi ?

– Parce que c'est le cartel de Tijuana qui a le plus dérouillé dans l'opération. Peut-être aurez-vous plus de chance là-bas. Et c'est là que ça risque de péter. Arrivé à Tijuana vous vous mettrez en contact avec Miguel Urias. C'est notre agent sur place. Il connaît la région et beaucoup de monde.

– J'ai la désagréable impression que la Maison improvise, Taylor.

– Plus ou moins, a admis à contrecœur le chef de secteur, mais ici c'est la pagaille. On nous demande de contrôler à la fois les trafiquants et les terroristes. À cause de ça, nos frontières sont archi-surveillées et la DEA veut en profiter pour frapper un grand coup contre les producteurs de drogue. Vous avez vu Maple, avant de partir ?

– Non.

– Dommage, il vous aurait tout expliqué.

– Ils m'ont fait partir comme si j'avais une fusée dans le pantalon. À les entendre il n'y avait pas une minute à perdre !

– À cause du *Caridace*. Ils fouettaient comme des malades de le laisser filer. Les ports vénézuéliens ne sont pas encore sous contrôle et il s'en est fallu d'un cheveu qu'on se fasse avoir. Au dernier moment, les narcos avaient décidé de modifier l'itinéraire. C'est d'ailleurs en nous prévenant in extremis que notre agent s'est fait descendre. Le cargo a été intercepté à deux cents milles de nos côtes parce que, une fois qu'ils ont débarqué, on ne les retrouve plus.

– J'vois pas le rapport.

– Eux, si. Bon, Michael, voyez ce que vous pouvez faire à Juárez, mais si vous sentez que c'est cuit, laissez tomber. On les rattrapera plus loin. Au fait, le parrain de Tijuana s'appelle Jorge Hank Rhon. Il contrôle tout et est adoré de ses concitoyens. Ce sera duraille.

Bande d'enflés, a-t-il pensé en raccrochant. Il s'est souvenu qu'à l'époque du gouvernement précédent, le ministre américain de la Justice, Janet Reno, avait négligé le rapport contre le chef du cartel de Tijuana. Maintenant ils se réveillaient. Putain de politique, pensa-t-il tout haut.

Il s'assit sur un banc près de la cathédrale et regarda palabrer les types venus chercher du travail et qui attendaient parfois toute la journée qu'un patron s'arrête et les embarque dans sa camionnette pour qu'ils puissent rapporter le soir à leur famille de quoi bouffer.

Il repoussa du pied le ballon d'un gamin et sourit à sa mère qui déjà se précipitait.

Les filles étaient au travail et interpellaient les touristes débarqués de l'autre côté de la frontière, parce qu'il ne fallait pas qu'elles comptent sur leurs compatriotes fauchés pour gagner leur vie. Du moins, pas sur ceux qui déambulaient là et les lorgnaient avec gourmandise en jetant des plaisanteries auxquelles elles répondaient sur le même ton, créant une chaîne de rires. L'atmosphère était à la légèreté après ces jours de tempête où il avait fallu se terrer.

Celles qui étaient là n'étaient pas parmi les plus moches. Les moches et les vieilles opéraient dans les bidonvilles où, pour un verre de vin, elles se mettaient à genoux. Mais les filles de la cathédrale n'étaient pas mieux loties, envapées par la drogue qu'elles prenaient, faisant fonctionner en même temps la caisse enregistreuse de leurs macs.

Ferrari avait parfois l'impression que n'importe quel métier aurait eu plus d'utilité que le sien. Il était aussi profitable de cavaler contre les criminels que de vider l'Océan avec une petite cuillère.

Il y avait perdu les siens, et qu'est-ce que ça avait changé à la face de ce putain de monde qui se roulait dans sa propre merde ? Depuis, il y avait eu le 11 septembre et la guerre en Irak. Les bombes humaines et les chauffeurs fous. Ben Laden avait repris la tête de la Croisade islamique, et cahin-caha on était arrivé au « Choc des civilisations » qu'on avait cru ne jamais devoir se produire après qu'un Jap allumé avait annoncé la « Fin de l'Histoire ».

Et pendant ce temps, les criminels de tous poils continuaient tranquillement leur négoce.

Il ressentit un picotement le long de la colonne vertébrale et se raidit imperceptiblement. Sans bouger la tête, il jeta un coup d'œil alentour.

Des années passées sur le terrain lui avaient appris à ne pas négliger ses sensations. Pourtant, rien n'indiquait un quelconque danger. Les voitures s'entremêlaient toujours avec ardeur, les cars déversaient leur cargaison humaine, les dealers dealaient, les filles empaumaient, des processions de fidèles entraient à la queue leu leu dans la cathédrale en se signant furieusement. Alors, c'était où et quoi ?

Il ramena ses jambes sous lui et fit mine de se lever. Puis il tourna franchement la tête à droite et à gauche comme s'il cherchait à se repérer. Regarda l'heure et se leva nonchalamment en examinant la foule.

L'édifice religieux se trouvait coincé entre l'avenue de la Paz et les rues Ugarte et Escobar, animées et bondées de touristes qui déambulaient d'une boutique à l'autre, traînés par leurs guides gratifiés par les commerçants. Familles obèses aux bouches mastiquant en permanence, les bras encombrés des laideurs de l'artisanat local, entassant les souvenirs qui iraient rejoindre dans les tiroirs ceux des vacances précédentes. Difficile dans ce contexte de repérer quoi que ce soit.

Il pensa à Cortez qui l'avait filé avant de l'aborder, mais il imagina que si le policier voulait le contacter, il serait dorénavant plus direct.

Il s'éloigna de l'espèce de square où il s'était assis, et passa en revue les voitures stationnées, cherchant à repérer celles occupées par au moins deux hommes.

Mais pourquoi lui en voudrait-on ? Il n'avait connu, hélas, aucune réussite dans sa mission, à part la prise mineure de drogue avec Gardner, qui à son sens avait déjà dû retrouver ses propriétaires.

Il longea le marché aux fruits et légumes qui s'étalait devant le parvis de la cathédrale et se félicita d'avoir laissé son Sig, trop encombrant, dans la mallette à l'hôtel, privilégiant le .38 à canon court, plus facile à dissimuler dans la ceinture.

Il entra dans le marché, se mêlant aux chalands, faisant des tours et des détours, s'arrêtant devant les étals, les yeux aux aguets.

Il surprit un mouvement furtif derrière la fontaine plantée au milieu des marchands, et qui, par hasard, n'était pas surchargée de mômes pataugeant.

Il acheta un tamal et se mit à le manger en revenant sur ses pas, son attention subaiguisée. Une Indienne qui portait son enfant dans le dos le bouscula et fit tomber le tamal. C'est en se baissant pour le ramasser et le jeter dans une poubelle qu'il repéra un deuxième homme qui se dissimula précipitamment derrière un banc de ponchos.

Il sentit son cœur cogner contre ses côtes et regarda autour de lui. À part un groupe de touristes qui remontaient dans leur car, il était le seul gringo sur la place, aussi visible par sa taille et son allure qu'une mouche dans du lait.

Il plongea la main dans son dos et sentit sous ses doigts la crosse du .38, qu'il saisit pour le glisser dans sa poche de veste.

Il traversa le marché en diagonale alors que s'allumaient les réverbères de la place, ce qui provoqua un *olé* joyeux de la part des marchands qui s'empressèrent d'éteindre leurs propres lampes.

Il vit l'homme aperçu derrière la fontaine sortir de sa cache et marcher dans l'allée voisine. Le deuxième, sorti lui aussi de derrière les ponchos, vint à sa rencontre. Au même instant, une voiture de marque allemande avec deux hommes à bord démarra lentement et roula le long du marché.

Une coulée de sueur lui dégoulina dans le dos. Ils l'avaient coincé sur les trois côtés. Mais comment ces tordus allaient-ils s'y prendre au milieu de cette foule ? Impossible de tirer sans toucher quelqu'un.

Il s'arrêta et plongea la main dans sa poche pour s'emparer de son arme. Il libéra le chien et pointa le canon au travers du tissu. Celui qui marchait en parallèle gagna son allée et se colla derrière lui.

De la voiture sortit un homme qui se fraya un chemin vers eux. Celui des ponchos se rabattit, ralentit et s'arrêta, faisant mine de s'intéresser à des bijoux de pacotille étalés sur une étoffe à même le sol.

Il comprit comment ils allaient s'y prendre. Pas avec une arme à feu. Avec un poignard ou un poinçon. Instinctivement, il se raidit.

Ce serait probablement le suiveur qui le poignarderait quand il arriverait à la hauteur de l'amateur de bijoux. Il chercha le troisième homme des yeux mais ne le vit pas.

Sur le point de dépasser le deuxième, celui-ci releva la tête et Ferrari comprit à son expression que son complice s'apprêtait à passer à l'attaque.

Il se retourna brusquement, fléchit sur ses genoux, et tira au travers de sa poche. Son assaillant reçut la balle dans l'épaule, mais pas du côté où il tenait son arme. Il se rua en avant en brandissant un pic à glace.

Le coup de feu avait figé la scène, qui se remit en mouvement quand dans un même élan de panique les passants se mirent à courir de tous côtés. On n'avait pas besoin d'expliquer aux habitants de Juárez ce qu'était un coup de feu.

Ferrari roula sur lui-même à l'instant où l'amateur de bijoux se jetait sur lui, tira dans sa direction, se releva et courut à toutes jambes vers le troisième qui venait d'apparaître derrière une bâche et le visait avec un pistolet.

Il s'aplatit à terre au moment où le pistolet crachait ses balles, entendit derrière lui un cri de douleur aiguë, vit dégringoler une femme et se répandre le contenu de son cabas, se releva pendant qu'une balle lui emportait un bout d'oreille, l'assommant à moitié, et titubant et essayant d'arrêter le sang qui pissait, courut à perdre haleine hors du marché.

Il entendit derrière lui une course effrénée et des cris. Au carrefour, deux policiers le regardèrent débouler, les yeux écarquillés.

Il bifurqua en arrivant sur eux, et quand ils tirèrent leur arme de leur étui, il leur cria en espagnol qu'il était poursuivi par des bandits. Soit son espagnol leur était incompréhensible, soit ils pensèrent que le bandit c'était lui, ils lui intimèrent l'ordre de s'arrêter, armes braquées.

Ce qu'il aurait peut-être fait si, derrière lui, ses poursuivants avaient cessé de tirer. Comme il dépassait les deux flics il vit l'un d'eux arrondir sa bouche dans un O de stupeur et porter la main à sa poitrine où s'épanouissait une fleur rouge.

Il tomba au ralenti tandis que son collègue, affolé, tirait n'importe où, touchant des voitures qui s'encastrèrent les unes dans les autres, cependant que les poursuivants de Ferrari continuaient de dégommer les passants.

En une minute la place fut transformée en espace de folie. Les gens se ruaient hors de leurs voitures, les motos dégringolaient en glissant sur l'essence et l'huile qui s'échappaient des réservoirs troués ; des femmes et des hommes cavalaient au milieu des voitures forcées de freiner en catastrophe, ajoutant du bruit à la panique, puis, sans doute pour se rassurer, klaxonnaient à perdre haleine, et ce fut ce moment que choisirent les cloches de la cathédrale pour sonner à toute volée la fin de la messe vespérale.

Ferrari courait comme un dératé, enfilant les rues les unes après les autres, sautant par-dessus des barrières de jardinets privés, et ne s'arrêta qu'à bout de souffle dans le fond d'une impasse qui lui interdisait toute fuite. Il se dissimula derrière une barrique en fer surchargée d'immondices et attendit ses poursuivants.

Peut-être blessés, peut-être découragés, ils ne vinrent pas.

Il demeura un long moment avant de reprendre son calme, et décida de ne pas rentrer à son hôtel.

Isabel nous ouvre la porte et je comprends tout de suite que quelque chose cloche. Elle ne paraît pas surprise de nous voir débarquer ensemble.

Voilà donc le logis où elle m'avait invitée le soir où j'ai rencontré les trois mauvais. Une pièce pas très grande où voisinent, avec deux classeurs métalliques, un bureau occupé par un ordinateur et un scanner ; des diagrammes au mur, un canapé deux places pas jeune, une table ronde entourée de trois chaises. Deux portes, dont une ouverte sur une petite cuisine.

Pas le genre nid d'amour.

– Asseyez-vous.

Elle est pâle et paraît tendue. Elle tire une chaise et s'assoit de l'autre côté de la table.

– Vous voulez boire quelque chose ?

– Qu'est-ce qui se passe ? l'interrompt Violeta.

Isabel entremêle ses doigts et les considère d'un air songeur. Puis elle relève la tête et nous regarde fixement un moment avant de lâcher :

– On a retrouvé une nouvelle victime.

Je lance un coup d'œil à Violeta.

– Où ? demande-t-elle.

– Dans le désert, au niveau de la cote Bravo, au sud-est de la ville. Attachée à un cactus.

Elle a la voix complètement blanche. Aucune intonation. Je n'aime pas son regard. Je me penche vers elle et lui prends la main.

– Ressaisissez-vous, Isabel.

Elle tourne ses yeux vers moi, ne répond pas, fouille dans un classeur près de l'ordinateur et pose trois photos sur la table devant nous. J'entends Violeta hoqueter et je baisse les yeux.

Je les ferme aussitôt, lâche la main d'Isabel, me lève et vais me planter devant la fenêtre en serrant les lèvres sur la nausée qui me tord l'estomac.

Aucune ne parle. Je sais ce qu'elles ressentent, et ce qu'elles ressentent est au-delà des mots.

J'entends une chaise repoussée et Violeta me rejoint. Elle pose la main sur mon épaule et reste à mes côtés, fixant la rue sans la voir, comme moi.

– Matilda Vásquez, douze ans, récite Isabel de sa place, enlevée à la sortie de l'école. Le chauffeur du bus se souvient d'elle. Elle est descendue à l'arrêt près de chez elle et n'est jamais rentrée.

» On a retrouvé du sperme dans sa bouche, son anus et son vagin qui ont été déchirés. On lui a aussi arraché les cheveux par plaques. Tuée de quinze coups de couteau portés sur le buste et dans le ventre. Probablement attachée encore vivante sur un cactus cierge porteur d'épines pouvant atteindre quinze centimètres. Ce qui a fait dire au légiste, dans son rapport, que l'on était en présence d'un supplice connu au Moyen Âge sous le nom de Vierge de Nuremberg.

Elle se tait enfin. Je ne sais pas comment font mes compagnes, mais moi j'ai le cerveau en bouillie et le corps pris dans un bloc de glace.

Dans ces moments-là, tout l'effort du cerveau consiste à brouiller les images que lui-même génère, à déconnecter les sensations, à geler les émotions, à simuler une sorte de coma éveillé pour tenter de nous mettre à l'abri. Il a un travail fou, le cerveau. Il doit nier ce qu'il sait, travestir ce qu'il voit, bloquer du mieux qu'il peut la révolte du soma pour ne pas y laisser trop de plumes. Combat vain et perdu d'avance. Il ne m'a pas rendue aveugle le temps que je regarde les photos. Trois secondes qui vont me hanter jusqu'à la fin de mes jours.

– Pour la première fois peut-être, depuis que ces crimes existent, la police appelée sur les lieux a procédé à un relevé des indices, et l'autopsie a été immédiatement entreprise. Les empreintes ont révélé qu'au moins trois hommes ont participé au crime. On a retrouvé des empreintes de pneus de voiture qu'on a pu mouler au plâtre. Les traces de sperme ont été envoyées à El Paso au laboratoire du FBI pour y être analysées. Les vêtements de la victime et tout ce qui se rapporte au crime ont été remis au bureau des pièces à conviction. La mère a reconnu sa fille sur photo car il était impossible de la lui montrer.

Je me retourne vers Isabel qui garde les yeux fixés sur les feuillets qu'elle vient de nous lire. Violeta la regarde aussi, parce que, presque autant que ce qu'on vient d'entendre, c'est la façon de lire d'Isabel qui a été effrayante.

Une voix neutre, dénuée d'émotion et de chaleur. Détachée au point de faire mal. Isabel n'a pas trouvé autre chose pour se protéger que se glisser dans cette froideur mortelle.

Mais elle se trompe, Isabel, comme moi, comme Violeta, comme tous ceux qui participeront à la traque des monstres et qui devront regarder et entendre, lire et déchiffrer les rapports sur une enfant suppliciée, sacrifiée à la fureur des hommes.

– Ils vont les attraper ? je demande.

Et ma propre voix me fait peur.

Elle me regarde, pince les lèvres, réfléchit et hausse les épaules.

– Peut-être. Peut-être les bourreaux qui l'ont fait. Ceux qui les ont envoyés, pas sûr.

– Cortez nous attend ce soir chez lui, dis-je. Il a des projets pour eux.

J'ai passé l'après-midi à refaire avec Violeta le chemin de Matilda Vásquez de son école à chez elle. On a suivi la ligne 1 du bus qu'elle a pris et on a quitté le taxi à l'arrêt où elle est descendue.

Une épicerie-tabac occupe le coin de la ruelle qu'elle devait emprunter pour rentrer chez elle. Violeta a interrogé les commerçants sur ce qu'ils auraient pu voir ce soir-là. Mais bien sûr, comme tous les habitants de cette curieuse ville, ils sont sporadiquement atteints de cécité et de surdité.

– Ils claquent de trouille, ronchonne Violeta.

– Tu penses que c'est un coup des narcos ?

– Oui. J'ai su par un de mes contacts à la préfecture que les inspecteurs ont retrouvé sur les lieux du crime un emballage de vidéocassette. Enfin, pas un emballage, la languette de fermeture.

– Et... ?

– S'ils ont tourné une snuff movie, il n'y a que les réseaux de la drogue qui sont assez puissants pour les écouler dans des circuits organisés. Chez eux ça ne passe pas par Internet, pas assez rentable. Ils organisent des soirées magie noire pour des toqués richards qui achètent très cher les films de ce genre. On en a eu à Mexico. On dit même que du temps de l'ancien gouvernement, c'était une distraction très recherchée.

Je la regarde.

– Qu'est-ce que ça à voir avec la sociologie ?

– Quoi ?

– Tu sembles très impliquée dans ces histoires. Tu m'as dit que tes parents connaissaient les huiles d'ici, et que ça te protégeait. Quel est ton rôle exactement ?

Elle ne répond pas tout de suite et a ce geste, que j'ai déjà remarqué, de rejeter une mèche derrière l'oreille lorsque quelque chose l'embarrasse.

– Mon père est procureur général à Mexico.

– Et...

– C'est leurs histoires, coupe-t-elle.

Elle s'éloigne de quelques pas, regarde la ruelle comme si elle pouvait lui révéler ce qui s'est passé pour Matilda.

– La justice est corrompue partout, laisse-t-elle tomber.

Elle relève les yeux vers moi.

– S'ils n'obéissent pas... on ne peut pas imaginer la puissance de la mafia. On parle de la Colombie... le gouvernement a les mains liées. Je ne veux pas devenir comme eux, c'est tout.

Je n'ai pas insisté et on est allées jusqu'à la maison où vivait Matilda. On a trouvé sa mère et sa grand-mère. Elles étaient entourées des voisins du quartier. Personne ne parlait, ils se contentaient d'être là. Les femmes, parfois, les prenaient dans leurs bras et les serraient contre elles, tandis que les hommes se tenaient à l'écart, en fumant, mal à l'aise dans cet univers de femmes où l'une d'entre elles avait été tuée par la folie masculine.

On est restées, à essayer d'entendre ce qui se disait, pour le cas où quelqu'un aurait vu quelque chose.

La mère et la grand-mère étaient prostrées. Elles avaient les yeux secs et rouges d'avoir trop pleuré. Leur peau parcheminée avait la transparence du papier et la couleur de la cendre. Elles regardaient droit devant elles, les lèvres serrées, et j'étais presque certaine qu'elles n'entendaient ni ne voyaient rien. Quand, plus tard, leurs amis et voisins leur diraient être venus, elles ne s'en souviendraient pas. Elles étaient assises côte à côte autour de la table où des visiteurs avaient disposé des assiettes avec des galettes et des fruits qu'elles n'avaient pas touchés.

Au bout d'un moment, Violeta m'a fait signe et on est ressorties. Le quartier, ouvrier, n'était pas déglingué comme d'autres dans la ville. Presque bourgeois, avec quelques boutiques d'alimentation et des échoppes d'artisans.

La maison des Vásquez avait un étage et un toit en zinc, ce qui était le signe d'une assez bonne situation sociale. D'ailleurs, Mme Vásquez, qui élevait seule sa fille avec sa mère, était responsable d'une supérette dans le centre. Leur maison n'était pas à plus de cent mètres du croisement de la rue et de l'avenue où circulait le bus et il aurait dû y avoir des témoins de l'enlèvement.

D'après ce que Violeta avait appris, les enquêteurs avaient interrogé le voisinage sans rien obtenir.

– C'est pas possible que personne n'ait rien remarqué !

– Quand on a pris l'habitude de regarder ailleurs on ne voit plus rien, a répliqué Violeta. Mais je reprends un peu confiance. À mon sens, c'est la première fois ou presque qu'une enquête est aussitôt entreprise avant que la piste du sang ait refroidi. C'est peut-être un début.

– Un début de quoi ?

– De désir de justice de la part des autorités. Ils doivent sentir que le vent tourne et ouvrent le parapluie. Ce n'est pas le moment de flancher.

On a repris un taxi et on est allées parler à Perea

que Violeta connaissait. Il nous a confirmé la thèse de snuff movie, pas seulement à cause du bout de pellicule, mais de la mise en scène. Il y avait déjà eu des victimes découvertes soit sur des chevalets soit sur des espèces d'autels dressés en plein air ou dans des caves. Leurs tortionnaires ne se donnaient même pas la peine de faire disparaître les corps. Comme on les retrouvait souvent longtemps après, il n'y avait plus ni empreinte ni fluide d'aucune sorte, ou alors on ne les cherchait pas.

D'après ce que nous a appris Perea, c'étaient parfois des prostituées, ce qui expliquait en partie l'apathie de la police. Peut-être le fait que ce soit une écolière avait-il cette fois stimulé les énergies.

– Vous savez quand El Paso va renvoyer les résultats d'analyse ? lui ai-je demandé.

– Dans la semaine. Tout ce que je souhaite c'est que ça ne se perde pas en route.

Il paraissait las et désabusé. Des rouleaux de pellicules séchaient sur des fils au-dessus de son bureau et je les ai regardés. Il y avait un peu de tout comme chez un photographe. Des photos de mariage m'ont frappée.

– C'est qui ? ai-je demandé.

– La noce du frère cadet de Carillo Fuentes. Cinq cents invités qui ont bu du champagne qui sortait sans discontinuer de fontaines installées dans les jardins de la maison de famille. La fiancée est la fille de professeurs d'anglais de Tijuana. De braves gens que ne semble pas troubler le fait que leur fille entre dans une famille d'assassins.

J'ai pris des photos de la cérémonie à la cathédrale. Tout le monde pleurait d'émotion, chacun feignant de ne pas voir l'armée de gardes du corps qui entouraient le frère aîné, responsable de la Famille. Son cadet suit d'ailleurs ses traces. Mais lui s'intéresse davantage aux jeux et à la viande fraîche qu'à la drogue. Il semblerait que ses machines à sous et ses bordels couvrent une bonne partie du territoire. Sa petite femme ne manquera jamais de rien.

On a laissé Perea qui, auparavant, a tenu à me donner des nouvelles de Carlos Tapia.

– Il me parle sans arrêt de vous, me demande ce que vous faites, où vous êtes. J'ai dit que vous aviez quitté Juárez pour poursuivre votre enquête. Vous lui avez tapé dans l'œil.

– C'est bien ce qui a failli lui arriver, en réalité. J'avais l'impression d'un papier collant que l'on n'arrive pas à se décoller des doigts.

Isabel nous a rejointes chez Cortez et on fait connaissance de trois hommes qu'il nous présente.

– Brigadier Sergio Maladata.

L'homme, assez corpulent, avec un gros visage épais et grêlé, se lève et nous serre la main tour à tour en silence. Il a le regard aussi vif qu'une crevette.

Les deux autres, plus jeunes, sont sergents et se nomment Jesús Zaragoza et Armando Moteles.

Cortez distribue des bières et des jus de fruits puis expose la situation.

– Tout d'abord, fait-il, tourné vers nous trois assises en rang d'oignon et serrées sur l'unique canapé, mes trois camarades et moi-même risquons notre tête si l'on apprenait ce que nous voulons faire. Quant à vous, mesdames, ce serait l'incarcération, et les prisons mexicaines, Isabel Arvide peut vous en parler, n'ont rien d'agréable. Donc, à chacun, la plus grande discrétion est recommandée.

Il s'arrête dans son discours et tète sa canette de

bière. Je les regarde tour à tour et me dis que je suis en train de me lancer dans une superbe connerie. Au moindre bobo, je me retrouverai avec sur le dos un procès retentissant qui mettra très mal à l'aise mon pays accusé de s'immiscer illégalement dans les affaires judiciaires d'une nation amie et souveraine. Le Département d'État, pour ce que j'en sais, me laissera tomber comme une vieille chaussette s'il ne m'enfonce pas davantage pour se dédouaner vis-à-vis des autorités mexicaines.

Le kidnapping, même d'un assassin tordu, est dans mon pays un crime fédéral, et je ne parle pas de l'Américain qui s'en rend coupable chez un voisin. Pour lui, c'est deux siècles de taule à la clé. J'ai une pensée pour Nina.

Cortez, pour nous mettre en bouche, sûrement, nous fait passer des photos des victimes. On les regarde et je me surprends à garder un œil plus distant. Sauf sur celle de Matilda Vásquez. Est-ce que parce que sa mort me semble plus atroce ou parce que c'est la plus récente ? s'habitue-t-on à l'horreur ? Pas sûr. Les flics des homicides arrêtent souvent leur carrière prématurément pour ne pas sombrer dans la dépression grave ou la névrose. Et si j'ai souvent été choquée par leur apparente désinvolture, voire leur humour macabre, devant des spectacles à faire vomir un zombie, j'ai compris que c'était une manière de se défendre.

Côtoyer sa vie durant les déchets de l'humanité n'est pas la meilleure façon de la vivre. Les médecins pensent que les gens bien portants sont des malades qui s'ignorent, et pour les flics, il n'y a pas d'innocents qui ne puissent un jour être coupables. Question de circonstance.

– Vous espérez vraiment qu'enlever un trafiquant

obligera les autres à s'acheter une conduite ? je demande d'un ton volontairement ironique.

Ils me fixent, et j'ai l'impression d'avoir un faisceau de canons de fusils braqués sur moi.

À cet instant on frappe à la porte, et le faisceau en entier se retourne d'un air inquiet. Maladata interroge Cortez du regard. Celui-ci secoue la tête et se lève.

À pas comptés il se dirige vers la porte. On comprend qu'il n'attendait personne et moi je comprends qu'on se la joue clandestins. J'étais venue pour un reportage et je me retrouve dans les rangs de la guérilla.

– Qui est là ?

– Agent Ferrari.

Je vois Cortez se raidir et ouvrir vivement. Ferrari achève de la pousser et entre avant d'y avoir été invité. Les trois hommes de Cortez se lèvent comme un seul. Moi aussi, parce que Ferrari ne ressemble pas à Ferrari. Il a le côté droit de la tête maculé de sang coagulé et son costume à mille dollars de chez Armani paraît sorti d'une déchetterie.

– Bonsoir, je ne vous dérange pas ?

– Que vous est-il arrivé ? demande Cortez.

– Je peux m'asseoir et avoir un verre d'eau ? répond l'homme de la CIA.

Cortez l'invite du geste et lui remplit un verre de jus de fruits. Ferrari l'avale d'un trait et lui retend son verre avec un sourire. Cortez le sert à nouveau.

– Merci. (Il me regarde.) Je ne pensais pas vous trouver ici.

– Moi non plus. Mais moi, j'étais invitée.

Il passe la main sur sa joue et la retire avec des caillots de sang qui le font grimacer.

– Je peux me laver ?

– Là, dit Cortez en lui désignant une porte.

Ferrari se lève et disparaît.

Il ressort peu après, la figure propre et un pansement sur l'oreille. Il a toiletté son costume et remis sa cravate en place.

– Comment s'appelle cet artiste qui s'est coupé l'oreille dans une crise de delirium ? demande-t-il, souriant.

Comme personne ne paraît disposé à répondre, je lâche :

– Vincent van Gogh.

– C'est ça ! Peut-être que grâce à lui j'aurai droit, comme disait Warhol, à mon quart d'heure de gloire !

Sa jovialité ne déride pas l'assistance, surtout masculine. Avez-vous remarqué que les femmes sont souvent plus promptes à dédramatiser ?

– Je m'excuse de débarquer comme ça chez vous, d'autant que vous avez des invités dont je ne faisais pas partie. J'étais venu vous dire que j'ai réfléchi à votre proposition de l'autre jour et que si vous voulez toujours de moi, j'en suis, dit-il à Cortez.

Celui-ci fronce les sourcils et l'assistance reste coite.

– Pourquoi ?

– Parce qu'on vient d'essayer de me tuer, répond Ferrari, souriant.

– Qui ?

– Justement, je ne suis pas sûr. Mais visiblement je gêne du monde. Descendre un agent de la CIA, c'est pas le genre des truands, trop risqué.

– La police ?

Ferrari hoche la tête, s'assoit et machinalement arrange son pli de pantalon.

– C'est qui ? demande-t-il en désignant Maladata et les deux autres.

– Des collègues. Ceux qui doivent m'aider.

– Bravo. (Il laisse passer un temps.) J'ai des renseignements qui peuvent peut-être vous intéresser.

– Comme quoi ? demande Cortez.

– Le cartel de Tijuana vient de subir une lourde perte suite à l'arraisonnement par nos services douaniers d'un cargo porteur de plus de trois tonnes d'héroïne. Mes chefs pensent que cette histoire va faire bouger tous les trafiquants mexicains et que ce serait peut-être le moment d'intervenir, d'autant que ce n'est pas la première prise importante.

– Ce serait donc ça, murmure Cortez.

– Quoi donc ?

– Nos services affectés à la surveillance ont signalé une activité anormale autour des gangs de Juárez. Rodríguez et d'autres se sont réunis dans leur repaire habituel d'Ojo de la Punta. Si ça se trouve, ils ont décidé de rencontrer le chef du cartel de Tijuana pour élaborer une défense commune. J'attends des renseignements d'un de mes indics. Maladata, dit-il en se tournant vers son collègue, tu confirmes, hein ?

– Affirmatif, patron. Rodríguez a envoyé son bras droit à Tijuana hier. On l'a vu prendre l'avion avec une demi-douzaine de ses tueurs. Et à part rencontrer Hank Rhon, je ne vois pas ce qu'il irait faire là-bas.

– Qui est Hank Rhon ? je demande.

– Le patron de Tijuana, répond Cortez. Il se présente à la mairie. Il ne bougera pas d'ici les élections.

– Attendez, attendez, dis-je en secouant la tête comme si je venais de recevoir un coup. Vous dites que c'est un narcotrafiquant et il se présente comme maire ?

– Oui, répond Cortez sans l'ombre d'un sourire. Et il a toutes les chances de gagner.

– Dans ce cas il deviendra le Parrain de tous les parrains de la région, intervient Isabel Arvide. Il est soutenu par le PRI. S'il est élu, il aura à sa botte les politiciens de l'État de Chihuahua, la justice et la police. Ce qui doit hautement déplaire aux autres trafiquants.

– Vous allez avoir votre guerre des gangs comme à Chicago dans les belles années, sourit Ferrari.

– Alors laissez-les s'entretuer, suggéré-je.

– Ce n'est pas aussi simple chez nous.

– Vous vous éloignez de notre problème, remarque froidement Violeta. La drogue est une chose, l'assassinat des femmes de Juárez en est une autre.

– Pas du tout, objecte Isabel, tout est lié.

– Quel était votre plan, capitaine Cortez ? je demande.

Il hausse les épaules comme celui qui ne croit plus à ce qu'il va dire.

– Nous emparer de Carillo Fuentes qui me semble le moins protégé parce que le plus fantaisiste. Il peut quitter sa villa sur un coup de tête sans prévenir personne et descendre en ville pour s'envoyer une fille ou parier sur des combats de chiens ou des courses de chevaux. Il se croit invulnérable à cause de la réputation qu'avait son père, mais il ne le vaut pas et est beaucoup moins respecté que le vieux.

Je lève les yeux au ciel. Pour un plan merdeux c'est un plan merdeux. Les Dalton à côté sont de fins stratèges.

– Vous ne pensiez tout de même pas réussir, susurré-je.

Ferrari esquisse un sourire que je ne qualifierai pas de cordial.

– Nous avons un atout, dit-il. La surprise. Ces super-mégalos se croient aimés et craints. Jamais ils n'imagineraient des gens assez fous pour s'attaquer à eux.

– Je ne sais pas, je ne sais pas, lâche Cortez en se laissant tomber sur une chaise. Avec l'autre salaud à la tête de la mairie de Tijuana, c'est pire que tout. Vous vous rendez compte, s'exclame-t-il soudain en se dressant, que ce fumier est soupçonné d'avoir fait descendre en 1988 par deux de ses hommes de main, Vera Palestina et Victoriano Medina, un journaliste très connu, Félix Miranda, qui enquêtait sur lui ? Les deux assassins s'en sont pris pour vingt-sept et vingt-cinq ans de tôle, et lui, grâce aux relations de son père, en est sorti blanc comme neige.

– Vous oubliez le plus récent, intervient Isabel. Francisco Javier Ortíz, journaliste à *Zeta,* le journal pour lequel travaillait déjà Miranda, abattu devant ses enfants de quatre balles, deux dans la tête, deux dans la poitrine, parce qu'il disait posséder des preuves de l'implication de Hank Rhon dans le meurtre de Felix Miranda. Il affirmait aussi pouvoir démontrer les liens étroits qui unissent Hank Rhon et Arellano Felix, qui est à la tête de la plus grosse dynastie de trafiquants, et dont le frère Ramón, le plus dément de tous ces cinglés, a été abattu par l'armée en 2002, pendant que son frère Benjamin, le cerveau de la famille, était capturé. Mais ne croyez pas que ça ait arrêté la violence. La police crève de peur. Ces types circulent en voiture de luxe, style 4 × 4 à vitres teintées. Dès qu'ils les voient, les flics tournent la tête.

– Dites, si vous savez tout ça, je suppose que vous n'êtes pas les seuls. J'ai assez de matière pour un reportage explosif sur ce qui se passe ici, mais est-ce que je peux publier les noms ?

– Mexico le sait, coupe Isabel. Bien sûr. Les autorités ont officiellement désigné Hank Rhon comme l'un des principaux suspects du dossier Ortíz, mais il n'a jamais été interrogé. On dit là-bas qu'il ne sera pas inquiété, que l'affaire est suivie seulement par la police locale parce que le gouvernement fédéral ne veut pas se mouiller.

– Donc, impasse sur les assassinats de journalistes, sur le trafic de drogue, sur le blanchiment de l'argent, et bien entendu sur les meurtres de femmes de Juárez... Qu'est-ce qu'on fait ici ?

Je le sais, une règle veut que l'on abatte le messager de la mauvaise nouvelle plutôt que de s'attaquer à la « nouvelle ». C'est ce que font présentement mes « amis ». Ils me dévisagent, non seulement sans aménité, mais avec hostilité. Sauf Ferrari qui tripote son oreille blessée en paraissant réfléchir.

– Tout ce qui t'intéresse, dit soudain Violeta, c'est ton reportage !

Je soupire.

– C'est vrai qu'en venant ici je ne pensais pas devoir réformer le système politique mexicain. Mon ambition, outre rapporter un reportage, était de faire connaître ce qui se passait à Juárez, et peut-être en battant le tocsin de faire en sorte que cessent ces meurtres. Mais à mon sens, ils font partie du paysage.

Ferrari se lève de sa chaise et fait quelques pas en nous regardant l'un après l'autre.

– Cortez, vous connaissez du monde à Tijuana ?

Celui-ci hoche la tête.

– Des flics ? Quelques-uns...

– Vous êtes sûr que Hank Rhon va être élu ?

– À quatre-vingt-dix-neuf pour cent.

– Alors il va faire une fête, je me suis laissé dire qu'il adorait ça.

– Probable qu'il va dispenser la manne sur la tête du bon peuple, c'est son habitude.

– Tout le monde va boire jusqu'à s'abrutir, continue Ferrari.

– Sûrement.

– C'est là que nous pouvons intervenir.

– Vous voulez aller à Tijuana ? demandé-je.

Il hoche affirmativement la tête.

– Pourquoi ?

– Pour m'emparer de Rodríguez et de Djemal, s'il y est.

– Et l'extrader chez nous ?

Il plisse les lèvres.

– Ou lui proposer un marché.

– De quel genre ?

– Ça, c'est ma botte secrète.

Nina ne me donne aucune nouvelle. Du coup, Violeta a moins de charme. C'est un grand classique. Si Nina me disait à la minute de rentrer, je ne prendrais pas le temps de fermer mes valises que je sauterais déjà dans un avion.

En outre, leur plan d'enlèvement me semble dingue. Si Woody apprend que je m'apprête à devenir complice d'un kidnapping qui va, c'est sûr, se terminer en bataille rangée, il ne me laissera pas le temps de remballer mes affaires sur mon bureau.

Des règles déontologiques très strictes existent dans ma profession. Elles exigent que les journalistes ne participent d'aucune façon à une action illégale, sous peine de perdre définitivement leur statut d'observateurs.

J'ai parlé avec Ferrari à la fin de la soirée chez Cortez, et il m'a confirmé qu'il était là pour s'emparer de Djemal. Les Mexicains ne veulent pas l'extrader, et il est recherché chez nous pour au moins deux crimes assortis de trafic de drogue et proxénétisme. « Mais si je pouvais piéger Rodríguez, ce serait bien aussi », a-t-il ajouté.

Bref, je réfléchis à tout ça pendant que Violeta, qui n'est pas retournée travailler à la maquiladora, peint dans la cuisine pour se calmer les nerfs.

– Tu ne m'as jamais dit pourquoi tu avais quitté ta famille, lui dis-je en regardant par-dessus son épaule la toile zébrée de traits forts d'où émergent des têtes ensanglantées.

– Pousse-toi, s'il te plaît, je déteste que l'on me regarde travailler.

Je me pousse et m'assois sur une chaise.

– Tu ne me réponds pas ?

Avec un léger soupir impatient elle pose son pinceau.

– Parce que mes parents m'ont rencontrée à Mexico dans une manifestation en compagnie d'une femme plus âgée.

– Et alors ?

– Il se trouve que cette femme a été longtemps l'adversaire politique d'Ernesto Zedillo, l'ex-Président de notre pays, et qu'elle est connue comme aimant les femmes.

– Et alors ?

– C'est tout. Mon père a piqué une colère effroyable et, à bout d'arguments, a voulu que je suive une psychanalyse.

– C'est dingue !

– T'es pas en Amérique. Ici les femmes n'ont qu'un seul destin : le mariage et les gosses. Une fois mariées elles font ce qu'elles veulent, mais l'honneur de la famille est sauf.

– C'est pour ça que tu es venue ici ?

Elle hésite.

– Pas seulement. Je t'ai dit que mon père était procureur. Il l'était déjà sous le précédent gouvernement. La coutume veut que les fonctionnaires les plus importants ou les plus proches du pouvoir soient renvoyés quand il change. Mon père est resté.

– Et alors ?

Elle soupire, pince les lèvres, visiblement peu désireuse d'en dire plus. Elle se tourne brusquement vers moi.

– Si on laisse en place un homme qu'on devrait éjecter, c'est pourquoi, d'après toi ?

Je hausse les épaules mais je sais où elle veut en venir.

– Pour un tas de raisons, marmonné-je.

– Ou deux. Ou il les tient à la gorge, ou il s'est compromis. Il s'est compromis.

Je jette un coup d'œil sur sa toile. Violente, tourmentée, avec des oiseaux sombres qui cachent un embryon de soleil blanc.

– Je connais l'histoire des enfants qui croquent les raisins verts quand leurs parents ont fait des conneries, mais tu n'y es pas obligée.

– Tu as des nouvelles de Nina ? me demande-t-elle brusquement.

– Non.

– Tu es triste ?

– Oui...

– Tu l'aimes, n'est-ce pas ?

– Oui...

– Toi et moi, c'est juste une aventure ?

– Violeta... tu as ta vie ici, j'ai la mienne là-bas. Ça restera un magnifique souvenir. Des moments que je n'oublierai jamais.

– Je suis déjà dans ton passé ?

Je détourne la tête. Qu'a-t-elle cru, en me rencontrant : ouvrir une fenêtre sur la liberté ? liberté d'aimer celui ou celle que l'on veut en bravant l'affreuse morale des bien-pensants ? ceux-là mêmes qui posent des bombes, saccagent la planète et laissent mourir de faim les enfants ? On peut rêver.

– Je vais repartir, Violeta, et vous laisser à vos guerres. J'ai les miennes, elles n'ont pas lieu là.

– Les guerres ont lieu partout où les gens souffrent.

– Je ne suis qu'une journaliste, pas une guerrière, même si parfois je l'ai cru. Je ne peux pas combattre dans toutes les armées. Je suis venue pour dénoncer l'indifférence qui tue autant que les canons. Je vais rentrer chez moi, écrire ce que j'ai vu et tenter d'éveiller les consciences. Tu sais, Gandhi a réussi là où les foules en colère avaient échoué, Martin Luther King a fait davantage pour les droits des Noirs que les Black Panthers et leur programme de violence, et son discours de Washington est inscrit dans toutes les mémoires.

– Tu refuses de nous aider ?

– Tu refuses de comprendre.

– Et toi tu fuis les risques au nom de ta tranquillité. Si ta Nina avait subi le sort des filles d'ici, tu tiendrais ce raisonnement ?

Se regarder comme au travers de l'épaisseur d'une vitre et ne pas s'entendre. S'entendre, mot double. Ne pas s'écouter. Mais aussi ne pas se comprendre.

– J'ai tué un homme, autrefois, qui avait violé et tué ma compagne.

Elle me fixe et son regard vacille.

– Excuse-moi, souffle-t-elle.

Je me lève et vais vers la chambre. Je tire mon sac de l'armoire et y entasse mes affaires. Je me retourne. Elle se tient sur le pas de la porte.

– Ne t'en va pas, je t'aime.

Au Monaco, ils m'ont donné une autre chambre.

Rodríguez referma son cellulaire. Le cousin Aldo était bien arrivé et Hank Rhon, ce chien, l'avait reçu en amitié. Rodríguez détestait Jorge Hank Rhon.

Carlos, son père, fils d'émigrés allemands, était passé du poste d'instituteur rural à celui de maire de Mexico, puis de gouverneur de l'État de Mexico, avait été plusieurs fois ministre, avant de s'éteindre paisiblement avec une fortune estimée à treize milliards de dollars.

Et Jorge, à la tête, à la mort de son père, d'une fortune estimée à cinq cents millions de dollars, dirigeait désormais le cartel de Tijuana, de son immense hacienda où il avait créé le plus grand zoo privé du monde, et allait devenir maire de sa ville.

Rodríguez savait qu'à cause de ça son pouvoir était compté. Si le PRI revenait aux affaires, et ça en avait tout l'air, une tradition voulait que les barons du régime précédent soient sacrifiés au profit des nouveaux. Lui, qui avait bénéficié de la protection des édiles mis en place par le Parti Action nationale de Vicente Fox, ne ferait pas exception à la règle.

Hank Rhon n'était pourtant pas le seul souci de Sergio Rodríguez. La révolte grondait aussi dans ses propres rangs. Les chefs de guerre, tels Carillo et Djemal, complotaient contre lui dans l'ombre, tandis que le gouvernement de l'État de Chihuahua tournait veste et regards vers Mexico et Washington, et ne semblait plus soutenir leur ami que du bout des doigts. Il avait beau laisser couler les dollars dans les poches municipales et policières, traiter comme des princes les hautes instances judiciaires, on lui faisait comprendre qu'il sentait le poisson.

Aldo venait de lui confirmer que Hank Rhon, dans sa course à la mairie, avait toutes les chances d'en devenir le locataire. Ce qui voudrait dire qu'il aurait à sa botte politiciens, police et justice de Basse-Californie. Candidat du PRI soutenu par Roberto Mandrazo, candidat du même parti pour les présidentielles de 2006, il verrait s'ouvrir devant lui une avenue de richesse et de pouvoir qui faisait s'étrangler de rage Rodríguez.

Celui-ci appela le Marocain.

– Bonjour, parrain, répondit l'Arabe courtoisement. Que me vaut le plaisir de vous entendre... ?

– Tu sais ce qui s'est passé à San Diego ? coupa Rodríguez abruptement.

– Le cargo ? Oui, bien sûr.

– Tijuana est sur les dents.

Djemal émit un petit rire.

– Hank Rhon m'a invité à lui rendre visite, continue Rodríguez, pour qu'on parle et trouve d'autres filières...

Djemal dressa l'oreille.

– À propos de quoi ?

– De ces saisies répétées. Le *Caridace* est seulement le dernier arraisonné.

– Je sais, parrain, mais qu'y pouvons-nous ? Ce problème concerne les producteurs.

– Et nous ? coupa Rodríguez. Sais-tu ce que nous

ont coûté depuis le début de l'année ces prises répétées ?

Djemal ne répondit pas. Il tentait de réfléchir à toute vitesse. Que lui voulait Rodríguez ? Tous s'inquiétaient des nouvelles difficultés de passage. Ce n'était pas nouveau. Mais à chaque fois qu'une voie était fermée les trafiquants en ouvraient de nouvelles et le trafic de drogue repartait de plus belle. La voie maritime, malgré les saisies des douanes américaines, restait encore une des plus rentables. À moins que le vieux craignît que si le trafic se raréfiait, il n'y ait plus de quoi nourrir toutes ces bouches...

– Qu'attendez-vous de moi ? s'enquit-il suavement.

– Je voudrais que tu m'accompagnes chez Hank Rhon. Nous ne serons pas trop de deux. Tu es après moi le plus puissant, Djemal, et ta voix compte, ajouta Rodríguez qui savait flatter aussi bien que tuer.

La tête de Djemal était en surchauffe à tenter de démêler le vrai du faux.

– Je suis à vos ordres, parrain, dit-il enfin. Vous comptez vous y rendre quand ?

– Aldo y est déjà et a organisé notre arrivée. Je pense partir demain ou après-demain matin au plus tard.

– Je serai à vos côtés, comptez sur moi.

Mais il n'irait pas seul.

Cortez poussa la porte de son bureau après avoir salué le planton. L'immeuble du siège central de la police de Juárez bourdonnait d'activité.

Responsable de la Brigade de répression des stupéfiants, Cortez était considéré par ses pairs autant que par ses supérieurs comme une pièce capitale de l'organigramme mis en place par les autorités pour lutter contre le trafic toujours plus exponentiel de la drogue. Cependant la police, soumise à l'autorité des politiques, n'avait pas la liberté d'action que possédait l'armée qui, depuis déjà une longue décennie, s'était portée en première ligne dans la guerre livrée aux narcotrafiquants. S'il en avait eu la possibilité, Cortez aurait volontiers changé de corps.

Il traversa la pièce encombrée et s'assit derrière son bureau qui l'était tout autant. Le courrier en souffrance formait dans la corbeille un petit Himalaya qui, au contraire de l'autre, grandissait chaque jour davantage.

Une enveloppe timbrée d'El Paso à en-tête de l'antenne du FBI attira son œil. Le nom du destinataire n'était pas le sien, mais celui de l'ordonnance d'Armandariz, le lieutenant Carlos Zapa. Il jeta un coup d'œil instinctif vers la porte de son bureau. Qui avait déposé cette lettre ?

C'était une enveloppe kraft, épaisse, avec des cachets

de cire interdisant à toute personne autre que le destinataire de l'ouvrir. Quel que soit celui qui l'avait déposée, il l'avait fait intentionnellement. Le bureau de Zapa était à l'étage au-dessus, à côté de celui d'Armandariz. Le courrier destiné au chef de la police était trié à part.

Cortez hésita. Jamais il ne pourrait dire qu'il l'avait ouverte par erreur. D'ailleurs pourquoi l'ouvrir puisqu'elle ne lui était pas adressée ?

Il la glissa dans sa poche de vareuse et entreprit de dépouiller le reste du courrier. Mais son esprit préoccupé ne le laissait pas en paix et il décida de rentrer chez lui.

– J'ai mon bipeur, s'il y a quelque chose appelez-moi, dit-il au planton.

Il regretta aussitôt d'avoir pris sa voiture. Une manifestation d'éleveurs bloquait l'avenue du 16-Septembre. Impatienté, il se gara à la première place libre et décida de marcher jusqu'à chez lui.

Dans sa poche la lettre pesait son poids de plomb. Il grimpa rapidement ses deux étages, et aussitôt entré fit chauffer de l'eau.

Il posa l'enveloppe sur la paillasse et considéra, songeur, les cachets de cire. Décacheter c'était facile, mais conserver l'intégrité des cachets impossible. Quel que soit le mode opérationnel, le viol du courrier serait découvert.

Cortez ne savait pas de quoi il s'agissait, à part qu'il était rare de recevoir des plis du FBI. Ce ne pouvait être que des renseignements au sujet des meurtriers de la jeune Vásquez. Le bruit de la bouilloire le tira de ses réflexions. La vapeur sortait en un jet serré.

Il prit la lettre et la maintint au-dessus. Rapidement le rabat de l'enveloppe, retenu par les cachets croisés, se souleva. Ça ressemblait, pensa-t-il, à une peau boursouflée sur laquelle un pansement aurait été posé.

Il la tourna à l'envers sur la table. Les cachets de cire rouge avaient légèrement souffert durant l'opération. Il alla chercher un coupe-papier et comme on se jette à l'eau trancha les liens. Son souffle se précipita. Il avait passé le Rubicon, cette ligne imaginaire qui empêche le retour.

Rapidement, il sortit la correspondance et comprit immédiatement l'importance de la prise. Quatre feuillets couverts de diagrammes et de commentaires avec les photos de deux hommes, face et profil.

Le premier, appelé Benedicto Vegas, 34 ans, 1,74 mètre, né à Santa Fe de parents mexicains. Renvoyé de l'armée en août 1999 pour prise de drogue et voie de faits sur un officier. Pseudonyme : Bike. Recherché pour de nombreux meurtres et viols dans quatre États américains : Texas, Nouveau-Mexique, Arizona, Colorado.

Disparu en compagnie de son complice, José Cardenas, renvoyé du même régiment cantonné en Virginie pour dépression aggravée, toxicomanie et violences sur appelés. Âgé de 37 ans, 1,77 mètre, accusé de meurtres avec violences et mutilations sur mineures. Recherché dans quatre États américains : Texas, Nouveau-Mexique, Arizona, Colorado.

Le VICAP avait comparé les traces d'ADN retrouvées sur les cadavres de Matilda Vásquez et de Pepita Fante avec celles de leur fichier des criminels les plus recherchés et sorti les fiches de Cardenas et Vegas.

Suivaient les cartes du génome des deux hommes qui indiquaient 99,99 pour cent de fiabilité. Les meurtriers de la jeune Mexicaine et de la prostituée étaient les mêmes que ceux recherchés par le FBI. En revanche, le VICAP renvoyait la troisième empreinte comme inconnue.

Cortez s'assit. Il ne saurait jamais si Armandariz aurait fait bon usage de ces renseignements. Ce dont il était sûr, c'était que celui qui les avait détournés et déposés sur son bureau croyait le contraire. Il y avait donc au sein de la police des hommes qui refusaient la compromission et savaient à qui s'adresser. Et si c'était un piège ? Si Armandariz ou même Aguilar avaient voulu le confondre ?

Fébrile, il alla à sa fenêtre, ct sans soulever le rideau examina les alentours. Était-il sous surveillance et avait-il fait exactement ce qu'on attendait de lui ?

La lettre lui brûlait les doigts. Il regarda longuement le trafic et les passants, repensa à la réunion qui s'était déroulée chez lui et songea qu'il faisait peut-être depuis longtemps l'objet d'une surveillance ; il eut une bouffée d'angoisse.

Il revint au centre de la pièce et regarda autour de lui. Puis entreprit d'inspecter tous les endroits où l'on aurait pu cacher des micros. Il dévissa les téléphones et les ampoules, bougea les rideaux, souleva les pieds de lampe, inspecta les murs, mais ne trouva rien.

Il se calma un peu. Pourquoi avait-on posé cette lettre sur son bureau ? Qui craignait que les responsables de la police ne le laissent à l'écart ? Même si l'affaire ne relevait pas directement de sa brigade, il était obligé, à son niveau, d'être averti. À moins que ces responsables ne sachent à quoi s'en tenir sur les meurtriers de la jeune Vásquez.

Il retourna à la fenêtre, mais rien ne lui parut suspect. Il devait immédiatement prévenir Ferrari. Il appela l'hôtel Diaz et demanda sa chambre.

Sans se nommer, dès qu'il reconnut la voix de l'Américain il déclara :

– J'ai besoin de vous voir.

Il y eut un instant de silence, le temps que Ferrari mette un nom et un visage sur la voix de son interlocuteur.

– Où ? dit-il seulement.

– Au marché, dans une heure.

– J'y serai, répondit Ferrari avant de raccrocher.

Ce n'était pas le meilleur endroit, Cortez en était conscient, mais l'Américain ne connaissait pas bien la ville. Si Ferrari était surveillé par ceux-là mêmes qui avaient voulu le tuer, lui indiquer le marché était se jeter dans la gueule du loup. Mais en mettant le rendez-vous à une heure, Cortez avait largement le temps d'y arriver avant et d'inspecter les lieux.

Il se changea et s'habilla en civil. Puis il descendit et alla chercher dans une remise connue de lui seul une moto dont personne ne soupçonnait l'existence.

Il l'enfourcha, et moins de quinze minutes plus tard se garait à l'ombre de la cathédrale. Il entra et gagna par un vertigineux escalier la première corniche extérieure où de grosses lunettes installées aux quatre coins permettaient d'admirer le panorama.

Si Ferrari avait compris, il se tiendrait là où il avait été attaqué, devant le parvis. Déjà les fils jaunes et verts délimitant le lieu de la fusillade avaient été enlevés. Deux morts et sept blessés, dont le policier, avaient été relevés lors de cette tuerie attribuée à une guerre des gangs, et qui deux jours plus tard ne figurait plus qu'en pages intérieures des journaux.

Cortez braqua sa lunette et vit avec satisfaction que Ferrari avait pensé comme lui car il arrivait déjà. Cortez ouvrit son portable et l'appela.

Ferrari attendit d'entrer dans une échoppe où l'on vendait de grandes feuilles de tabac roulées pour lui répondre.

– Oui.

– Allez au Bar Q, sur Escobar, à l'est de la cathédrale, il y a une sortie à l'arrière. Je vous y rejoins.

– Oui, répondit simplement Ferrari.

Quelques minutes plus tard les deux hommes se rejoignaient. Sans un mot, Ferrari emboîta le pas à Cortez qui, une centaine de mètres plus loin, entra dans un petit jardin et l'attendit dissimulé derrière un bouquet d'arbres.

– Salut, dit Ferrari.

– Salut, renvoya sobrement Cortez. Vous n'avez pas été suivi ?

– Non. Que se passe-t-il ?

Sans un mot, Cortez lui tendit le document.

Ferrari le parcourut et regarda Cortez.

– Des Américains ?

– « Employés » par les narcos d'ici, dit Cortez.

– Qui, d'après vous ?

– Je vais regarder dans nos fichiers. Si je retrouve les empreintes digitales du troisième homme, ce qui est probable, je saurai pour qui ils travaillent.

– Et notre expédition pour Tijuana ?

– Personne n'a bougé. Rodríguez et les autres sont toujours là. Je ne sais pas quoi penser.

– En tout cas, moi, je dois m'y rendre, dit Ferrari.

– À moins qu'avec cette ouverture on puisse rattacher les assassins de la petite Vásquez avec les narcos.

– Ouais.

– Laissez-moi deux heures pour identifier le troisième homme, dit Cortez. Si je ne trouve pas, nous ferons comme on a dit. Et si Rodríguez et les autres ne bougent pas, on les attaquera ici.

Ferrari eut un sourire.

– Toujours le complexe Zapata, hein, Cortez ?

– Je veux être fier de mon pays, répliqua le policier.

– Comme nous tous, je pense. Mais pour ça, faudrait créer une autre planète. Je vais voir Sandra Khan et lui expliquer. Les journalistes, je les aime quand je peux m'en servir. Et avec votre nouvelle donne, je la vois déjà frétiller d'excitation. Des serial killers venus de chez nous, c'est tout bon, ça.

– D'après les noms, ce seraient des Américano-Mexicains.

– Et alors, on est alliés, non ? Normal qu'on partage tout.

Mon téléphone sonne au moment d'entrer chez Hertz. J'ai décidé de traverser la frontière en voiture et de prendre l'avion aux States. C'est idiot, mais je n'ai jamais prétendu être logique.

Les derniers événements m'ont tourneboulée. J'ai échoué sur toute la ligne. Mieux, je laisse des cendres derrière moi.

Violeta a en vain tenté de me retenir. Si notre histoire s'était passée en Amérique, je ne saurai jamais ce que j'aurais décidé. Nina n'a pas répondu à mes messages, mais Violeta a vingt-trois ans. Le raccourci de ma pensée me prouve, s'il en était besoin, sa confusion.

J'ai l'impression de patauger dans un énorme bain de boue et n'ai qu'une envie, m'en extraire. Je n'ai rien découvert sur les criminels de Ciudad Juárez, rien expliqué. Je rapporte ce que l'on a déjà dit cent fois. Je vais peut-être retrouver un foyer vide et mon esprit et mon cœur seront encombrés par ce que j'aurai abandonné derrière moi.

Je n'ai plus de repères, seulement le goût amer de l'échec.

– Oui ? dis-je.

– Salut, c'est Ferrari. Où êtes-vous ?

– Pourquoi ?

– On a du nouveau.

– Je ne vous accompagne pas à Tijuana.

– On n'y va pas, pour l'instant. On peut se voir ?

– J'étais en train de louer une voiture pour rentrer.

– Vous prendrez le car, c'est plus confortable.

– Qu'est-ce qui se passe ?

– Vous êtes à la gare routière ?

– Non, dans une agence près de mon hôtel.

– Je suis au bar. Revenez.

Je coupe la communication en soupirant et regarde avec regret les publicités vantant les voitures climatisées.

Ferrari m'attend devant une tequila.

– Tiens, dis-je en me laissant tomber à côté de lui, besoin d'alcool ?

Il mâche un chewing-gum, ce qui a toujours eu le don de m'énerver.

– Vous prenez la même chose ?

– Non. Que se passe-t-il ?

– Les types qui ont assassiné Matilda Vásquez venaient de chez nous. Cortez pense qu'ils travaillent pour un narco d'ici. Le troisième homme est un Mexicain.

– Comment il a trouvé ça ?

– Envoyé par El Paso. Ces hommes sont recherchés aux États-Unis dans quatre États pour meurtres et viols aggravés. Si on parvient à les relier à un trafiquant de Juárez, les autorités ne pourront pas faire autrement que nous le donner en même temps qu'eux.

– Pourquoi ?

– Trop long à vous expliquer, sachez seulement qu'il existe des accords entre nos deux pays.

– Et pour qui auraient-ils fait ça ?

– C'est ce qu'on va savoir. Avec l'indice découvert sur les lieux du crime indiquant qu'un film a été tourné, ils seront accusés de produire des snuff movies, et là ils sont mal. Les Mexicains ne pourront rien nous refuser.

Je réfléchis à toute allure. Mon Pearl Harbor est peut-être en train de se transformer en Iwo Jima.

– On le saura quand ?

– Tout à l'heure si tout va bien. J'attends un coup de fil de Cortez. Ça vaut le coup de patienter, non ? Un sacré scoop que vous avez là.

– Et pourquoi cette fleur ?

– La presse, ça peut être la meilleure ou la pire des choses. Si votre journal publie l'affaire en temps réel, les autorités du coin ne pourront pas intervenir. Vous connaissez les gens d'*El Norte,* entre votre canard et celui-là vous pourrez sonner les cloches au point qu'on les entende jusqu'à Mexico. C'est tout ce que je veux.

Les archives étaient entreposées au sous-sol dans une salle qui jouxtait celle des terminaux d'ordinateur. Y veillaient deux hommes. Un jeune et un vieux. Pas plus futés l'un que l'autre. À part qu'ils s'étaient dégotté la super-planque. Jusqu'à l'année précédente. Parce que depuis quelques mois, compte tenu de l'effervescence nouvelle autour des affaires de meurtres, les archives avaient repris des couleurs.

Elles étaient conservées dans des casiers métalliques bourrés de cartons qui occupaient les quatre murs, nonobstant les boîtes qui traînaient par terre. On y trouvait pêle-mêle les vêtements des victimes, des bijoux et babioles, les cartes d'identité, les cheveux, les documents de la police scientifique, de la terre, des feuilles de plantes, le tout étiqueté dans des sachets en plastique pas toujours adéquats, et qui, jusqu'à récemment, intéressaient peu de monde.

On accédait au sous-sol par un escalier en fer qui arrivait dans ces deux grandes pièces privées de lumière. Les flics n'y restaient jamais longtemps, oppressés par le manque d'air et la sensation d'enfermement, au contraire des deux archivistes qui semblaient s'y être créé un second foyer.

Cortez poussa la double porte en s'étonnant une fois de plus de l'absence de mesures de sécurité. N'importe quel abruti un peu curieux pouvait s'introduire, farfouiller à droite et à gauche, surtout à l'heure du déjeuner que les deux compères aimaient prendre ensemble.

Bien qu'il ne soit pas abruti, et sûrement à cause de ça, il avait choisi ce moment pour interroger un des ordinateurs. Non que ce lui soit interdit, mais par un vieux réflexe il préférait la discrétion. Le nombre de flics trop curieux, morts « accidentellement », n'avait d'égal que celui des juges intègres et des journalistes pugnaces.

Sur les bureaux des deux lascars, des tasses à café et des gâteaux voisinaient avec des journaux télé et des illustrés pour adultes. La photo de la fiancée du plus jeune faisait pendant à celle de la nombreuse progéniture de l'autre. Pas un papier officiel ou professionnel n'encombrait leur table. La planque, quoi.

Cortez serra les poings de colère. Ce décor était à l'image de la négligence et de l'incurie des autorités. Il alla directement à l'ordinateur qui détenait la banque de données des polices de l'État de Chihuahua, et entra son code personnel.

La machine ronronnait, prenant son temps, affichant différents symboles. Impatienté, Cortez tapa sur les touches à peine apparu le dossier recherché. Il scanna les empreintes du troisième homme et les entra dans le fichier. Puis il les incorpora à celles qui y figuraient déjà et entreprit de les comparer à celles de la liste.

Toutes ces manœuvres lui prirent plus de vingt minutes car le capitaine n'avait jamais été un lion de l'informatique. Il regardait, fasciné, empreintes et chiffres défiler, et sursauta presque quand l'image s'arrêta sur un dossier où se dessina le visage d'un homme, suivi de son nom et de ses caractéristiques.

Ignacio Esteban, 30 ans, 1,65 mètre, soupçonné et arrêté trois fois pour meurtres en association. Relâché faute de preuves. Connu pour faire partie du gang d'Amado Carillo Fuentes dans les années 90.

Arrêté une nouvelle fois en 2002, soupçonné d'avoir battu à mort une prostituée retrouvée non loin du domicile de son employeur Abdallah Djemal. Non-lieu.

De nouveau arrêté en 2003 pour un accident de voiture sur la voie publique ayant entraîné la mort d'un adolescent. Relâché après paiement de la caution par Abdallah Djemal. Jamais poursuivi.

Accusé de complicité avec l'adjoint du chef de la police de Juárez, Jorge García, lors du simulacre de procès intenté contre lui par la seule rescapée des nombreux enlèvements suivis de meurtres de ces dernières années, dont celui de son amie Silvia Arce, retrouvée assassinée. Un vice de forme avait empêché preuves et témoignages d'être retenus.

Cortez sent ses paumes s'humecter de sueur. La vision de sa nièce s'impose. Il n'a plus aucun doute. Son meurtre a été commandité par le Marocain puisque Esteban travaillait pour lui comme Jorge García.

Il songe à sa sœur, à son beau-frère, qui ont sombré dans une profonde dépression. Son beau-frère a abandonné son travail et s'est réfugié dans l'alcool. Sa sœur s'occupe bénévolement du collectif d'aide aux familles, mais sa santé est fragile. Leur vie a volé en éclats avec la mort de Silvia.

Il va se charger de leur rendre justice.

Djemal se leva, agaçé. Il avait trop de soucis avec Rodríguez et sa propre survie pour perdre son temps avec des querelles de voyous.

– J'vous assure, patron !

– Et alors ?

– La mère est formelle. Elle est restée chez une sœur à elle jusqu'après l'enterrement de ses deux enfants. C'est eux, les Américains que Rosario a ramenés, qui ont buté Rosario et sa sœur Pepita. La mère était sortie. C'est pendant ce temps qu'ils ont volé le magot !

– C'est toi qui me les as envoyés.

Le type baisse la tête. C'est contraint et forcé par son chef qu'il est venu parler à Djemal.

– Je croyais vous faire plaisir parce que vous cherchiez des gars.

Djemal plisse son œil unique. Il en a plus que marre des embrouilles et des conneries. Voilà maintenant que les deux dingues qu'il vient d'engager ont descendu et volé un homme de Diego.

Et Diego, c'est pas un marrant. Chef des Cheros, le groupe le plus actif, criminellement parlant, de Juárez, pourvoyeur d'à peu près tout ce qu'on veut : armes, tueurs à gages, filles, faux papiers, filières d'évasion et d'immigration, il est le supermarché des trafiquants dans le besoin. Pas moins de cinq cents types à sa botte, parmi les plus mauvais. Il n'est fidèle à personne, sinon à ses propres intérêts, et est capable de faire descendre le même jour la cible et le commanditaire.

– Et qu'est-ce qu'il veut, Diego ?

– Eux. Il veut faire un exemple.

– Faut qu'il me dédommage.

– Il est pas contre. Ces enflés sont venus me voir pour que je leur trouve du travail après qu'ils ont descendu Rosario et sa frangine. J'pouvais pas d'viner.

– Où y sont ? demande Djemal à Mohammed.

– Y crèchent à Columbia. Un hôtel minable. Tu veux que j'aille les chercher, patron ?

Djemal réfléchit. Dommage, les deux types étaient de bonnes recrues, allumés comme il les aime. La vidéo qu'ils ont tournée avec Ignacio était déjà sur le marché et suscitait les enchères. Mais le moyen de faire autrement ? Pas question de tourner le dos à un homme comme Diego.

– J'imagine qu'il les veut vivants ?

– Ouais, vivants, patron.

– Dis-lui qu'on les amène.

– O.K., et merci. Il renverra l'ascenseur, sûr !

Djemal ne répond pas. Il a un mauvais pressentiment. Ça tourne pas rond. C'est comme si tout ce qu'il touchait se transformait en merde. Les vautours ne tarderont pas à la sentir. On n'aime pas les types qu'ont la *mala pata* dans le Milieu. Ça porte malheur aux autres.

Bike, allongé sur le lit, rêvassait. José était parti prendre une douche. Bike pensait au pognon que lui et José allaient se faire avec le crouille. Dans la boîte à chaussures qui leur servait de coffre-fort, les deux mille dollars de la vidéo étaient allés rejoindre les quinze mille du magot de l'autre crevé.

À ce rythme, ils deviendraient vite des caïds. Des tueurs recherchés par tous ceux qui voulaient du travail bien fait. Se faire payer pour tuer, on n'aurait pu rêver mieux.

Avec ce pognon, ils s'achèteraient une baraque dans le coin. Il aimait ces grandes étendues rocailleuses et ces montagnes sans fin coupées de défilés comme dans les westerns de son enfance. Peut-être même qu'ils élèveraient des chevaux.

Sacrée bonne idée d'avoir passé la frontière, d'ailleurs ils n'avaient pas eu le choix. Ici, c'était chez eux. Leurs parents à tous deux étaient nés là. Ils n'avaient rien à foutre chez ces putains de Yankees.

Bike rêvait à leur avenir quand José poussa la porte.

Il plissa le nez.

– T'es beau comme un dollar ! se marra-t-il.

José haussa les épaules sans répondre. Il se sentait fatigué. Ça commençait toujours comme ça, ses crises. Une fatigue qui le plombait, le faisait suffoquer, et après il avait envie de rester tout seul dans son coin sans voir ni parler à personne, pas même à ce crétin de Bike.

Il se laissa tomber sur son lit et, les mains derrière la nuque, se mit à fixer le plafond. Bike, qui le connaissait, le regarda d'un air inquiet. C'était pas le moment de flancher.

– Tu veux tes cachets ? hasarda-t-il.

José ne répondit pas.

Soudain, Bike dressa l'oreille. Il y avait trop longtemps qu'il jouait les fugitifs pour ne pas sentir le danger. Le Tikal, où ils logeaient, était une cage à poules avec des chambres aux murs si minces que le moindre craquement dans le couloir faisait exploser le silence. Et là il y en avait une série.

Il se souleva sur un coude et sa main cueillit sa lame sous le matelas.

– José, chuchota-t-il.

L'autre tourna à peine la tête. Bike, d'un coup de menton, lui désigna la porte en mettant un index sur la bouche.

Derrière la porte on entendait des piétinements. À part ça, l'hôtel était devenu anormalement silencieux.

José se redressa vivement et vint se coller contre le mur, près de la porte. Il fit signe à Bike de se rapprocher.

Il tira d'un étui de cuir attaché à sa ceinture un pic à glace, et posa la main sur la poignée de la porte. Ni l'un ni l'autre n'avait de pistolet. Pour tuer, ils préféraient les armes blanches. Il réunit pouce et index en un rond parfait en fixant son copain, et tira brusquement le battant.

Bike se jeta dans le couloir au moment où Ignacio s'apprêtait à défoncer la porte. Les deux hommes restèrent un court instant à se toiser, puis José bondit au milieu d'eux et frappa Ignacio de plusieurs coups de son pic à glace.

Mais le Mexicain n'était pas venu seul. Pendant qu'il s'écroulait en sang, les deux types qui l'accompagnaient ouvrirent le feu sur Bike et José.

Le couloir était étroit et il était impossible de ne pas faire mouche, mais les deux amis possédaient les réflexes de leurs habitudes, et ils plongèrent au sol d'un seul élan.

Bike roula sur lui-même, se redressa sur un genou et balança sa lame qui s'enfonça jusqu'à la garde dans l'œil de son adversaire le plus proche, pendant que le troisième assaillant se laissa tomber au sol et, se protégeant derrière le corps d'Ignacio, tira plusieurs fois dans la direction des deux hommes. Bike, touché au genou, poussa des braillements de douleur. José lança son poinçon en direction du tueur et sauta par la fenêtre du couloir.

Le drame avait duré moins d'une minute et l'air résonnait encore du bruit des coups de feu et des cris, mais aucune porte ne s'ouvrit devant un voisin curieux. Ce type d'événement, assez courant, ne suscitait pas le moindre intérêt, au contraire.

– Lève tes putains de mains, cracha l'homme à Bike qui se roulait sur le sol. Lève tes putains de mains !

Mais Bike plaquait ses mains sur son genou fracassé qui le faisait hurler de douleur.

L'homme se pencha, vérifia que le poignard qui sortait de l'œil de Pablo avait emmené celui-ci vers un monde meilleur, se rapprocha d'Ignacio étendu sans connaissance et baignant dans son sang, et, se tenant à distance prudente de Bike qui continuait de beugler comme un putois, jura et ouvrit son portable.

– Pablo est mort. Ignacio, j'en sais rien. Et j'en ai qu'un. L'autre s'est tiré, cracha-t-il.

On remarquait à sa mine que ce qu'il apprenait à son interlocuteur lui coûtait beaucoup. Pour un fiasco, c'était un fiasco.

Maintenant on entendait une cavalcade dans les étages au-dessus, pas pour descendre, pour s'évaporer.

– D'accord, j'attends, dit l'homme. Grouillez-vous, les flics vont pas tarder à rappliquer.

Il se posta au coin du couloir pour surveiller l'escalier, puis comme Bike n'en finissait pas de gueuler, il l'assomma de son arme.

Un quart d'heure après, une Nissan Discoverer, grosse comme un minibus, s'arrêta devant l'hôtel, et les trois hommes qui l'occupaient embarquèrent tout le monde.

Il s'était passé presque vingt-cinq minutes depuis le début de la fusillade, et pas un seul flic n'avait montré le bout de l'oreille.

Je vais quitter le bar du Monaco quand Ferrari me rappelle. Comme il a le portable collé à l'oreille je suppose que c'est Cortez qui est au bout du fil.

Ferrari écoute avec autant d'expression que s'il regardait passer un train. De temps en temps il secoue affirmativement la tête avec un roulement de fond de gorge. Je me rassois.

Il replie le petit engin qui a changé nos rapports humains.

– Cortez. Il a retrouvé le salopard qui a filmé : Ignacio Esteban, un ancien du gang de Carillo Fuentes, actuellement tueur au service d'Abdallah Djemal. Le même Djemal contre lequel les États-Unis et la France, pour une fois d'accord, ont lancé un mandat international. Cortez, qui connaît les habitudes du Milieu d'ici, est certain que les deux ordures qui ont torturé la jeune Vásquez travaillent également pour Djemal.

– Superbe ! On va les cueillir puisqu'on a les preuves ! Ah, les fumiers !

– « On ? »

Je le regarde.

– Quoi, « on » ?

– Pas vous.

– Hein ?

– Vous, civile, journaliste, américaine, juste autorisée à raconter et à battre le tam-tam.

– Vous rigolez !

– Jamais entre les repas. Sandra, il n'est pas question que vous participiez à l'arrestation. Un, c'est interdit ; deux, c'est dangereux. Gardner et moi allons accompagner le capitaine Cortez, en charge officielle de la Brigade de répression des narcotiques, pour arrêter Abdallah Djemal et les assassins de Matilda Vásquez. Je ramènerai Djemal, Vegas et Cardenas chez nous, tandis que les Mexicains s'occuperont de leurs ressortissants, vous me suivez ? Cortez, en ce moment, a les fesses sur un nid de fourmis rouges. Il est allé demander à Armandariz un mandat de perquisition et d'amener contre les hommes de la bande de ce Djemal. Parallèlement, il doit expliquer pourquoi c'est lui qui a ouvert le courrier et pas son chef. Pas le moment de l'emmerder.

– Ferrari, je suis venue pour dénoncer les crimes contre les femmes de Juárez. Jusqu'ici je me suis fait balader par tout le monde, j'ai failli me faire violer et assassiner, et maintenant que je peux faire un reportage sur l'arrestation en direct de ces tueurs immondes, vous me demandez de rester devant mes fourneaux ?

– Sandra, j'ai lu ce matin un journal français, *Libération,* eh oui, je lis aussi le français. Bref, ce journal indiquait que pour ces seuls mois d'été 2004 une bonne trentaine de femmes ont été tuées en France par leurs conjoints, qu'au cours de l'année pas encore écoulée plus de six mille ont été victimes de « chutes accidentelles » ayant entraîné leur mort, et que pour au moins quelques milliers de suicides féminins on était presque sûr que c'était pour échapper à leurs hommes. Voilà. Votre combat n'est pas terminé parce qu'on va arrêter une douzaine d'assassins. En revanche, il n'aura pas de suite si je vous laisse participer à l'action.

Il me sourit, crache enfin sa gomme, et se lève.

– Je déteste les hommes et leur violence imbécile, ajoute-t-il. Je n'aime pas que l'on ait appris aux femmes à ne pas leur résister. Mais je n'ai pas les moyens de changer le monde. Alors vous faites comme moi.

Bike avait tourné de l'œil au milieu du tapis où l'avaient balancé les hommes de Djemal.

Ramón, le rescapé de l'expédition, venait de la raconter à son chef en prenant des précautions. Djemal était un homme imprévisible.

– Où est Esteban ? demanda le Marocain.

– On l'a amené chez le Doc, chef.

– Pablo ?

– Dans le coffre de la Nissan.

– Faudra vous en débarrasser.

Djemal fit quelques pas autour de Bike au moment où celui-ci revenait à lui.

– Alors, tordu, tu voulais me doubler ?

Bike, que la douleur de son genou rendait dingue, se contenta de gémir. Ce qui lui attira un coup de savate au même endroit.

Il se mit à brailler.

Ramón l'attrapa par le col et lui cogna la tête contre le sol.

– Qu'est-ce qu'on en fait, chef, de cette merde ?

– On va le filer à Diego, puisqu'il l'aime.

Ce trait d'esprit fit ricaner Ramón et Mohammed. Pas Abdel, qui était un homme grave.

À cet instant, comme on parle du loup, le dénommé Diego s'annonça. Djemal le reçut avec amitié. Le chef de gang, en se dérangeant, montrait le respect dans lequel il tenait le Marocain. Les deux hommes s'étreignirent.

– T'as pas été long, sourit Diego qui, même dans ses moments de tendresse, faisait penser à un ours en colère.

Djemal hocha la tête.

– Quand mes amis ont des soucis, ça devient les miens.

Diego grogna et se rapprocha de Bike qui venait de comprendre seulement pourquoi il était là, et sentait sa peau se hérisser de frayeur.

– Vous en avez eu qu'un ?

– L'autre a sauté par la fenêtre, expliqua Ramón, embarrassé. Du premier, précisa-t-il devant le haussement de sourcils de Diego.

– On va te le retrouver, assura Djemal.

Diego fléchit sur ses jambes monstrueuses pour se rapprocher de Bike.

– Où il est allé ton copain, mon pote ?

Bike, les yeux exorbités, secoua négativement la tête.

Diego l'examina, songeur, élargit la déchirure du pantalon au niveau du genou en bouillie, et tranquillement y fourra le doigt.

Le hurlement de souffrance de Bike fit trembler les fondations de la maison.

– Si tu sais, tu vas parler. Si tu sais pas, c'est plus grave parce que tu vas dérouiller pour rien, expliqua Diego d'une voix douce.

– Tu peux l'emmener, si tu veux, intervint Djemal, peu soucieux de voir son salon transformé en boucherie.

Diego opina et se redressa.

– J'ai avec moi trois de mes gars parmi les meilleurs. Je t'en fais cadeau pour remplacer ces deux-là, dit-il à Djemal d'un ton urbain.

– J'suis sensible, répondit Djemal, mais je voudrais pas te démunir.

Diego sourit façon Frankenstein.

– C'est avec plaisir.

Après, sans plus s'intéresser à Bike qui, écrasé de terreur et de douleur, aurait voulu s'enterrer lui-même, les deux compères et leurs tueurs célébrèrent leur amitié.

Armandariz n'attendit pas que Cortez ait quitté son bureau pour appeler Aguilar et lui expliquer la situation. Le préfet écouta sans un mot. Seules les crispations irrépressibles de ses doigts et de ses mâchoires indiquaient son état d'esprit.

– Vous lui avez signé les mandats ! éructa-t-il.

– Évidemment. Le moyen de faire autrement ? répliqua Armandariz avec humeur. C'est le FBI et la CIA qui les réclament !

Aguilar sentit ses intestins se nouer. En même temps que l'appréhension de son avenir, une bouffée de rage l'envahit contre ces salopards de Yankees.

– Aguilar... il faut se couvrir, dit Armandariz, étonné du silence de son interlocuteur.

– Vous avez prévenu Martínez ?

– Je vous laisse ce soin, chuinta Armandariz.

Aguilar ne se résolvait pas à raccrocher. Comme si retenir l'autre au bout du fil signifiait une solidarité dans le malheur.

– Si un fusible saute..., commença-t-il.

Il entendit Armandariz ricaner, et à cause de ses cordes vocales ou plutôt de leur absence, quand le chef de la police ricanait ça ressemblait au bruit que fait la hyène quand elle se met en colère.

– Quel fusible ? Djemal sauvera ses fesses comme on le fera tous.

– Les Américains se moquent de ce qui arrive ici, tenta Aguilar, pour se rassurer.

Armandariz laissa passer un temps.

– À votre place, je ne prendrais pas le risque.

Aguilar se raidit. Les rats quittaient le navire. L'élection de Hank Rhon, protégé du PRI, comme maire de Tijuana, avait été le coup d'envoi. Curieux comme la vie la mieux organisée peut se détricoter d'un coup.

Djemal n'était pas même un parrain, tout au plus un aspirant. Et voilà que la mort d'une toxico et l'assassinat d'une fillette précipitaient sa chute et celle d'hommes importants.

– Qu'allez-vous faire ? demanda-t-il.

– Oh, je suis un homme malade, il est temps pour moi de faire valoir mes droits à la retraite. Mais vous, mon cher, vous avez tout loisir d'y penser. Vous avez devant vous quelques bonnes années. On dit que les Barbades sont des îles où il fait bon vivre à condition d'avoir été avisé dans ses placements. Bien sûr, il faut compter parfois sur l'opposition de ses propres amis, mais vous êtes un homme de ressources, mon cher préfet, je ne m'en fais pas pour vous. Je serai difficilement joignable dans les jours qui viennent, mais je penserai à vous. À vous revoir, mon cher.

La camionnette était encore garée devant l'hôtel. José Cardenas s'en approcha prudemment. Il ignorait ce qu'était devenu Bike. Il espérait que l'argent était toujours dans la chambre, caché au-dessus de la tringle à rideau.

Il jeta un coup d'œil inquiet sur l'entrée du Tikal, mais rien n'indiquait une quelconque surveillance. Si les flics étaient venus, ils étaient repartis.

Profitant d'un mouvement de piétons sur le trottoir, il s'introduisit subrepticement dans le hall de l'hôtel. Comme d'habitude, le comptoir était désert. La clé de leur chambre était suspendue au tableau. Il s'approcha à pas de loup et s'en empara. Il grimpa vivement l'étage, croisant un couple qui descendait et ne le regarda pas.

Il se dirigea vers la chambre, jeta un coup d'œil circulaire et ouvrit la porte. Les lieux avaient été nettoyés. Il alla directement au rideau qu'il souleva. La boîte était là. Il grimpa sur une chaise et s'en saisit. Les liasses étaient intactes et il soupira de plaisir.

Il regarda dans l'armoire, qui bien sûr était vide.

Il rouvrit la porte, ressortit dans le couloir. De la chambre à côté lui arrivèrent les soupirs d'un couple en pleine action.

Il dégringola rapidement l'escalier et déboucha sur

le trottoir. Le second jeu de clés de Marybelle était caché sous l'aile avant droite. Il se pencha, tâtonna et s'en empara. Personne ne fit attention à lui.

Il se mit rapidement au volant, fourra la boîte dans le vide-poche, alluma une cigarette et démarra. Même avec les inévitables encombrements du pont international, il serait à El Paso dans moins de deux heures. Il eut une pensée fugitive pour Bike, et la chassa aussitôt.

Une nouvelle vie s'ouvrait devant lui. L'Amérique était immense et pleine de ressources.

Le gouverneur regarda fixement le téléphone sonner avant de décrocher. À contrecœur, il se décida à la quatrième sonnerie.

– Allô ?

– Patricio ? Terrazas, comment vas-tu, vieux complice ?

Surpris, Martínez marqua un temps d'arrêt.

– Très bien, monsieur le Ministre.

– Quel formaliste tu fais ! Comment se porte l'État de Chihuahua, si cher à mon cœur ?

– Comme il peut, plutôt bien.

– Tant mieux, tant mieux ! Tu as vu les dernières élections ? Intéressant, hein ?

– Vous voulez parler du retour du PRI dans de nombreuses régions ? C'est la loi de l'alternance.

– C'est quand les municipales à Juárez ?

– Dans deux semaines, monsieur.

– Chez toi aussi, ça risque de changer de mains...

– Peut-être... monsieur.

– Tu sais, on parle beaucoup de ta fédération à Mexico. Depuis que Jorge Hank s'est emparé de Tijuana, Juárez est devenu le bastion de notre parti. J'aimerais te faire rencontrer quelques amis, ici.

– Je suis à votre disposition.

– As-tu vu la une du *Proceso* avec la photo de

Roberto Madrazo main dans la main avec Jorge Hank Rhon, et sous-titrée : « La mafia se renforce » ?

– Heu... non.

– Très intéressante, cette photo. Mais les années qui s'annoncent vont être difficiles pour notre parti. Notre président Fox va être confronté à des adversaires sans scrupules et coriaces. Et nous avons tous à y perdre. Il faudrait qu'on en parle, Patricio. Ton mandat, combien de temps encore ?

– Un an et demi, monsieur.

– Hum...

Martínez retint son souffle. De quoi son ancien protecteur souhaitait-il l'entretenir ?

– Je suis à vos ordres, monsieur le Ministre.

– Martínez, notre Président compte beaucoup sur toi. Juárez est une ville importante, il ne faudrait pas que comme Tijuana et Oaxaca, dernièrement, elle tombe entre de mauvaises mains... Dis-moi, tu as des problèmes à Juárez concernant des meurtres de femmes ? Tout le monde en parle.

– C'est en voie de se résoudre, répondit prudemment Martínez.

– Ah, tant mieux. Ce n'est pas le moment de donner du grain à moudre à l'opposition. Il vaut mieux jeter un fruit pourri que de perdre tout le panier. Conserve les plus beaux, les plus juteux, et débarrasse-toi des autres, mon petit Patricio.

– Oui, monsieur.

– Tu as encore de l'avenir devant toi. Notre Parti Action nationale a de nombreuses tâches à accomplir avant de rendre sa grandeur à notre pays.

– J'en suis conscient, monsieur.

– Bonne chance, et à bientôt, mon ami.

Martínez raccrocha doucement. Son cœur cognait comme s'il venait de courir un dix mille mètres.

Connaissant Terrazas, cette conversation pouvait signifier aussi bien son arrêt de mort que sa fortune.

L'ancien gouverneur de Chihuahua devait sa survie politique à l'art qu'il avait d'avancer ou de sacrifier ses pions. Beaucoup de ses amis, après être montés au sommet, avaient reçu de la part de leur protecteur le Baiser mortel de la mafia.

Il songea à appeler Aguilar, et y renonça. Pour quoi faire ? Le seul fruit encore juteux était ce diable de Rodríguez. Sans son appui, le Roi était nu.

Cortez vérifia une dernière fois la mise en place du dispositif. Devant lui, à moins de cent mètres, la propriété de Djemal semblait encore dormir.

Le quartier avait été bouclé dans la plus grande discrétion. Les rares piétons dehors à cette heure matinale avaient été éloignés. Ferrari se rapprocha.

– Ça m'étonnerait qu'ils se rendent, dit-il.

Cortez ne répondit pas. C'était sa hantise : une bataille rangée dans ce quartier hautement résidentiel était impensable. Et pourtant...

Il composa le numéro de la maison. Le téléphone de Djemal avait été directement branché, depuis la veille, sur la ligne directe de la police. Il sonna une bonne dizaine de fois avant que l'on se décide à décrocher.

– Allô ? fit une voix ensommeillée.

– Ici, le capitaine Cortez de la Brigade de répression des narcotiques, je voudrais parler à Abdallah Djemal.

Il y eut un silence, puis :

– Qui ?

– Passez-moi votre patron, répondit Cortez.

– Vous êtes qui ?

Cortez soupira d'exaspération.

– Dites à votre patron que la maison est cernée par

les forces de police et que vous devez vous rendre en déposant vos armes.

Nouveau long silence. Un déclic. On avait raccroché.

– Merde ! jura Cortez.

– Je vous l'avais dit, sourit Ferrari. Va falloir aller au charbon.

Cortez lui lança un regard noir et refit le numéro de téléphone. L'attente cette fois fut moins longue et il reconnut la voix de Djemal quand on décrocha.

– Qui est au bout du fil ? demanda Djemal, d'entrée.

– Capitaine Cortez de la police judiciaire de Juárez. J'ai un mandat de perquisition signé du juge Montaldo m'autorisant à fouiller votre maison, et des mandats d'amener à l'encontre de vous et de ses occupants au moment de la perquisition. Je vous demanderai de nous laisser entrer, sans faire d'histoires, afin que nous puissions opérer, mes hommes et moi.

Silence à l'autre bout. Puis :

– Restez où vous êtes, capitaine, j'ai beaucoup d'hommes armés ici. Cependant je ne veux pas d'histoires, je vais seulement téléphoner à des amis qui vous expliqueront que vous n'avez rien à faire chez moi.

– Djemal, il est trop tard. Vos amis vous ont abandonné. C'est pour ça que je suis ici. Rendez-vous, et vous serez jugé équitablement.

– Allez vous faire foutre, Cortez, répliqua Djemal avant de raccrocher.

– Têtu, ce Djemal, hein ? dit Ferrari. Cortez, ce type est pour moi, laissez-moi entrer.

– Allez vous faire foutre à votre tour ! grogna Cortez. C'est moi qui commande ici.

Il se pencha à l'intérieur de son command-car et prit un porte-voix.

– Djemal, vous et vos hommes avez exactement cinq minutes pour sortir dans la cour les mains en l'air. Ce délai écoulé, nous donnerons l'assaut. Tout le quartier est bouclé, vous ne pourrez pas vous échapper. Soyez raisonnables, vous n'avez aucune chance.

Mon taxi est arrêté par deux policiers qui barrent la route.

– On ne passe pas.

Je me penche à la portière, ma carte de presse en main.

– Sandra Khan, du *San Francisco Chronicle*, le capitaine Cortez m'attend.

– Personne ne passe.

Je descends du taxi parce que je sens que le chauffeur est prêt à faire demi-tour.

– Appelez votre capitaine, insisté-je. J'ai l'autorisation.

– On n'a pas de téléphone, réplique un des flics.

– Dans ce cas accompagnez-moi.

– On a ordre de ne pas bouger.

C'est ce que j'espérais. Maintenant, il va me falloir faire du charme.

Arrive alors au pas de course un policier dans lequel je reconnais un des deux sergents de Cortez présents lors de la réunion chez lui. Bien entendu, je ne me souviens pas de son nom. Bien beau que je me rappelle sa tête.

– Sergent, sergent, vous tombez à pic !

Il m'examine d'un œil froid.

– À cause de quoi ? demande-t-il sans s'arrêter.

– Je suis en retard à cause de ce taxi qui n'en finissait pas de chercher sa route, dis-je avec aplomb. Le capitaine Cortez m'a donné l'autorisation de couvrir l'arrestation de ce Djemal.

– Je ne suis pas au courant.

– Vous remontez là-haut ? Emmenez-moi, vous verrez.

Il est pressé ou il s'en fout.

– Laissez passer, dit-il aux deux flics.

– Merci, dis-je en fonçant derrière lui.

On coupe à travers bois. C'est la première fois que je vois autant d'arbres depuis que je suis à Juárez. On se croirait presque à Scarsdale, la banlieue chic de New York. D'immenses maisons sont enfouies derrière des hauts murs ou plantées au milieu de grands parcs gardés par des hommes et des chiens.

– Où on est, ici ? demandé-je au sergent.

– Chez les très riches, répond-il.

Et à ce moment, la fusillade éclate. Le sergent stoppe net, se tourne vers moi et lance :

– Barrez-vous, cachez-vous !

Et il se met à courir comme un dératé au milieu des arbres.

Je ne me cache pas, je ne me barre pas, je cavale derrière lui.

Le bois s'éclaircit et on débouche sur une route où courent des policiers. Ils ne font pas attention à moi et je galope à l'abri des arbres.

Devant nous, une demeure entourée de murs est plantée au milieu d'un carrefour. Autour, des voitures blindées de la police et des hommes abrités derrière qui font le coup de feu.

De la villa on tire par tous les orifices, et devant moi un flic s'écroule. Je cherche Cortez des yeux.

Des policiers arrivent de l'arrière et courent se

mettre en position. C'est Guadalcanal. La fusillade est incroyablement intense. Je n'en reviens pas. Ici, en plein milieu d'un quartier résidentiel !

Je cavale, pliée en deux, en photographiant tout ce qui bouge. Je change mes rouleaux comme eux leurs chargeurs et j'ai l'impression de participer à la bataille.

Les flics se déplacent sans cesse et se rapprochent par bonds de la maison. Un autre flic est touché et les infirmiers rappliquent à toute allure. Mais la fusillade ne faiblit pas.

Soudain j'aperçois Ferrari et le gars du consulat en compagnie de Cortez à côté de ce qui semble l'antenne de commandement. Ils ne m'ont pas vue.

Ils paraissent se disputer mais je n'entends pas ce qu'ils se disent. Puis le Mexicain fait signe à un homme et lui parle à l'oreille.

La fusillade, après une accalmie, repart de plus belle et le boucan est infernal. Je me mets à trembler. Pourtant, là où je suis, je ne risque rien. Deux voitures légères blindées sont disposées en V à l'envers et je suis accroupie entre elles. Mais la peur ne raisonne pas.

Pris dans une fusillade, c'est moins la crainte d'être touché que le bruit effrayant de la mitraille qui flanque la panique. Mes tremblements augmentent à mesure que la terre et l'air vibrent sous l'impact des explosions et du fracas. Des policiers se jettent au sol et rampent pour gagner les avant-postes.

Je n'ai qu'une envie, me fourrer sous le ventre de l'un des véhicules et ne plus entendre cette pétarade hallucinante et cette odeur de poudre. La fumée me fait suffoquer et j'ai l'impression que ça ne va jamais s'arrêter. Je pense à un tremblement de terre que j'ai vécu au Guatemala. Il a duré quinze secondes mais j'ai cru qu'il s'était écoulé des heures avant que la terre cesse de bouger.

Je maudis ma connerie d'être là. Je vais mourir pour rien. Ça hurle de partout. Des types cavalent dans tous les sens. J'enfouis ma tête entre mes mains. Je me fous de mon appareil photo. Il peut bien exploser !

Je sens la terre se soulever et gicler tout autour. Un corps est projeté en l'air et retombe lourdement sur ma jambe. Une douleur atroce me cisaille la cheville. Je pousse un hurlement de terreur quand la voiture de droite se soulève, hésite, et se replante lourdement sur ses quatre roues, à un revers de main de mon crâne.

J'avale de la terre, je ne respire plus. Je relève la tête. Je suis enfouie dans un trou et des arbres brûlent tout autour. Collé à moi, un corps disloqué dont j'accroche le regard sans vie.

Je me sens soulevée et posée à plat sur quelque chose de dur. Encore des cris et des cavalcades.

– Vite, dit une voix. Vite !

Je bascule.

Rapport du brigadier-chef Urbano de la Brigade de répression des stupéfiants, enregistré au greffe de la police judiciaire de Ciudad Juárez, concernant un mandat de perquisition présenté par le commandant de la police judiciaire de Juárez Pedro Armandariz sous le numéro 945/ac, délivré et signé par M. le juge du 38e district Dario Montaldo, en charge des affaires criminelles y afférant, concernant la résidence acquise en août 2001 d'un certain Abdallah Djemal, citoyen marocain, ainsi qu'un mandat d'amener aux noms d'Abdallah Djemal, Ignacio Esteban, ainsi que de tous individus, alliés ou amis, se trouvant à ce moment-là sur les lieux et ne pouvant pas justifier de raison. Ainsi que des mandats d'amener présentés par Interpol concernant un certain Benedicto Vegas, citoyen américain, José Cardenas, également citoyen américain, réclamés par la justice des États-Unis.

Le matin du 24 juillet de l'an 2004, ont été requis les hommes appartenant à la Brigade de répression des stupéfiants, comme devant se rendre à sept heures précises devant le domicile sus cité.

Arrivés dans trois cars appartenant à la Brigade, et commandés par le sergent Molitor, le sergent-chef Maladata et moi-même, Gabriel Urbano, les vingt-cinq hommes du commando sous les ordres du capi-

taine Cortez, soutenus par la Brigade d'intervention de la police fédérale sous les ordres du capitaine Montez, ont investi les abords de ladite demeure et ont procédé aux sommations d'usage, enjoignant aux demeurants de sortir dans la cour et d'y abandonner toutes armes en leur possession.

Le capitaine Cortez leur a fait savoir qu'il avait en sa possession les documents légaux lui permettant de procéder à la fouille de la maison et de ses dépendances et à l'arrestation des demeurants qui seraient conduits au siège de la police judiciaire aux fins d'interrogatoire.

Ce à quoi, à ce moment, une fusillade nourrie a répondu venant de la maison, ce qui a obligé les policiers à se replier à l'abri.

EL NORTE

Supplément du samedi. Reportage spécial. Voir pages 1, 2, 3, 4.

Ce jeudi, à sept heures du matin, la résidence d'Abdallah Djemal, citoyen d'origine marocaine, installé dans notre ville depuis plusieurs années, a été investie par les forces de l'ordre de Juárez.

Plusieurs dizaines de policiers appartenant à la Brigade de répression des stupéfiants et à la police fédérale se sont saisis d'Abdallah Djemal et de plusieurs autres personnes présentes sur les lieux.

Les policiers accueillis par un feu nourri ont mis plus d'une heure à s'introduire à l'intérieur de la villa gardée comme une forteresse.

Durant la bataille qui les a opposés aux bandits les policiers ont perdu trois de leurs hommes, dont le capitaine Cortez, commandant l'action, et deux de ses inspecteurs, tandis que trois hommes de la police fédérale du capitaine Montez ont été blessés, dont un sérieusement.

Dans les décombres les policiers ont retrouvé le corps d'un Américain recherché par notre police et celle des États-Unis, comme auteur de nombreux meurtres et viols aggravés. Son complice, recherché pour les mêmes faits, n'a pas été retrouvé.

Abdallah Djemal sera jugé au Mexique pour meurtres en association, viols sur mineures assortis de mutilations, trafic de drogue et blanchiment d'argent. Le Marocain est en outre soupçonné d'appartenir à la mafia mexicaine et d'être en relation avec le cartel de Medellín.

Les États-Unis qui le réclament pour les mêmes crimes devront attendre que Djemal soit jugé chez nous avant qu'il soit extradé pour être jugé chez nos voisins.

Deux de ses hommes, tous deux d'origine marocaine, et une dizaine d'autres, mexicains ceux-là, ont été également arrêtés et seront présentés à la justice dans ce qui apparaît déjà comme un des plus grands procès intentés contre la criminalité qui sévit dans notre région.

Nous savons d'ores et déjà que Djemal a choisi de coopérer avec la justice, tant en ce qui concerne les meurtres dont on l'accuse que le trafic de drogue. Il a demandé à bénéficier de la protection de témoins proposée par le FBI américain.

Coïncidence, le chef de la police de notre ville, Pedro Armandariz, sérieusement malade, a fait valoir ses droits à la retraite. Le commandant Aguilar, chef d'état-major de la police fédérale, a été nommé gouverneur adjoint de la fédération de Durango. Nos félicitations pour cette promotion aussi soudaine que méritée.

Quant à notre gouverneur, Patricio Martínez, dont le mandat se termine d'ici un an, il a été rappelé à Mexico pour consultation.

Il reste à espérer que ces arrestations de bandits,

considérés comme complices des nombreux meurtres de femmes qui ont endeuillé notre ville depuis plusieurs années, mettront un terme à ces crimes ignobles qui ont indigné l'opinion publique internationale.

MIGUEL PEREA.

L'océan est gris, agité de courtes vagues irritées. Depuis hier il pleut, anormal en cette saison. Je suis allongée sous la véranda à l'abri du vent, la jambe droite plâtrée reposant sur le pose-pied. Un bandage serre mes deux côtes cassées sans que, pour autant, le moindre bâillement me fasse grimacer.

Sur la plage désertée un chien joue avec un autre. Leurs jappements de joie me font du bien. La maison est silencieuse, Nina est à Berkeley.

Sur la table, le *San Francisco Chronicle* de la semaine dernière avec mon reportage sur trois pages voisine avec *El Norte* paru la semaine d'avant et que j'ai reçu ce matin.

Dans ce reportage je ne parle pas des faits comme Miguel, je rapporte seulement mon angoisse, ma tristesse et la peur que j'ai ressenties tout au long de ces trois longues semaines. Angoisse et tristesse de craindre que, malgré l'arrestation spectaculaire de ce monstre de Djemal et de ses acolytes, rien ne change vraiment dans l'esprit et le cœur des hommes. Peur que les meurtres continuent parce que, à l'instar de ce que Brecht dit du fascisme : la bête immonde du crime bouge partout. Et que, partout, les femmes en sont les premières victimes.

Il y a pire que d'être un immigré. C'est d'être la femme d'un immigré.

Mon retour a été pénible. Rapatriée par avion après avoir été soignée à l'Hôpital général de Juárez, nos retrouvailles avec Nina ont été difficiles. Je lui ai dit, pour Violeta. Elle m'a répondu qu'elle savait.

Je suis fatiguée. Comme si j'avais trop longtemps marché dans la boue. Que se passe-t-il si près de chez moi, à Juárez en ce moment ?

Cortez est mort, il a été bien enterré, je veux dire avec les honneurs. Ferrari est venu me voir avant de repartir à New York. Il avait sa tête des mauvais jours.

– Vous savez que Cortez a été touché à la tête alors que nous étions côte à côte et à l'abri ? Vous savez que la balle qui l'a frappé est identique à celles qu'utilise la police fédérale ? Qu'on a visé la tête sachant qu'il portait un Kevlar ? et que la trajectoire indiquait un tir de côté et non de face ?

Je cueille *El Norte* au moment où j'entends la Jeep de Nina arriver. Elle claque sa portière. Je suis contente qu'elle rentre. Je suis contente de la retrouver. Laissons disparaître le temps de la douleur. Elle m'appelle, je lui réponds. J'ouvre le journal.

EL NORTE

10 août. Les corps de deux jeunes filles atrocement mutilés ont été retrouvés au lieu-dit du Coyote à la sortie sud de Ciudad Juárez. De nombreuses traces de pas et d'empreintes de pneus indiquent que les criminels étaient plusieurs.

À cause de la vague de chaleur qui s'est abattue dans notre région depuis plus d'une semaine, et en raison de la décomposition avancée, il n'a pas été possible d'identifier les victimes.

Le procureur a aussitôt mis en place une équipe spécialement chargée de l'affaire.

Ces crimes perpétrés contre des femmes sont les premiers depuis l'arrestation spectaculaire d'Abdallah Djemal et de ses complices. Loin de les innocenter ils prouvent seulement que dans notre région d'autres monstres continuent de sévir, et continueront impunément de le faire, tant que les autorités légales ne se seront pas attaquées au fond du problème qui est celui du trafic de drogue, des immenses richesses qu'il génère et qui permettent d'acheter les consciences.

Nous attendons avec impatience que les nouvelles mesures prises par le procureur de la justice Manuel García, et la récente nomination de Pablo Mercantour, chef d'état-major de la police fédérale préventive de l'État de Chihuahua, entrent en vigueur et permettent de frapper haut et fort. Trop de nos concitoyens jouissent, en raison de leur fortune, d'une impunité intolérable.

Les hommes et les femmes, les mères et les pères, les sœurs et les frères en ont assez de crier dans le désert. Ils réclament justice, mais ils veulent, encore davantage, que Juarez ne soit plus la ville dont on prononce le nom avec horreur.

Miguel Perea.

Du même auteur :

Aux Éditions Albin Michel

BROUILLARD D'ÉCOSSE, Jeunesse
LE CINQUIÈME JOUR
MAUVAIS FRÈRE
DOUZE HEURES POUR MOURIR
LE CHIEN QUI RIAIT

Chez d'autres éditeurs

LA VIE À FLEUR DE TERRE, Denoël
UN ÉTÉ POURRI, Viviane Hamy
LA MORT QUELQUE PART, Viviane Hamy
LE FESTIN DE L'ARAIGNÉE, Viviane Hamy
FIN DE PARCOURS, Viviane Hamy
L'ÉTOILE DU TEMPLE, Viviane Hamy
GÉMEAUX, Viviane Hamy
LES CERCLES DE L'ENFER, Flammarion
LÂCHEZ LES CHIENS, Flammarion
GROUPE TEL-AVIV, BD policière, Le Masque
L'EMPREINTE DU NAIN, Flammarion
LA MÉMOIRE DU BOURREAU, Le Masque
LE SANG DE VENISE, Flammarion
LE TANGO DES ASSASSINS, Le Masque
TRAFICS, Bayard, Je bouquine
LA HONTE LEUR APPARTIENT, Le Masque

Composition réalisée par NORD COMPO

Achevé d'imprimer en janvier 2007 en France sur Presse Offset par

CPI

Brodard & Taupin

La Flèche (Sarthe).

N° d'imprimeur : 39797 – N° d'éditeur : 81291

Dépôt légal 1re publication : février 2007

LIBRAIRIE GÉNÉRALE FRANÇAISE – 31, rue de Fleurus – 75278 Paris cedex 06.

31/1915/3